REBEKKA PAX

Wie sie uns ansehen

REBEKKA PAX

WIE SIE UNS ANSEHEN

Roman

LYX
EGMONT

Originalausgabe Mai 2016 bei LYX
verlegt durch EGMONT Verlagsgesellschaften mbH,
Gertrudenstr. 30–36, 50667 Köln

1. Auflage
Redaktion: Barbara Krause
Umschlaggestaltung und -illustration: Guter Punkt, München
Satz: Greiner & Reichel, Köln
Printed in the EU (675292)
ISBN 978-3-7363-0159-7

www.egmont-lyx.de

MIX
Papier aus verantwortungsvollen Quellen
FSC® C083411

Gewidmet der Initiative Willkommen in Mülheim »WiM«,
ihren Helfern und Ehrenamtlichen und den Geflüchteten,
die in meiner Heimatstadt ein neues Zuhause gefunden haben

KAPITEL I

Majidas Tagebuch

Die Männer im Fernsehen machen mir Angst. Heute wurden wieder Aufnahmen gezeigt, wie die Dschihadisten in ihren Autos umhergefahren sind und ihre Waffen in die Höhe reckten. Hinter einem der Autos wurde ein Mann hergeschleift. Mit den Füßen voran, den Kopf hatten sie ihm abgeschlagen. Er sah gar nicht mehr aus wie ein Mensch. So verrenkt und staubig, wie ein Sack voller Lumpen.

Diesen Mann zu sehen hat mich seltsam unberührt gelassen, und dafür schäme ich mich.

Schlimmer waren die Gesichter der ISIS-Männer. Sie sahen aus wie Verrückte. Ihre weit aufgerissenen Münder, die immer das Gleiche schrien. Kalifat überall, ihre mörderischen Gesetze für jeden.

Vater sagt, ein Mensch, der für seinen Glauben töten will, hat seinen Gott verloren. Ich hoffe, dass er das niemals laut sagt. Wenn die Männer in Schwarz das hören, schlagen sie auch ihm den Kopf ab und binden ihn an ein Auto oder ein Motorrad. Und uns werden sie auch holen, aus Strafe.

Ich habe gehört, dass sie Mädchen entführen, um sie mit ihren Kämpfern zu verheiraten. Mich werden sie nicht bekommen. Hoffentlich.

Vater sitzt immer noch vorm Fernseher und schimpft. Ahmed

liegt in seinem Bett und wälzt sich hin und her. Er schwitzt. Bestimmt träumt er, Vater sei böse mit ihm.

Ich sollte jetzt auch schlafen. Gute Nacht, liebes Tagebuch.

Bochum

Die Tote sah aus wie Dornröschen.

Ihr langes Haar war schwarz wie Ebenholz, doch nicht glatt und seidig, sondern zerzaust, mit Blättern und Holzstöckchen darin. Derjenige, der sie hierher gebracht hatte, war nicht sehr vorsichtig mit ihr umgegangen. Er hatte ihre Schönheit nicht gesehen.

Ihre Haut war zu blass, als sei dies nicht ihre richtige Farbe. Gebräunt und lebendig warm sollte sie sein.

Cornelia beugte sich vor. Ihr schlug blumiges Parfum entgegen, das aus der abgetragenen Kleidung emporstieg.

»Diese Kratzer …« Sie wies auf die bloßen Arme, auf denen Striemen und kleine braunrote Perlen von getrocknetem Blut zu erkennen waren.

»Wahrscheinlich von den Brombeerranken, die sind hier überall«, erwiderte der Fotograf von der Spurensicherung, legte einen Maßstab und eine Nummerntafel neben die Leiche und fotografierte die zerkratzten Arme im Detail.

Woran das Mädchen wahrscheinlich gestorben war, legte schon der erste Blick nahe. An ihrem schlanken Hals fanden sich Würgemale. Deutlich waren die Abdrücke von Fingern zu sehen. Gequetschte Haut, bläuliche Hämatome.

Ihre Augen waren weit aufgerissen und hatten ihren Glanz schon verloren.

Was sie in ihrem kurzen Leben wohl alles gesehen und erlebt hatte?, überlegte Cornelia. *War ihr Mörder ein Freund, gar ein Verwandter? Oder ein Fremder, dessen Weg sie nur zufällig gekreuzt hatte?*

Ein Beamter der SpuSi griff mit behandschuhten Fingern nach einem Tuch, das ihr locker um den Hals geschlungen war, und sicherte es als Beweismittel in eine Tüte.

»Guten Morgen, meine rothaarige Prinzessin.«

Cornelia zuckte zusammen, sie war so in Gedanken gewesen, dass sie die Schritte nicht gehört hatte. Mirko Goldhagen, der Pathologe des Essener Uniklinikums, der eng mit der Bochumer Kripo zusammenarbeitete, blieb neben ihr stehen.

Er musste zu ihr aufsehen, was nicht an ihrer Körpergröße lag, sondern daran, dass er für einen Mann ein, zwei Köpfe zu kurz geraten war. Dies und sein morbider Sinn für Humor hatten ihm den Spitznamen *Kobold* eingebracht. Warum er sie immer Prinzessin nannte, war sein Geheimnis. Vielleicht weil es bei der Kripo nicht sehr viele Frauen gab. Sehr prinzessinnenhaft fühlte Cornelia sich jedenfalls nicht.

»Morgen«, sagte sie.

Sie standen eine Weile schweigend nebeneinander und sahen dem Team der Spurensicherung zu, wie sie zusammenpackten. Mirko wippte auf den Fersen und hielt den Kopf in den Nacken gelegt, als schien ihn die Birke über ihnen viel mehr zu interessieren als die bedauernswerte Tote. Es war Ende Mai, und das Grün hatte noch immer dieses besondere Leuchten des Spätfrühlings.

»Wer hat sie gefunden?«, fragte er schließlich.

»Ein Radfahrer. Angeblich ist er abgestiegen, um zu pinkeln.«

»Schöne Überraschung.«

»Ja.«

Cornelia wies nach Westen. »Du kannst den Weg kaum erkennen, solange ihn keiner benutzt. Dabei ist er nur wenige Meter entfernt. Jetzt ist er natürlich abgesperrt. Ist also durchaus glaubwürdig.«

»Das wird hier aber nur der Ablageort sein.«

»Denke ich auch.« Cornelia stellte sich vor, wie der Mörder nachts hergefahren war, die Tote aus dem Kofferraum seines Wagens holte, sie wenige Meter ins Gebüsch trug und sie dann einfach in die Brombeeren fallen ließ.

Hier war die Wahrscheinlichkeit, gesehen zu werden, offenbar nicht allzu groß. Auf dem Weg zum Tatort war sie gleich an mehreren wilden Deponien vorbeigekommen. Autoreifen, zwei Kühlschränke, Reste einer Champignonzucht und nun auch ein totes Mädchen.

Mirko zog sich Handschuhe an und ließ das Gummi schnappen, als wolle er damit Cornelias Aufmerksamkeit auf sich ziehen. Das unangenehme Geräusch verfehlte seine Wirkung nicht. Sie kramte ebenfalls Handschuhe aus ihrer Jackentasche und streifte sie über, dann machten sie sich gemeinsam daran, die Tote zu durchsuchen, bevor man sie abtransportieren würde.

Wieder dieses blumige Parfum, es roch elegant, teuer, unpassend. Die Tote sah nicht aus, als könne sie sich so etwas leisten.

»Riechst du das?«, fragte sie den Pathologen.

Der rümpfte nur die Nase. »Mein Fall ist das nicht, zu süß, und sie ist zu jung für den Duft. Da denke ich eher an Frauen reiferen Alters.«

»Ich kenne das Parfum, auch wenn mir der Name jetzt nicht einfällt. Es ist teuer. Vielleicht war es ein Geschenk.«

»Von ihrem Mörder, meinst du?«

Cornelia zuckte mit den Schultern. »Ich denke nicht, dass sie es sich hätte leisten können.«

Vorsichtig tastete sie die Jeansjacke der Toten ab. Cornelia suchte nach Papieren, Quittungen, irgendetwas, das ihr einen Hinweis geben könnte, wer das Mädchen war. Sie fand nur Haargummis, eine strubbelige blaue Eichelhäherfeder und ein altes Kaugummipapier.

Die Baumwipfel über ihnen begannen zu rascheln, und eine leichte Böe trug die Stimmen der Leute von der Spurensicherung heran. »… Ehrenmord, oder so was«, hörte sie jemanden sagen. Und das Wort *Kopftuch*.

Auch Mirko Goldhagen war die Unterhaltung der anderen nicht entgangen. In seinen Wieselaugen las Cornelia für einen Moment Bestürzung über die Engstirnigkeit der Kollegen, dann widmete er sich wieder der Toten.

»Hier, schau.« Zwischen den Brombeerranken ragte ein dünner, hellblauer Lederriemen hervor. Goldhagen hob das Mädchen an der Hüfte an, damit Cornelia daran ziehen konnte. Sie förderte eine alte Handtasche zutage, die von geschickten Händen mit Perlenstickereien verziert worden war. Zweifellos die Arbeit des Mädchens oder einer ihrer Verwandten, um das abgetragene Stück ein wenig aufzuwerten.

Im Inneren fand Cornelia ein kleines Portemonnaie mit Druckknopf, das nur einige Münzen Kleingeld enthielt, ein Stofftaschentuch und endlich auch einige Ausweisdokumente.

»Sie war noch Schülerin«, sagte Cornelia und reichte die Monatsfahrkarte an Mirko weiter. »Hier ist auch ein Aufenthaltstitel.« Cornelia verglich das Foto auf der Karte mit dem

Gesicht der Toten. »Ja, das ist sie. Esber, Majida. Die elektronische Aufenthaltskarte wurde vor einem Dreivierteljahr ausgestellt. Sie kommt aus Syrien, sechzehn Jahre alt.«

»Da flieht sie aus dieser verdammten Kriegshölle den ganzen Weg hierher und wird dann von irgendeinem Dreckschwein erwürgt?«

Cornelia hatte Mirko Goldhagen selten zornig gesehen. Wenn er seinen Humor verlor, ging ihm die Sache wirklich nahe.

»Sie wohnt gar nicht weit von hier. Knappstraße, da haben sie doch das neue Flüchtlingsheim gebaut.«

»Mitten in eine gutbürgerliche Siedlung aus den Neunzigern hinein, ja. Darüber wurde schon häufiger in der Zeitung berichtet. Die Anwohner waren nicht gerade erfreut.«

»Das ist noch untertrieben. Die Streife war wohl auch schon mehrmals da.«

»Fährst du gleich hin?«

Cornelia nickte und spürte, wie sich in ihr alles zusammenzog. »Sobald wir hier fertig sind.«

»Fahr nicht allein, du weißt nie …«

»Fang du nicht auch noch an. Aber nein, ich warte auf Robin oder jemand anderen, der Zeit hat.«

Cornelia nahm die Papiere an sich, den Rest sollten die Leute von der Spurensicherung bekommen.

Es verwunderte sie, dass der oder die Täter nicht einmal versucht hatten, die Identität der Toten zu verschleiern. Entweder war ihr Tod ein Unglück gewesen, wenn man bei dieser Todesart überhaupt davon sprechen konnte, oder man wog sich in Sicherheit, niemals gefasst zu werden.

Cornelia verabschiedete sich von Mirko Goldhagen und ging langsam zurück zu ihrem Wagen.

Es war noch immer relativ früh am Tag. Aus dem Boden stieg satter Waldgeruch, den Cornelia tief einsog. So gelang es ihr, den Parfumduft der Toten aus der Nase zu bekommen und ein wenig Abstand zu gewinnen. Der war bitter nötig, um klar denken zu können und sich auf ihre schwierige nächste Aufgabe vorzubereiten.

Am liebsten hätte sie ihre junge Kollegin Merve mitgenommen. Die sprach perfekt türkisch und auch recht passabel arabisch. Einer Polizistin mit Migrationshintergrund öffneten sich manche Türen, die Cornelia sonst verschlossen blieben. Mit ihrer offenen, freundlichen Art hatte Merve schon manche Situation retten können. Bedauerlicherweise war sie vor genau drei Tagen in den Urlaub geflogen und würde erst in zwei Wochen wieder zurückkehren.

Also musste ihr Kollege Robin mit zum Flüchtlingsheim, der früher nicht nur im Beruf ihr Partner gewesen war. Bis sie wieder normal miteinander umgehen und arbeiten konnten, lag noch ein langer, steiniger Weg vor ihnen. Trotz alledem arbeitete sie gerne mit ihm zusammen, mittlerweile ging es wieder so halbwegs, wenn sie beide sich vorsahen und jedes Fettnäpfchen großräumig umschifften. Ihre gemeinsame Vergangenheit wies so manche Untiefen auf. Aber wenigstens konnte sie sich auf ihn verlassen und wusste, wie er reagierte, und das war in brenzligen Situationen von unschätzbarem Wert.

Cornelia hielt ihr Diensttelefon schon in der Hand, hatte es unbewusst aus der Tasche genommen.

Sie tauchte unter dem Absperrband durch, an dem zwei Streifenpolizisten postiert waren, hob grüßend die Hand und drückte sich unauffällig an Schaulustigen und einem Radioreporter vorbei, der offenbar soeben eingetroffen war. Noch war er mit seinem Aufnahmegerät beschäftigt, drückte darauf herum und schenkte Cornelia keine Beachtung.

Cornelia lief immer schneller, bis sie beinahe rannte. Sobald sie in ihrem Auto saß, konnte sie wieder durchatmen.

Reporter! Das fehlte noch, dass die über den Mord berichteten, bevor sie überhaupt die Chance bekommen hatte, mit den Angehörigen zu sprechen. Wenngleich es natürlich unwahrscheinlich war, dass die Bewohner des Heims Radio hörten oder gut genug deutsch konnten, um zu verstehen, worüber berichtet wurde.

Zwei Stunden später parkte Cornelia in einer gemütlichen, regelrecht spießigen Einfamilienhaussiedlung, ganz in der Nähe des Flüchtlingsheims Knappstraße. Ihre Ankunft wurde wachsam beäugt. Ein älterer Mann mit Wohlstandsbauch und feistem, braun gebranntem Gesicht schnitt gerade seine Thujahecke mit einem Gerät modernster Bauart.

Während Cornelia den Schaltknüppel in den Rückwärtsgang stieß um einzuparken, richtete er sich zu voller Größe auf seinem Klapptritt auf und schaltete sein Werkzeug aus. Er rief etwas.

Cornelia zog den Wagenschlüssel ab und öffnete die Tür.

»Parken Sie gefälligst woanders, hier ist nur für Anwohner. Hier stehen überall Schilder, können Sie nicht lesen?«

Cornelia war kurz davor, ihren Dienstausweis zu zücken und den Mann zurechtzuweisen. Derart überkorrekte Menschen konnte sie gar nicht leiden, wenngleich er natürlich im Recht war. Sein Tonfall allerdings war völlig daneben.

Robins Blick traf ihren. Sie waren lange genug Partner im Dienst und auch im Leben gewesen, um einander wortlos zu verstehen.

Cornelia würde sich nicht als Polizistin zu erkennen geben. Sie wollte keinen Menschenauflauf provozieren und den Leuten Stoff für ihr Gerede liefern.

»Siehst du die Typen vom Sozialamt schon?«, fragte Robin, stieg aus dem Wagen und streckte sich zu voller Größe. Sein breites Ringerkreuz schien auch den grantigen Anwohner zu überzeugen, dass es besser war, den Mund zu halten.

»Nein, bislang nicht«, erwiderte Cornelia. Sie hatte vom Büro aus versucht, jemanden zu finden, der mit den Menschen und Gegebenheiten im Flüchtlingsheim vertraut war.

Man hatte sie an die zuständige Sozialarbeiterin verwiesen, die so schnell wie möglich herkommen sollte. Cornelia wollte nur ungern allein hineingehen. Die Angehörigen der Toten sollten von Anfang an einen Ansprechpartner haben, den sie kannten und dem sie ein wenig vertrauten.

»Gehen wir schon mal rüber, vielleicht wartet sie auch da.«

Robin überquerte die schmale gepflasterte Straße mit ihren Parkbuchten und Blumenkübeln.

Eine neue geteerte Stichstraße führte zum Heim, das sich mit seiner blendend weißen Fassade wie ein Fremdkörper von den braunroten Klinkerbauten in seiner Umgebung abhob. Auf der frisch eingesäten Wiese standen mehrere Wäscheständer, auf denen ein buntes Durcheinander von Kleidungsstücken trocknete. Es sah aus, als hätten die Heimbewohner ihr ganzes Leben nach draußen verlegt. Mehrere Frauen saßen in kleinen Gruppen auf Decken oder Plastikstühlen zusammen, hielten kleine Kinder in den Armen und unterhielten sich. Auch ältere Kinder gab es, sie standen oder saßen herum, manche mit Schultaschen, als wären sie gerade erst heimgekommen.

Cornelia kam die Atmosphäre trotz des sonnigen Wetters bedrückend vor, und das lag nicht an der traurigen Botschaft, die sie überbringen musste.

Nein, es waren die Kinder. Sie waren so schrecklich still, als könne jedes laute Geräusch ein namenloses Grauen heraufbeschwören.

Ein Junge saß ganz in ihrer Nähe neben einem umgestürzten Fahrrad. Sein Blick war der eines Erwachsenen, der viel zu viel erlebt hatte, seine Haut zu blass für einen südländischen Typ.

Als er Cornelias Blick bemerkte, stand er auf, nahm das verbeulte Rad und schob es langsam davon.

»Hast du seine Augen gesehen?«, fragte sie erschüttert.

Robin nickte langsam. »Was er wohl schon alles durchgemacht hat in seinem kurzen Leben.«

»Das wünscht man seinem ärgsten Feind nicht«, sagte Cornelia nachdenklich. »Wie alt ist der wohl?«

»Sieben oder acht Jahre, mehr nicht.« Robin wirkte genauso bestürzt wie sie. In der Abteilung hatte er sich den Ruf erworben, besonders gut mit traumatisierten Kindern umgehen zu können. Wenn es ihm, der so viel mehr Kinderelend gesehen hatte als sie, ebenso naheging, dann war ihre Ahnung richtig. Die Stille der Kinder war gleichbedeutend mit einem Aufschrei. Es war ihre stumme, angstvolle Art, ihr Leid zu klagen, die noch aus einer Welt stammte, in der jedes verräterische Geräusch den Tod bedeuten konnte.

»Die bräuchten eigentlich Rundumbetreuung durch einen Psychologen«, seufzte Cornelia.

»Das kann doch keiner leisten, und es will sicher auch niemand bezahlen. In den Köpfen vieler ist doch schon mehr als genug getan, wenn sie in Sicherheit verwahrt werden.«

Cornelia wandte sich um und bemerkte einen Mann auf einem Fahrrad, der in die Zufahrt zum Heim einbog und direkt auf sie und Robin zuhielt.

Geschickt sprang er mit einer beinahe tänzerischen Bewegung aus dem Sattel und joggte ein Stück nebenher. Er trug einen modischen Dreitagebart, der gemeinsam mit dem lackschwarzen Haar seine grünen Augen umso strahlender wirken ließ. Auf den zweiten Blick haftete ihnen aber auch etwas Dunkles an. Der Schatten des Krieges, den sie bereits bei den Kindern bemerkt hatte, war auch in ihm.

»Frau Arents von der Polizei?«, erkundigte er sich. »Faris Aydin, ich wurde von Frau Stern zum Übersetzen hinzugebeten.«

»Angenehm, das ist mein Kollege Robin Schenz. Sie arbeiten für den sozialen Dienst?«

Er schüttelte den Kopf. »Nur ehrenamtlich bei der Flüchtlingsinitiative *Bochum mit Herz*. Ich begleite die Leute zum Arzt oder auf Ämtergängen«, erklärte er in akzentfreiem Deutsch.

»Das ehrt Sie.«

»Nein, ich gebe nur zurück, was ich erlebt habe. Meine Eltern sind nach Deutschland geflohen, als ich noch ein Kind war. Wir hatten Glück und konnten ein neues, gutes Leben beginnen. Das wäre ohne die viele Hilfe, die wir bekommen haben, nicht möglich gewesen.«

Cornelia wusste nicht, was sie darauf antworten sollte. Der Mann hatte ihr direkt einen Teil seiner Lebensgeschichte erzählt, eine oberflächliche Floskel erschien ihr da fehl am Platz.

Faris Aydin sah an ihr vorbei und lächelte. Melodische Worte rannen von seinen Lippen wie Wasser. Ein Mädchen lachte. Es klang scheu.

Der Übersetzer überließ sein Fahrrad drei Mädchen und tat es wohl nicht zum ersten Mal, dafür wirkte die Situation zu vertraut. »Lasst es euch aber nicht wieder von den Jungs wegnehmen«, rief er ihnen hinterher.

Als die Kinder ein Stück weiter weg waren, wurde seine Miene ernst. »Mir wurde gesagt, dass Sie wegen Majida Esber hergekommen sind.«

Cornelia nickte. »Kennen Sie die Familie?«

»Die Esbers sind nette Leute. Die Eltern hatten in der Heimat eine Bäckerei, soweit ich weiß. Sie ist mit ihrer Mutter und einer Tante nach Deutschland gekommen. Der Vater und der kleine Bruder sind umgekommen, als die Bäckerei von Daesh überfallen wurde. Was ist mit Majida?«

»Sind Sie nicht unterrichtet worden?«, fragte Robin irritiert und sah sich um. Niemand war in Hörweite. »Das Mädchen ist ermordet aufgefunden worden«, erklärte er dann leise.

Faris Aydin fluchte und richtete seinen Blick in die Ferne. Seine Schultern waren verkrampft. Er ballte die Hände zu Fäusten und bewegte sich nicht mehr. So lange, dass Cornelia sich irritiert Robin zuwandte, der nur eine Braue hob, aber schwieg.

Schließlich seufzte der Übersetzer leise und drehte sich mit verschränkten Armen zu ihnen um. »Da kommt Frau Stern«, sagte er nur und wies mit dem Kinn zur Straße. Und tatsächlich, eine kleine, untersetzte Frau lief mit energischen Schritten auf sie zu. Ihr graublondes Haar hatte sie zu einem festen Dutt aufgesteckt, was sie von Weitem strenger wirken ließ, als es ihr rundliches Gesicht und die von Lachfalten umkränzten Augen tatsächlich waren.

»Entschuldigen Sie, ich habe es nicht schneller geschafft.«

Sie begrüßte erst die Polizisten mit Handschlag, dann umarmte sie den Übersetzer flüchtig. »Gut, dass du hier bist, Faris. Wenn wir dich nicht hätten!«

Er nickte nur.

»Haben Sie schon einen Verdacht, wer das arme Mädchen auf dem Gewissen hat?«, wandte sich Frau Stern an Robin, als sei es selbstverständlich, dass nicht Cornelia, sondern er die Ermittlungen leite.

Robin, der eigentlich nur als Rückendeckung mitgekommen war, verwies sie mit einem Blick an seine Kollegin.

»Nein, bislang können wir nicht viel mehr sagen, als dass sie ermordet wurde. Einen Unfall können wir ausschließen, denke ich. Ich hoffe, die Mutter kann uns vielleicht einige nützliche Hinweise geben. Aber jetzt müssen wir sie erst mal vom Tod ihrer Tochter in Kenntnis setzen«, sagte Cornelia.

»Überlassen Sie mir das, mich kennt sie etwas besser.« Faris Aydin rieb sich über das Kinn, wobei die Bartstoppeln ein leises Kratzgeräusch von sich gaben. Nach seinem anfänglichen Schock über die Nachricht schien er sich wieder gefasst zu haben.

Er hat gelernt, mit derartigen Situationen umzugehen und den Schmerz der anderen nicht an sich heranzulassen, dachte Cornelia und überlegte, was den Mann zu dieser Wesensänderung bewogen haben mochte. Wenn er schon seit Kindesalter in Deutschland lebte, waren ihm Kriegserlebnisse erspart geblieben. Sein Verhalten passte zu einem Polizisten, vielleicht auch zu einem Sozialarbeiter, aber das war er nicht. Vielleicht reichte es auch, tagein, tagaus für Menschen aus Krisenregionen als Übersetzer zu fungieren, um derart abzuhärten.

»Möchtest du zuerst alleine mit der Mutter sprechen?«, fragte Stern und sah ihn dabei flehentlich an. Zweifellos wünschte sie sich in diesem Moment ganz weit weg.

Aydin berührte sie kurz an der Schulter. »Ihr könnt ja schon mit reinkommen und ich hole euch dann.«

Cornelia war froh, dass sie nicht diejenige sein würde, die der armen Frau, die schon Mann und Sohn im Krieg verloren hatte, vom Tod ihrer Tochter berichten musste. Aber wie hätte sie es auch tun sollen, wenn Frau Esber offenbar kein Deutsch verstand?

Sie folgten dem Übersetzer und der Sozialarbeiterin in das Heim. Der Eingang wirkte wie der eines normalen Mehrfamilienhauses, doch die Anzahl der Briefkästen und die zahllosen Namen, die sich darauf drängten, machten den ersten Eindruck schnell zunichte. Hier lebten weit mehr Menschen als für einen Bau dieser Größe üblich. Cornelia überflog die Namen und schätzte ihre Zahl auf beinahe sechzig.

Die Tür führte in einen vollgestellten Flur. Hier stapelten sich Kartons, Koffer und Plastiktüten, dazwischen lagen verstreut Bonbonpapiere und Kinderspielzeug. Es roch abgestanden, nach zu vielen Menschen auf zu wenig Raum.

Männer standen in einer kleinen Gruppe zusammen, rauchten und unterhielten sich. Als sie die Besucher bemerkten, verstummten sie. Einer trat seine Zigarette auf dem Boden aus und hob sie zögernd auf, als er Frau Sterns tadelnde Miene bemerkte.

Der Übersetzer steuerte auf die Treppe zu, die ins Obergeschoss führte. Faris Aydin kannte sich hier aus und wusste offenbar auch genau, wo die Esbers wohnten. Ihn hatten die Männer freundlich begrüßt, Cornelia und Robin waren nur angestarrt worden, als seien sie eine Bedrohung.

In der ersten Etage zweigten zahlreiche Türen von dem breiten Hauptflur ab. Einige standen offen, ebenso wie die Fenster. Es zog, aber auch der stete Luftstrom konnte den stickigen Mief nicht vertreiben.

»Warten wir da vorne.« Frau Stern wies auf ein Fenster am Ende des Flurs. Cornelia und Robin folgten ihr, während der Übersetzer auf eine Tür zuhielt, die nur angelehnt war. Er klopfte, rief etwas und trat dann ein.

KAPITEL 2

Majidas Tagebuch

Heute Nacht wurden wir von schrecklichem Lärm geweckt. Es dröhnte so laut, dass jeder Knochen in meinem Körper mitbebte. Es waren Kampfflieger der Regierung. Wir sind auf das Dach geklettert, wo Mutter oft Obst und Gemüse trocknet, und haben versucht, sie zu sehen.

Manchmal verdeckten sie im Vorbeifliegen die Sterne, aber es gab keine Lichter. Sie flogen nach Westen, dorthin, wo die schwarzen Kämpfer immer mehr Macht bekommen.

Ich weiß, dass Vater Assad nicht ausstehen kann, aber heute Nacht hat er die Fäuste geballt und seinen Soldaten Glück gewünscht. Das haben wir alle. Die Explosionen waren schrecklich laut und viel zu nah. Ich bin bei jeder einzelnen zusammengezuckt.

Wir blieben auf dem Dach, die ganze Nacht. Der Sonnenaufgang kam rot und schnell. Im Westen brennt es. Der Rauch ist pechschwarz, als würde Öl brennen. Hoffentlich haben die Bomben die Kämpfer erwischt und ihre Autos und Waffen und schwarzen Fahnen zerstört.

In dieser Richtung liegt auch eine kleine Siedlung, sagt Vater. Ich frage mich, wie genau man solche Bomben wohl steuern kann, in der Nacht, vom Himmel aus. Als ich frage, was mit den Menschen ist, die dort wohnen, sagt er, dass sie bestimmt alle weg-

gelaufen sind. Während er redet, sieht er mich nicht an. Ich glaube, er will mir keine Angst machen.

Heute gehen wir nicht zur Schule, Mutter will es nicht.

Flüchtlingsheim Knappstraße

Robin lehnte sich gegen den Fensterrahmen. »Frau Stern, gibt es so etwas wie eine psychologische Betreuung für die Menschen, die aus Kriegsgebieten geflohen sind?«

»Hin und wieder kommt ein Psychologe, ja. Aber was sollen wir machen, wenn die Leute nicht reden? Und wir brauchen immer Übersetzer.«

Cornelia konnte verstehen, dass die Flüchtlinge nicht mit einem Fremden sprechen wollten, der weder ihre Sprache noch ihre Kultur verstand.

Robin nickte nur. »Und die Kinder?«

»Kinder sind widerstandsfähiger, als Sie glauben, Herr Schenz. Sie passen sich viel schneller den neuen Gegebenheiten an als die Erwachsenen. Viele können schon nach einem halben Jahr gut deutsch. Sie lernen, bauen neue Freundschaften auf.«

Cornelia sah ihrem Kollegen die Skepsis deutlich an und ahnte, was er dachte. Dass die Kinder ihre Traumata schneller in sich verschlossen als die Erwachsenen, die im Gegensatz zu ihnen sicher häufiger darüber redeten. Die Eltern würden versuchen, es ihren Kindern mit ihren einfachen Mitteln so schön wie möglich zu machen. Sie legten eine dünne, fadenscheinige Maske über das gemeinsam erlebte Grauen, das hinter ihnen lag. Irgendwann, in einigen Jahren oder gar Jahrzehnten, würde es hervorbrechen und alles niederreißen, alle Fundamente, die auf diesen trügerischen Grund gebaut waren. In ihrer beruflichen Laufbahn hatte sie mehr als einen Menschen gesehen, der von verdrängten Traumata seiner Kindheit eingeholt und von ihnen zugrunde gerichtet worden war.

Vielleicht sah sie aber auch zu schwarz, und bei diesen Kriegsflüchtlingen wurde es anders. Vielleicht würde es in ihrer Zukunft genug Gutes geben, um das Böse zum Schweigen zu bringen. Unweigerlich drifteten Cornelias Gedanken ab. Sie sah plötzlich Vincent vor sich, den Mann, den sie vor einem Jahr für kurze Zeit geliebt hatte. Das Trauma, das er in seiner Kindheit erlebt hatte, war erst nach Jahrzehnten durch einen Zufall ans Licht gekommen. Ohne diesen Zufall hätte er womöglich ein normales Leben geführt, und die Vergangenheit wäre für immer sicher hinter einer Tür verschlossen geblieben.

Robin räusperte sich und schreckte sie so aus ihren Gedanken. »War Majida Esber so ein Mädchen? Eines, das gut lernt, sich schnell anpasst?«

Frau Stern zögerte. »Eigentlich schon. Ihre Lehrer haben sich nie beklagt. Als ich zuletzt mit ihr sprach, war ihr Deutsch recht gut. Sie hat die Sprache viel genutzt, ich glaube, sie hat Freunde im Nachhilfekurs der Gemeinde gefunden.«

»Was für ein Kurs war das?«, fragte Cornelia, hellhörig geworden. Vielleicht würde sie dort mehr über die Tote herausfinden können.

»Eine pensionierte Lehrerin gibt zweimal die Woche Nachhilfeunterricht für Mädchen. Im Gemeindezentrum der evangelischen Kirche an der Salierstraße, ein paar Minuten von hier entfernt.«

Ein hoher Schrei ließ Cornelia zusammenzucken. Es hatte mehr nach dem Schmerzenslaut eines Tieres geklungen als nach einer Frau. Es lief ihr eisig den Rücken herunter, und sie verschränkte die Arme, während der Laut langsam abebbte.

Eine zweite Frau rief etwas, dann fiel sie ebenfalls in die Klage ein. Im nächsten Augenblick wurde es im restlichen Gebäude totenstill. Es war eine ganz und gar unheimliche Atmosphäre.

Cornelia wäre am liebsten losgelaufen und die Treppe hinunter ins Freie gestürzt. Obwohl sie direkt am offenen Fenster stand, hatte sie das Gefühl, nicht atmen zu können, weil die Trauer der Fremden wie ein Gewicht auf ihrem Brustkorb lastete.

Robin trat von einem Bein auf das andere und starrte auf die Tür, hinter der Majidas Mutter und ihre Tante um das tote Mädchen weinten.

Es dauerte lange, bis der Übersetzer Faris Aydin schließlich seinen Kopf in den Flur reckte und ihnen zunickte. »Nur einer.«

»Ich gehe«, sagte Cornelia und musste sich regelrecht zwingen, einen Fuß vor den anderen zu setzen.

Vorsichtig drückte sie die Tür, die der Übersetzer nur angelehnt hatte, weiter auf und kam in einen winzigen Flur. Auf dem Boden stapelten sich Schuhe. Jacken türmten sich auf einem Stuhl, eine Garderobe gab es nicht. Es roch nach angebranntem Essen.

Cornelia folgte dem Weinen. Es drang aus einem Zimmer, das zugleich als Wohn-, Schlaf- und Essbereich für drei Menschen diente. *Jetzt nur noch zwei*, dachte Cornelia erschüttert und blieb stehen.

Sie saßen auf einem Feldbett. Cornelia wusste sofort, welche der beiden Frauen die Mutter der Toten war. Die Schönheit der Verstorbenen spiegelte sich in reiferer Form im Gesicht der Trauernden wider.

Frau Esber saß zusammengesunken da und zitterte am ganzen Leib. Schluchzend umklammerte sie ein Tuch, mit dem sie ihren Mund verdeckte und die Tränen auffing, die wie Wasser über ihre Wangen liefen. Die zweite Frau, womöglich ihre Schwester, hielt sie in den Armen, klammerte sich regelrecht an sie und redete leise und mit brüchiger Stimme auf sie ein.

Der Übersetzer hatte bis dahin auf einem schmalen Holzstuhl gesessen. Als Cornelia eintrat, erhob er sich. »Sie kann nicht lange sprechen, nicht viele Fragen, okay?«, meinte er leise.

Cornelia nickte. Sie würde es so kurz wie möglich machen und noch einmal wiederkommen, nachdem sie von Mirko erste Ergebnisse aus der Pathologie hatte.

»Setzen Sie sich«, sagte Aydin und bot ihr seinen Stuhl an. »Ich stelle Sie vor.«

Der Übersetzer hockte sich vor die Trauernde und nahm ihre Hand vorsichtig in seine. Es dauerte, bis Frau Esber ihn schließlich ansah. Aydins melodische Worte brachten sie dazu, auch Cornelia anzusehen. An ihren dunklen Wimpern schimmerten Tränen.

»Stellen Sie Ihre Fragen, Frau Arents.«

Doch Cornelia kam nicht dazu. Frau Esber begann stockend auf sie einzureden. Natürlich verstand sie bis auf das deutsche Wort *bitte* nichts und sah fragend zu ihrem Begleiter.

»Frau Esber möchte wissen, wo Sie ihre Tochter gefunden haben.«

»In einem Wäldchen.« Cornelia beschrieb ihr, wo die kleine Grünfläche lag, und Faris Aydin übersetzte.

Frau Esber schüttelte langsam den Kopf und umklammerte ihr Tuch. Sie öffnete den Mund, doch ihr Schrei blieb stumm. Zwischen ihren Fingern zerriss der Stoff.

Cornelia schluckte und wandte den Kopf, sah zur Wand, an der ein paar verkratzte, zerknickte Fotos hingen. Sie zeigten eine glückliche, vierköpfige Familie vor einem Laden. Hinter den Schaufenstern stapelte sich goldbraunes Brot. Das war die Bäckerfamilie Esber, bevor Krieg und Flucht alles zerstört hatten. Vier lächelnde Gesichter, der Vater stolz auf seine schöne Frau, den Sohn und die Tochter. Sie hatten sich besonders herausgeputzt für dieses Bild, und auch das Schild des Geschäfts erstrahlte in vollem Glanz. Von den Menschen auf diesem Bild lebte jetzt nur noch einer.

Cornelia sah auf ihre eigenen Hände, weil sie die Situation sonst keine Sekunde länger ertragen hätte. »Herr Aydin, fragen Sie Frau Esber bitte, wann sie ihre Tochter zuletzt gesehen hat.«

»Gestern Morgen, bevor sie zur Schule gegangen ist.«

Cornelia glaubte ihren Ohren nicht zu trauen. »Gestern Morgen? Und warum wurde sie nicht als vermisst gemeldet?«

Es folgte eine leise Unterhaltung. Der Übersetzer musste immer wieder warten, bis die verstörte Frau in der Lage war zu antworten.

»Sie sagt, sie hat sie nicht vermisst. Das Mädchen wollte nach der Schule zu einer Freundin aus Mali, mit der sie nachmittags auch oft zusammen zum Kurs dieser pensionierten Lehrerin geht. Dort haben sie sich wohl auch kennengelernt. Soweit ich verstanden habe, hat Majida auch oft bei Aminata übernachtet. Die Familie ist in einem normalen Wohnhaus untergebracht, und Frau Esber ist um jede Nacht froh gewesen, die ihre Tochter nicht hier im Heim schlafen musste.«

»Warum? Ist hier etwas vorgefallen? Sind sie bedroht worden?«, erkundigte Cornelia sich. Tat sich da etwa eine Spur auf?

Wieder musste sie eine Weile auf die Antwort warten.

»Sie sagt, es sei kein Ort für ein Mädchen, Sie sollten sich nur mal hier umsehen.« Faris Aydin räusperte sich. »Ich denke nicht, dass das Mädchen direkt bedroht wurde, nicht mehr oder weniger als alle hier.«

»Was soll das heißen?«

»Es gibt hin und wieder Auseinandersetzungen unter den Bewohnern. So viele Menschen aus unterschiedlichen Ländern, da gibt es eben manchmal Streit. Und nicht jeder in der Nachbarschaft ist den Flüchtlingen hier wohlgesonnen. Es gibt immer wieder Vorfälle. Die Leute werden beleidigt, letzten Monat wurde eine große Mülltonne vor die Eingangstür geschoben und in Brand gesetzt, Schmierereien an den Außenwänden und den Zäunen gibt es fast jede Woche.«

»Es hat einen Brandanschlag gegeben? Ist das gemeldet worden?«, fragte Cornelia ungläubig.

Aydin schüttelte den Kopf. »Ich habe ihnen dazu geraten, aber mehr kann ich nicht machen. Einige Männer haben es rechtzeitig entdeckt, haben die Tonne weggeschoben und mit Wassereimern gelöscht.«

Cornelia lief es eisig den Rücken hinunter. »Sagen Sie ihr, sagen Sie später bitte allen, dass solche Vorfälle gemeldet werden müssen. Wir können sonst nicht für ihren Schutz garantieren.«

»Die Leute wollen keinen Ärger mit der Polizei, sie haben Angst, verstehen Sie das nicht? Dort, wo die Esbers und viele andere herkommen, ist die Polizei korrupt. Wer sich beschwert, verschwindet. So ist das.« Der Übersetzer war laut geworden. Jetzt senkte er die Stimme wieder. »Und die Leute vom Amt, die haben es am liebsten ruhig. Jede Beschwerde bedeutet mehr Arbeit.«

»Ich verstehe, trotzdem ist es nicht richtig.«

»Das habe ich auch nicht behauptet.« Der Syrer hockte sich neben sie auf den Boden. »Hier ist nicht der Ort und nicht die Zeit für solche Diskussionen. Ich stelle Frau Esber noch ein paar Fragen, dann sollten wir gehen.«

»Natürlich. Fragen Sie, ob ihre Tochter erzählt hat, dass sie vor jemandem Angst hatte. Wurde sie bedrängt oder verfolgt?«

Die Mutter verneinte.

»Ist ihr sonst etwas aufgefallen? Hat sie sich in letzter Zeit anders verhalten als sonst?«

Wieder war die Antwort negativ. Beim jetzigen Ermittlungsstand fielen ihr keine weiteren Fragen ein. Vielleicht wusste die Nachhilfelehrerin oder die Freundin der Toten mehr. Cornelia ließ sich den Namen geben, dann verabschiedete sie sich. Sie würde später noch einmal wiederkommen.

Aydin folgte ihr hinaus, nachdem er noch kurz mit den Frauen gesprochen hatte.

Robin und die Sozialarbeiterin erwarteten sie bereits.

»Und?«

Cornelia trat zu ihrem Kollegen. »Der Mutter ist nichts Ungewöhnliches aufgefallen. Ihre Tochter wollte bei einer Freundin übernachten, sie hat ihr Verschwinden also nicht bemerkt. Als Nächstes werde ich mit dieser Freundin reden. Ich muss wissen, wann Majida ihren Mörder getroffen hat und am besten auch wo.«

»Hast du Namen und Adresse der Freundin?«

Cornelia bejahte. »Sie lebt nicht weit von hier. Ich möchte da gleich anschließend hinfahren.«

Sie verabschiedeten sich von Frau Stern und Herrn Aydin, die sich um die trauernde Mutter kümmern und ihr helfen würden, die bevorstehenden Behördengänge zu meistern und alles für die Beerdigung vorzubereiten.

Als Cornelia das Heim verließ, sah sie die Umgebung mit anderen Augen. Jetzt fielen ihr die Mülltonnen mit den geschmolzenen Seitenwänden auf, der rußige Fleck vor dem Hauseingang.

»Komm, ich will mir etwas ansehen.« Cornelia ging langsam um das Haus herum. Und ja, da waren sie. Fremdenfeindliche Schmierereien. Jemand hatte versucht, sie zu überstreichen. Buchstaben schimmerten durch die Farbe hindurch und bildeten verzerrte Worte des Hasses. Die Farbe blätterte bereits ab und war wohl nicht für Fassaden gedacht.

»Ich glaube es nicht.« Robin stemmte die Hände in die Hüften und nahm die Gegend genauer in Augenschein. Es gab einen Bretterzaun, der die Flüchtlingsunterkunft auf drei Seiten begrenzte. Eine spärliche Hecke aus Flieder und Forsythien konnte das Loch im Zaun kaum verdecken. »Dort sind sie reingekommen, denke ich.«

»Ich verstehe nicht, warum es niemand angezeigt hat.«

Cornelia legte den Kopf in den Nacken und sah an der verklinkerten Hauswand hinauf. »Die sollten Kameras anbringen lassen, oder zumindest ein paar Attrappen. Beim nächsten Mal gelingt es vielleicht nicht mehr rechtzeitig, den Brand zu löschen.«

»Willst du dich um die Brandsache kümmern, oder soll ich? Es bringt vielleicht nicht mehr viel, aber wir sollten dem

Anschlag auf jeden Fall nachgehen. Vielleicht hängt beides zusammen.«

»Ich wäre froh, wenn du dich darum kümmern könntest, Robin. Dann konzentriere ich mich erst mal auf das Mädchen. Ich …« Cornelia brachte den Gedanken nicht zu Ende.

Robin hob fragend eine Braue. »Lass mich raten«, knurrte er. »Du hoffst, dass die beiden Taten nicht zusammenhängen.«

»Genau. Kein politischer Mord, nicht in Bochum.«

KAPITEL 3

Majidas Tagebuch

Sie müssen schon ganz in der Nähe sein. Ständig kann man Gewehrfeuer hören, und die Flugzeuge fliegen jetzt Tag und Nacht. Von Weitem konnte ich Panzer sehen, die über das Feld fuhren. Sie sind von der Regierung, aber werden sie auch noch von den Soldaten gefahren, die uns verteidigen sollen, oder sind sie bereits in die Hände der ISIS-Männer gefallen?

Wir können nicht mehr schlafen, nicht mehr essen, nicht mehr denken. Wenn Ahmed nicht weint, spielt er Soldat mit einem knallgrünen Gewehr aus Plastik. Er sagt, er wird mich beschützen. Ich würde lachen, wenn es nicht so schrecklich wäre.

Mutter versucht, ihren Schmuck zu verkaufen, auch die Kette und die Armreifen, die sie von Vater zur Hochzeit bekommen hat. Wir brauchen Geld, sagt sie.

Am Abend kommt sie zurück und weint. Der Juwelier hat ihr nur ganz wenig Geld gegeben. Jeder versucht, Geld aufzutreiben, es ist eine Zeit für böse Menschen, die nur an sich selbst denken. Ich will ihr auch meinen Schmuck geben, aber sie will ihn nicht annehmen und weint nur noch mehr.

Bochum

Cornelia hatte Robin in der Wohnsiedlung zurückgelassen. Er wollte sich nach Zeugen für den Brandanschlag umhören.

Sie selbst war zu der Adresse gefahren, wo die beste Freundin der Verstorbenen wohnte.

Bald parkte sie an einer belebten Straße, an der eine Straßenbahnlinie fuhr und viel Durchgangsverkehr die Luft stickig machte. Die Gebäude waren allesamt mehrgeschossige, schlichte Wohnhäuser, die gelblichen Fassaden vom vielen Verkehr verschmutzt. Tauben stolzierten über die Waschbetonplatten vor einer kleinen Bude *Am Eck*, an der sich schon am frühen Nachmittag einige Trinker trafen und ihre Bierflaschen umklammerten. Das träge Lachen der Männer drang bis zu Cornelia herüber.

Dies war eine typische Wohngegend im Ruhrgebiet, wie es sie im Umkreis von vierzig Kilometern in zahlreichen Facetten gab. Nicht gut und auch nicht wirklich schlecht. Geprägt von wenigen Alteingesessenen und vielen Zugereisten. Viele Familien lebten hier schon in der zweiten oder dritten Generation. Seien es Leute aus der Eifel, die einst wegen der Jobs im Bergbau hergezogen waren, oder spätere Heere von Italienern und Polen, die sich in der Industrie die Rücken krummgeschuftet hatten. Hinzu kamen junge Leute, angezogen vom Strukturwandel, und Studenten, die von der guten Anbindung zur Uni profitierten.

Cornelia fühlte sich wohl in dieser Gegend. Der Straßenzug erinnerte sie an ihre Kindheit, als sie mit ihren Eltern ebenfalls in einer Mietwohnung gewohnt und beim Einschlafen dem Quietschen der Straßenbahn gelauscht hatte.

Kinderlachen drang von einem Spielplatz herüber, der zwischen zwei Wohnhäusern eingequetscht lag und längst einer Überholung bedurft hätte.

Cornelia sah auf ihren Notizzettel und machte sich auf den Weg zu Hausnummer siebzehn. Über der Tür waren alte Schmuckfliesen angebracht, die schlichte, symmetrische Darstellungen von Vögeln zeigten. Es waren Schwäne, nun nicht mehr weiß, sondern über die Jahre abgasgrau verfärbt, die Glasur rissig. Trotzdem hob es das Gebäude ein wenig von den anderen ab.

Cornelia studierte die Klingelschilder und fand das Gesuchte schnell. Ob das Mädchen Aminata wohl zu Hause war? Sie drückte die Klingel und hoffte, dass die Freundin der Ermordeten ausreichend Deutsch sprach, um ihre Fragen verstehen und beantworten zu können.

Der Türsummer ging, ohne dass sie eine Stimme aus der Gegensprechanlage hörte. Der Flur stand voll mit Kinderwagen und Fahrrädern, sodass nur ein schmaler Streifen frei war. Mit vollgepackten Einkaufstaschen würde man es hier schwer haben.

Wie erwartet gab es keinen Aufzug. Entschlossen nahm Cornelia die Treppe in Angriff und ignorierte den stechenden Schmerz in ihrer Wade, der sie immer plagte, sobald es ans Stufenerklimmen ging. Auch ihre quälenden Ausflüge auf den Stepper änderten daran nicht viel. Am Anfang tat es immer weh. Auf dem ersten Absatz wurde es bereits besser. Sobald sich die Muskulatur ein wenig aufgewärmt hatte, verschwand der Schmerz fast gänzlich.

Im dritten Geschoss wurde sie von einem jungen Afrikaner erwartet, einem groß gewachsenen, schmalen Mann mit aristokratischen Gesichtszügen. Er trug verwaschene

Jeans und einen grauen Kapuzenpulli, obwohl es ein warmer Tag war. Cornelia fragte sich unweigerlich, ob für jemanden aus Mali die deutschen Sommer kalt waren.

»Ich suche Aminata Ouane«, begann Cornelia.

»Das ist meine Schwester. Wer sind Sie? Was wollen Sie von ihr?«

Cornelia hatte eigentlich vermeiden wollen, sich direkt als Polizistin erkennen zu geben, aber ihr blieb wohl keine Wahl. »Ich will nur mit dem Mädchen reden. Es geht um ihre Freundin, Majida Esber. Mein Name ist Arents, ich bin von der Polizei.«

Die Augen des Mannes weiteten sich erschrocken, er zog sich in die Wohnung zurück und wollte die Tür schließen, doch Cornelia war schneller und drückte mit der Hand dagegen.

»Bitte!«, sagte Cornelia so ruhig wie möglich. »Majida ist etwas zugestoßen, ich will nur denjenigen finden, der es ihr angetan hat. Ihre Schwester könnte mir sehr helfen.«

Der Mann wollte etwas erwidern, zögerte, dann trat er von der Tür zurück. »Na gut. Kommen Sie.«

Cornelia ging an ihm vorbei und blieb in einem engen, dunklen Flur stehen. Der junge Mann führte sie zu einer verschlossenen Tür, klopfte und rief etwas. Cornelia verstand nur ihren Nachnamen, dem er eine sehr andere Färbung gab.

Ein bildhübsches Mädchen, das seinem Bruder sehr ähnlich war, öffnete die Tür. Sie hatte den typisch genervten Gesichtsausdruck eines Teenagers, der wohl weltweit derselbe war.

»Was denn?«, fragte sie, noch ehe die Tür ganz offen war, dann bemerkte sie Cornelias ernsten Blick und musterte sie fragend.

»Aminata? Ich würde mit dir gerne über deine Freundin Majida Esber sprechen. Ihr seid doch befreundet.«

»Kommt darauf an«, gab sie keck zurück und reckte das Kinn vor.

»Kann ich reinkommen? Wir sollten in Ruhe reden.«

Bald darauf saß Cornelia neben Aminata auf dem Bett in ihrem winzigen Zimmer, welches das Mädchen mit ihren wenigen Mitteln hübsch eingerichtet hatte. Die Möbel waren schlicht und weiß, die Wände in hellem Türkis gestrichen. Es gab mehrere Poster, die Shakira und andere Stars zeigten. Wie Majida, so schien auch Aminata gerne Schmuck zu basteln, denn auf dem Schreibtisch entdeckte Cornelia mehrere Gläser und Schalen, die mit Perlen und Glitzerkram gefüllt waren.

Aminata hatte die Nachricht vom Tod ihrer Freundin überraschend gefasst aufgenommen. Jetzt trocknete sie ihre letzten Tränen mit einem bedruckten rosa Papiertaschentuch, und Cornelia hielt ihre Hand.

»Ich möchte dir ein paar Fragen stellen, Aminata, vielleicht helfen deine Antworten dabei, denjenigen zu fassen, der ihr das angetan hat.«

Sie zog die Nase hoch und nickte. »Ja.«

»Von Majidas Mutter habe ich erfahren, dass sie gestern nach der Schule bei dir bleiben wollte.«

»Ja, sie wollte«, antwortete sie in brüchigem Deutsch. »Aber Bücher zu Hause liegen.«

»Sie hat ihre Bücher zu Hause vergessen. Und ist sie sie holen gegangen?«

Aminata nickte. »Nach Schule.«

»Und das ist das letzte Mal, dass du sie gesehen hast?«

»Ja.«

»Wann war das?«

Aminata legte den Kopf in den Nacken. Ihre Lippen bewegten sich langsam, während sie im Geiste die Worte für Zahlen suchte. Cornelia merkte es am Zucken der Finger, die sie offensichtlich beim Zählen zu Hilfe nahm.

»Vierzehn, fünfzehn«, verkündete sie schließlich und wandte sich wieder Cornelia zu.

»Also um Viertel nach zwei? Laut ihrer Mutter ist sie nie zu Hause angekommen.« Cornelia mochte nicht glauben, dass das Mädchen womöglich am helllichten Tag verschleppt worden war. »Kannst du dir vorstellen, wo sie sonst noch hingegangen sein könnte? Hat sie noch eine andere Freundin gehabt, oder einen Freund?«

Aminata schüttelte entrüstet den Kopf. »Ein Mann? Nie! Majida gutes Mädchen.«

»Wart ihr sehr gut befreundet? Meinst du, sie hat dir alles erzählt, was ihr wichtig war?«

Aminata nickte. »Ja, ich denke, ja.« Sie legte die Hand auf die Brust. »Aber Herz viel traurig. Manchmal schweigen besser dann.« Und dann seufzte sie. »Majida hat geschrieben in Buch, alles was nicht kann sagen.«

Cornelia wurde hellhörig. Wenn die Tote ein Tagebuch geführt hatte, dann würde sie dort vielleicht die nötigen Hinweise finden. »Wie sieht dieses Buch aus?«

»Blau mit …« Aminata begann zu überlegen.

Cornelia fluchte innerlich. Diese verdammte Sprachbarriere!

Schließlich ergriff das Mädchen Cornelias Rechte, zeichnete mit der Fingerspitze etwas auf ihre Handfläche und wies dann zum Himmel.

»Ein Stern? Blau mit Sternen?«
»Wo bewahrt sie es auf?«
»Bett. Unter Kissen.«

* * *

Cornelia fuhr an diesem Tag noch einmal zum Flüchtlingsheim zurück, und diesmal tat sie es allein. Es war bereits später Nachmittag, als sie den Dienstwagen in die Knappstraße lenkte und genau an der gleichen Stelle parkte wie am Morgen. Der grantige Nachbar war nirgends zu sehen, aber in der Luft hing noch der Geruch der frisch geschnittenen Hecke.

Vermutlich beobachtete er sie trotzdem von irgendwo, vielleicht stand er im Wohnzimmer hinter den Spitzengardinen und schrieb sich die Nummer der Parksünderin auf.

Cornelia war es egal. Sie musste so schnell wie möglich Majidas Tagebuch finden und sich jemanden suchen, der es ihr übersetzen konnte.

Sie bog in die Zufahrt ein und konnte bald wütende Männerstimmen hören. Es klang, als würde jeden Moment ein ernsthafter Streit losbrechen. Cornelia fühlte, wie sich eine Stelle zwischen ihren Schultern verhärtete. Sie griff nach ihrem Handy, bereit, sofort Verstärkung zu rufen, und ging zügig weiter.

Dann konnte sie die Männer sehen. Sie standen vor dem Heim, mindestens fünfzehn oder sechzehn, und diskutierten laut. Zwei schrien sich in gebrochenem Deutsch an, die anderen redeten in ihren Muttersprachen auf die Streithähne ein. Ein Sprachgewirr babylonischen Ausmaßes.

Cornelia bereute sofort, allein und unangemeldet hergekommen zu sein, doch jetzt war es zu spät. Die Männer hatten sie gesehen und machten einander mit ruppigen Stößen gegen die Schulter oder die Brust auf sie aufmerksam. Die lauten Stimmen wurden sofort leiser, zwei Männer verließen die Gruppe sogar und zogen sich nach einem Blick über die Schulter ins Gebäude zurück.

Mit steifen Schritten ging Cornelia weiter. Ausgerechnet jetzt machte sich ihre Wade wieder bemerkbar. Als wollte ihre Behinderung sie darauf aufmerksam machen, dass an Flucht nicht zu denken war. Sie war einfach nicht schnell genug.

Mit aufeinandergebissenen Zähnen und festem Blick erreichte sie die Gruppe.

Ein Mann trat vor. »Frau Polizist!«, sprach er sie an. Cornelia war versucht, einfach weiterzugehen, doch der Mann stand genau zwischen ihr und der Eingangstür. Er war ein dunkler Typ, mit kurz geschorenem Haar und kohlschwarzen Augen. Sein breiter Brustkorb machte deutlich, dass mit ihm nicht zu spaßen war.

»Was ist denn?«, fragte sie knapp.

»Ist Mörder gefangen?«

Natürlich hatte die Nachricht vom gewaltsamen Tod des Mädchens blitzschnell die Runde gemacht. »Ich kann zu laufenden Ermittlungen nichts sagen«, versuchte sie es diplomatisch und ahnte doch zugleich, dass er sich damit nicht abspeisen lassen würde.

»Unsere Kinder!«, wandte der Mann protestierend ein.

»Ich verstehe Ihre Sorge. Aber ich kann den Täter nicht schneller finden, wenn Sie mich meine Arbeit nicht machen lassen.«

»Wie sieht er aus? Hast du Name?«, mischte sich jetzt ein anderer ein und stellte sich flankierend neben den anderen.

»Wir haben keinen Namen und wenn, dann könnte ich Ihnen den nicht geben. Die Ermittlungen stehen erst ganz am Anfang. Lassen Sie mich jetzt vorbei.« Cornelia nahm ihren ganzen Mut zusammen und wollte sich soeben zwischen den Männern hindurchdrängen, als die Tür von innen geöffnet wurde und sie in ein vertrautes Gesicht blickte.

»Frau Arents, kommen Sie.«

Die Männer machten Platz. Faris Aydin hatte sich im Gegensatz zu Cornelia offenbar ihren Respekt verdient. Cornelia fragte sich kurz, wie er es geschafft hatte, doch eigentlich war es ihr in dieser Situation egal. Sobald sie im Inneren des Gebäudes war und die Tür hinter ihr mit einem Klacken ins Schloss fiel, atmete sie auf. Sie musste schon einige Zeit die Luft angehalten haben, ohne es zu merken, denn jetzt verlangten ihre Lungen nach mehr, viel mehr.

»Sie sehen blass aus«, stellte der Übersetzer fest, und Cornelia war ihre Schnappatmung ein wenig peinlich. Eine Polizistin sollte eigentlich tougher sein, besonders eine von der Kripo. Aber ihr Fell war seit einem Jahr nicht mehr so dick.

»Ich hätte nicht damit gerechnet, dass es so schwer sein würde, hier reinzukommen.«

»Ich habe Ihnen doch gesagt, dass hier keiner der Polizei traut, und erst recht keiner Frau.«, erwiderte Aydin, als sei es eine Antwort auf alles.

»Auch Sie nicht?«

Seine Wangen wurden kantiger, als er die Lippen aufeinanderpresste. Seine Antwort war ein Schulterzucken und ein vager Blick zur Tür. Draußen wurden die Stimmen wieder lauter, und wütender.

»Was haben die Leute vor? Selbstjustiz?«

»Sie haben Angst um ihre Kinder, verstehen Sie das nicht?«

»Doch natürlich, aber wir leben in einem Rechtsstaat.«

Der Übersetzer schnaufte abfällig. »Diese Männer wollen keine Selbstjustiz üben, noch nicht. Aber von jetzt an wird immer jemand die Mädchen zur Schule begleiten und auch wieder abholen. Sie wollen nachts Wachen aufstellen.«

»Wenn die Männer etwas Ungewöhnliches bemerken, sollen sie Ruhe bewahren und sofort die Polizei anrufen.«

»Sage ich ihnen später noch mal.« Der Übersetzer musterte Cornelia. Jetzt fiel ihr auf, wie erschöpft er wirkte.

»Waren Sie die ganze Zeit hier?«

Er nickte. »Ich habe für Frau Esber einige Telefonate erledigt und versucht, ihr zu erklären, wie sie ihre Tochter beerdigen kann. Sie will eigentlich, dass sie nach Syrien gebracht wird, aber das ist teuer, und ihr Heimatort ist jetzt in den Händen des Daesh. Warum sind Sie wieder hergekommen? Ich wollte gerade gehen.«

»Falls Sie noch einige Minuten haben, helfen Sie mir bitte. Majida hat angeblich eine Art Tagebuch geführt, ich hoffe, dass ich darin Hinweise auf den Täter finde.«

Faris Aydin antwortete nicht, sondern schlug direkt den Weg zur Treppe ins Obergeschoss ein.

Überrumpelt von seiner Reaktion, zögerte sie kurz, dann folgte sie ihm hastig und nahm immer zwei Stufen auf einmal. Offenbar war er nicht der Typ für viele Worte.

»Majidas Freundin Aminata sagte, dass sie es immer unter ihrem Kopfkissen aufbewahrt«, rief sie ihm hinterher.

Der Übersetzer klopfte kurz an und trat dann ohne abzuwarten ein. Cornelia fühlte sich gehemmt. Sie kannte diese Menschen nicht, und sie war diejenige, die für immer mit der Todesbotschaft in Verbindung stand, wie ein Unglücksvogel.

Sie blieb an der Tür stehen, zögerte.

»Frau Arents? Kommen Sie?«

Er wartete bereits auf sie. Gemeinsam betraten sie ein kleines Zimmer, das mit drei Betten völlig zugestellt war. An den Wänden hingen Haken für Kleidung, dazwischen Fotos. Einige der Bilderrahmen waren auf die gleiche Weise verziert wie die Handtasche, die sie bei der Toten gefunden hatten. Ihr war sofort klar, welches der drei Betten Majida gehört hatte.

Der Übersetzer war neben der Kopfseite stehen geblieben.

»Wo ist die Mutter?«, fragte Cornelia leise.

»In der Küche. Sie sollen nehmen, was Sie brauchen, und dann gehen. Sie will niemanden sehen.«

Cornelia nickte, schlug die Bettdecke zurück und hob dann das Kopfkissen an. Und da war es. Ein abgegriffenes dunkelblaues Buch mit aufgedruckten Sternen, die kaum noch zu erkennen waren. Cornelia kam es vor, als halte sie einen Schatz in den Händen. Was dieses Buch alles mitgemacht haben musste!

»Ist es das?«, fragte Faris Aydin.

»Ja. Ich bin mir sicher.«

»Dann gehen wir und stören die armen Leute nicht länger.«

Cornelia nickte und folgte ihrem Begleiter aus der kleinen Wohnung hinab ins Erdgeschoss und ins Freie. Die Versammlung der Männer hatte sich aufgelöst, und die Abenddämmerung brachte kühle Luft aus Westen mit.

KAPITEL 4

Majidas Tagebuch

Sie kamen im Morgengrauen und eroberten die Stadt beinahe ohne Gegenwehr. Die Truppen der Regierung waren in der Nacht unbemerkt abgezogen und hatten uns den ISIS-Kämpfern wie Schlachtvieh überlassen.

Wir sind nicht von strategischer Bedeutung, sagt Vater, und sein Gesicht ist ganz rot dabei. So wütend habe ich ihn noch nie gesehen. Ich bin auch wütend. Nicht von strategischer Bedeutung, was soll das heißen? Jeder Fußbreit, den diese Männer nicht betreten, ist wichtig, jeder Mensch, über den sie keine Macht bekommen, bedeutend.

Ich kann nicht fassen, dass sie uns diesen Schlächtern ausliefern, weil ihnen die Stadt nun nutzlos erscheint.

Wir gehen nicht mehr in die Schule, und ich glaube nicht, dass wir jemals wieder dorthin gehen. Ich helfe Mutter beim Packen. Ahmed ist bei Vater in der Bäckerei. Sein Gehilfe ist weggelaufen. Vater will Brot backen und verkaufen, bis wir auch losfahren.

Nachts träume ich von Explosionen, oder ich höre sie bis in meine Träume, gibt es da einen Unterschied? Ich stelle mir vor, wie die ISIS-Kämpfer demnächst auch in unserer Straße patrouillieren und wie sie die nette Frau von gegenüber, die sich so gerne schminkt und bunte Sachen trägt, an ihr Auto binden und durch den Staub ziehen, nackt und weinend. Und wie sie ihren Mann schlagen, weil er zugelassen hat, dass sie sich hübsch macht und es alle hat sehen lassen.

Knappstraße, Bochum

Cornelia lief zu ihrem Wagen, das Buch fest an den Körper gedrückt. Faris Aydin schob sein Fahrrad neben ihr her und schwieg. Dennoch fühlte sie seinen forschenden Blick auf sich ruhen. Er versuchte, sie einzuschätzen. War sie eine der Polizisten, von denen die Flüchtlinge zu Recht behaupteten, dass sie ihre Probleme nicht ernst nahmen, oder nicht. Sie wusste selbst, dass es besonders unter den Streifenpolizisten viele gab, die sehr reaktionär dachten. Das konnte in ihrem Beruf schnell geschehen, wenn man sich nur auf die schlechten Seiten der Menschen konzentrierte.

»Die Mutter wird das Tagebuch so bald wie möglich zurückbekommen«, unterbrach Cornelia die Stille.

»Ich sage es ihr morgen, falls sie fragt.«

»Danke.«

Sie waren am Auto angelangt. Cornelia lehnte sich an die Beifahrertür und zog vorsichtig die Schleife auf, mit der das Tagebuch verschlossen war.

Vorne lagen einige Fotos. Sie ging sie kurz durch. Die meisten zeigten die Familie in glücklicheren Zeiten, daheim in Syrien. Sie reichte sie gedankenverloren an den Übersetzer weiter und blätterte durch die Seiten. Das Papier war vom vielen Umblättern speckig geworden, voller Flecken und an den Rändern gelblich verfärbt.

Majida musste über einige Jahre hineingeschrieben haben,

denn ihre Schrift änderte sich mit der Zeit, wurde routinierter und erwachsener. Gab es am Anfang noch eingeklebte Bonbonpapierchen und bunte Eintrittskarten, wurden die hinteren Seiten immer schlichter. Dafür begann sie, Papier zu sparen. Es geschah viel, und sie quetschte die dreifache Menge Text in eine Zeile.

Die letzten Blätter waren leer. Nicht mehr als ein Dutzend waren noch geblieben. Cornelia blätterte jede Seite einzeln um. Auf der letzten standen Telefonnummern. Es waren nur sechs. Die meisten erklärten sich von selbst. Die Schule, ihre Freundin, die Lehrerin des Nachhilfekurses.

»Das ist die Nummer der zuständigen Sachbearbeiterin im Amt«, sagte Faris Aydin, der ihr unbemerkt über die Schulter gesehen hatte.

»Dann bleiben zwei unbekannte. Ich lasse sie überprüfen.«

Cornelia blätterte zurück zu den letzten Einträgen, die Majida in ihrer Muttersprache verfasst hatte.

»Können Sie lesen, was dort steht?«

»Natürlich«, sagte der Übersetzer.

»Würden Sie ... Es wäre wichtig für die Ermittlungen. Ich bin mir sicher, dass man Sie dafür entlohnen wird.«

Aydin lachte trocken auf. »Im Paradies vielleicht. Ich arbeite nicht für das Amt, ich mache das alles freiwillig, schon vergessen?«

Cornelia schämte sich ein wenig für ihren gedankenlosen Vorstoß, aber sie brauchte diese Übersetzung wirklich dringend, und sie wusste nicht, wo sie so schnell einen vertrauenswürdigen Übersetzer herbekommen sollte. Immerhin schienen sowohl Behörden als auch Flüchtlinge bereitwillig mit ihm zu kooperieren.

»Hören Sie, Frau Arents, ich will auch, dass der Mörder der Kleinen so schnell wie möglich gefasst wird, aber wenn ich jetzt nicht bald etwas in den Magen bekomme ... Ich bin seit dem Morgen hier.«

Kurz darauf saßen sie auf der Terrasse einer kleinen Schnellpizzeria, die mit Plastikstühlen und Tischen ausgestattet war. Faris Aydin las konzentriert in Majidas Tagebuch, während Cornelia telefonisch die beiden Telefonnummern überprüfen ließ, die sie darin gefunden hatten. Sie rief beide an. Es dauerte nicht lange, und es war klar, dass sie für die Ermittlungen nicht weiterführend waren.

»Die erste ist von einer Frau Kercher, Majidas Vertrauenslehrerin, die andere ist offenbar von einer anderen Freundin.«

Aydin nickte und schob sich eine große grüne Olive in den Mund. Sie hinterließ fettigen Glanz auf seinen Lippen, er wischte sich mit dem Handrücken darüber.

»Dachte ich mir schon«, sagte er nur und aß dabei genüsslich weiter.

Cornelia steckte ihr Handy ein und griff nach einer Scheibe Baguette. Während sie langsam darauf herumkaute, sah sie ihrem Gegenüber zu. Faris Aydin las konzentriert. Die Worte schienen ihn sehr zu berühren, das sah sie an seinem bewegten Mienenspiel. Bislang überflog er die Seiten nur. Cornelia hatte ihn darum gebeten, sich zuerst die neuesten Seiten vorzunehmen und nach Hinweisen zu suchen, ob Majida vor jemandem Angst gehabt hatte oder eine neue Person in ihr Leben getreten war.

Am liebsten hätte sie Faris Aydin ständig unterbrochen, doch dann würde er langsamer vorankommen. Schließlich hielt sie es nicht mehr aus. »Und?«

»Nichts Eindeutiges. Sie hatte Angst, natürlich. Aber sie war ja auch fremd hier. Wenn Sie jemals in Syrien gewesen wären, dann wüssten Sie, dass es sich von Deutschland unterscheidet wie Tag und Nacht.«

»So schlimm?«

»Nein, nicht schlimm. Es ist ein wunderschönes Land. Die Menschen sind warm und herzlich, der Himmel ist weiter, und überall wo man hinsieht, entdeckt man Spuren unserer Vorfahren. Im Frühjahr, wenn die Felder grün sind und die Orangenbäume blühen, gibt es keinen schöneren Ort auf der Welt. Wenn Sie jemals eine Nacht unter dem Sternenhimmel dort verbracht haben, würden Sie sich hier fühlen, als lebten Sie unter einer abstumpfenden Glocke.« Er seufzte. »Das war natürlich vor dem Krieg.« Sein Blick verfinsterte sich, und seine Miene gewann wieder die graue Härte zurück, die sie schon im Flüchtlingsheim an ihm bemerkt hatte.

»Es klingt, als seien Sie oft dort gewesen, obwohl Sie schon als Kind nach Deutschland kamen, wenn ich mich richtig an Ihre Aussage erinnere.«

Er schien nervös zu werden, wandte den Blick ab und schaute über die Straße zu einem Gemüsehändler, der soeben seine Warenauslagen abbaute. Aydin ballte die Rechte zur Faust, streckte sie dann wieder, als er merkte, wie sie ihn prüfend ansah.

»Ich war dort. Bis vor vier Monaten.«

»Die ganze Zeit?«

»Nein, nur für ein Jahr. Zwölf Monate, die mich beinahe mein restliches Leben haben vergessen lassen. Das schöne, sichere Leben, das ich hier geführt habe und das mir immer so selbstverständlich vorgekommen war.«

Cornelia begann zu ahnen, welche Wendung dieses Gespräch nehmen würde. Aber sie musste es genau wissen. »Also sind Sie hingereist, als der Krieg bereits ausgebrochen war?«

Der Übersetzer nickte.

In diesem Moment wurde seine Pizza gebracht. Cornelia hatte sich ebenfalls eine bestellt, wenngleich nur eine kleine. Aydin wartete mit der Antwort, bis sie wieder alleine waren. Doch der Appetit schien ihm vergangen zu sein, denn er schob die Pizza nur mit dem Messer hin und her, als wisse er nichts damit anzufangen.

»Ich habe in einem Krankenhaus gearbeitet und später, als das ausgebrannt und die Stadt verloren war, für die FSA als Feldarzt. Ich musste einfach etwas tun. Ich kann doch nicht hier sitzen und mir im Fernsehen anschauen, wie diese Leute alles vernichten, was an Syrien gut und richtig war.«

»Die FSA, das sind?« Cornelia musste zugeben, sich noch nie im Detail mit dem Syrienkonflikt auseinandergesetzt zu haben.

Faris seufzte. »Die FSA, das ist die Freie Syrische Armee, sie kontrollieren Gebiete im Nordwesten und rund um Aleppo. Sie arbeiten mit den Peschmerga und der Islamischen Front zusammen.«

»Ich muss gestehen, so genau habe ich mich nie damit beschäftigt. Wofür oder wogegen kämpfen sie?«

»Die FSA kämpft gegen das Assad-Regime und gegen Daesh. Sie setzen sich aus desertierten Soldaten der Regierung zusammen, aber auch viele einfache Bürger sind dabei, die ihr Dorf, ihre Stadt und ihre Familie verteidigen wollen. Die meisten sind sunnitische Muslime, aber es gibt auch Alawiten, Drusen und Christen in ihren Reihen. Sie streben ein demokratisches Syrien an, und nach einem Sieg soll es keine Plünderungen und Vergeltungen geben. Ich bin mit ihnen in

Kontakt gekommen, weil sie Flüchtlingscamps und Krankenhäuser in instabilen Regionen geschützt haben.«

»Und ich dachte, Sie wären einfach nur Übersetzer.«

Er schien froh, das Thema vorerst ruhen zu lassen. »Ich glaube, keiner von uns ist irgendetwas ›einfach nur‹. Sie sind sicher auch mehr als einfach nur Polizistin.«

Ein schwaches Lächeln erschien in seinen Mundwinkeln.

»Als Übersetzer helfe ich nur aus. Seit meiner Rückkehr bin ich bei der Initiative *Bochum mit Herz* aktiv. Meine Stelle als Assistenzarzt, die ich ursprünglich antreten wollte, bevor ich Hals über Kopf aufgebrochen bin, gab es nicht mehr.«

»Haben Sie eine neue gefunden?«

»Vorerst. In Essen am Uniklinikum in der Notaufnahme, wenn ich die Probezeit überstehe.«

»Warum sollten Sie nicht? Soweit ich das verstehe, haben Sie doch in Syrien viel Erfahrungen sammeln können, mehr als die meisten anderen Ärzte bei ihrer ersten Anstellung.«

»Das ist das Problem. Sie können sich nicht vorstellen, unter welchen Bedingungen wir operiert haben. Manchmal war ich allein verantwortlich oder nur mit einem ungeschulten Helfer an der Seite. Ich fürchte, ich werde schnell meine Kompetenzen überschreiten, ohne es zu merken.«

Cornelia bewunderte ihr Gegenüber mittlerweile. »Ich bin mir sicher, dass Sie ihren Weg machen werden. Gehen Sie nur von vorneherein offen mit Ihren Kollegen um. Wenn Sie denen das Gleiche sagen wie mir …«

Faris Aydin schüttelte den Kopf, weil er den Mund voll hatte, und bat sie mit einer Geste seiner sehnigen Hände zu warten. Sie sah auf seine Finger, mit denen er wohl Dutzenden verwundeten Menschen das Leben gerettet hatte und die aussahen wie von einem Klavierspieler, zumindest stellte sie sich die so vor. Vor wenigen Stunden hatte sie diesen Mann noch ganz anders eingeschätzt.

Aydin wischte sich mit einer Serviette über den Mund. »Der Oberarzt hat mir schon beim Vorstellungsgespräch klargemacht, dass sie glauben, ich würde mich für etwas Besseres halten. Als hätte ich die Macht genossen, die man zweifelsohne in einer solchen Situation besitzt. Mich einzustellen, sei ein Experiment, das er wagen wolle, meinte er. Aber ich hatte das Gefühl, für ihn ist mein Scheitern nur eine Frage der Zeit.«

»Wer ist dieser Oberarzt?« Cornelia, die beruflich hin und wieder in die Notaufnahme musste, hatte einen ganz bestimmten Mann vor Augen.

»Doktor Schöller.«

Sie verzog den Mund, aber ein Lächeln war es nicht. »Das habe ich beinahe befürchtet.«

»Sie kennen ihn?«

»Ein bisschen.«

Cornelia dachte an die wenigen Male, die sie mit dem Oberarzt in Kontakt gekommen war, und es war nie ohne Spannungen verlaufen. Aber darüber wollte sie eigentlich gar nicht reden. Jetzt ärgerte es sie sogar, dass sie so weit vom Thema abgeschweift waren. Sie ahnte, woran es lag. Der Syrer erinnerte sie an Vincent, und die Sehnsucht nach ihm ließ ihr das Herz noch immer ein wenig schwer werden.

Aydin schob gesättigt seinen Teller von sich und wischte sich gründlich die Finger sauber. »Ich überfliege noch ein paar Seiten, dann bekommen Sie eine Zusammenfassung«, sagte er, als habe er ihre Gedanken verstanden. Die Vertrautheit, die kurz zwischen ihnen geherrscht hatte, war wieder verflogen, und Cornelia atmete erleichtert auf.

Während der Syrer sich auf das Tagebuch konzentrierte, beobachtete sie den Pizzabäcker dabei, wie er geschickt den Teig kreisen und von einer Fingerspitze auf die andere fliegen ließ. Die beiden jungen Frauen, die gerade bestellten, lachten begeistert und forderten ihn auf, einen höheren Wurf zu probieren. Cornelia spürte, wie sie unwillkürlich lächelte. Diese Unbeschwertheit zu beobachten tat ihr an einem Tag wie diesem besonders wohl.

»Majida hatte Angst.«

Cornelia wurde aus ihren Gedanken gerissen und fixierte ihr Gegenüber, als habe er ihr ein klares Ziel genannt. Ihr Puls klopfte bis in ihre Handflächen. »Vor wem?«

»Das schreibt sie nicht.«

Enttäuscht atmete sie aus. »Verdammt. Nicht ein kleiner Hinweis?«

Er zuckte mit den Schultern. »Zumindest nicht in den letzten Einträgen.« Er blätterte hin und her und fuhr mit dem Finger über die Zeilen. »Hier. Sie schreibt … Wie sie uns ansehen, mit ihren kalten Blicken. Als wären wir keine Menschen, sondern Dinge. Dinge, die sie anekeln. Ich wünschte, ich könnte vor ihren Augen verschwinden, unsichtbar sein. Ich weiß, sie wollen uns hier nicht. Ich will ja auch nicht hier sein, aber das würden sie mir nicht glauben. Wenn ich nicht so viel Angst hätte, würde ich zu jedem von ihnen hingehen und sagen, dass wir gehen, sobald es zu Hause wieder besser ist.«

Faris Aydin seufzte. »Es tut mir so leid für das Mädchen.«

Cornelia nickte. Die Worte der Toten zu hören hatte sie sehr berührt, und doch hatte sie sich mehr erhofft, einen deutlichen Hinweis, eine konkrete Person, die sie fürchtete.

»Hat sie nicht noch mehr geschrieben?«

»Bislang habe ich nur die letzten beiden Einträge gelesen. Der davor ist … Moment …« Er blätterte kurz. »Zehn Tage alt.«

»Ich wüsste gerne, was sie in den letzten beiden Monaten geschrieben hat. Vielleicht hat der Täter sie schon eine ganze Weile beobachtet und nur auf den richtigen Augenblick gewartet, um seine Falle zuschnappen zu lassen.«

»Vielleicht war sie aber auch nur das zufällige Opfer bei einem fremdenfeindlichen Übergriff«, erwiderte er kühl, als habe er so eine Hasstat erwartet.

Cornelia sah plötzlich wieder die Tote vor sich, wie sie am Morgen im Wald gelegen hatte, und hörte die abfälligen Worte eines Beamten. Kopftuch, Ehrenmord.

Was, wenn an dem voreilig gefällten Urteil etwas Wahres dran gewesen sein könnte? Und konnte sie ihr Gegenüber danach fragen, oder würde er sich persönlich angegriffen fühlen?

Natürlich gab es sogenannte Ehrenmorde unter Einwanderern in Deutschland, und wenn es geschah, dann waren die Medien über Wochen voll davon. Bei der Belegung von Heimen wurde selten bis nie auf Religionen und Ethnien Rücksicht genommen.

Cornelia fühlte sich, als trete sie sehenden Auges und mit Anlauf in ein riesiges Fettnäpfchen.

Sie räusperte sich, bis Faris Aydin aufsah, und kämpfte mit den Worten, als weigere selbst ihre Kehle sich, den Verdacht laut auszusprechen. »Ein Kollege hat die Vermutung geäußert, es könne sich um einen Ehrenmord handeln.«

Warum schob sie es jetzt auf einen Kollegen? Sie spielte Theorien durch, das war doch ganz normal. Wo war ihr Rückgrat geblieben?

Faris Aydin schob langsam das Tagebuch von sich und hob den Kopf. Sein Blick war frostig. »Das ist immer das Erste, was euch einfällt, wenn es um Ausländer geht, nicht wahr?«

»Wir müssen jede Möglichkeit in Betracht ziehen.«

»Und wie kommt man auf einen Ehrenmord?«

Cornelia öffnete den Mund, schloss ihn dann wieder, weil ihr keine vernünftige Antwort einfiel.

Der Arzt war zornig, aber er blieb sachlich, was sie sehr erleichterte. »Majida hatte keine Verwandten hier, außer ihrer Mutter und ihrer Tante. Wer sollte sie also für irgendetwas bestrafen wollen und ein derart absurdes Verbrechen begehen?«

»Es ist nur eine von zahlreichen Möglichkeiten«, sagte Cornelia, und es klang schon jetzt wie eine Entschuldigung.

Aydin schüttelte den Kopf. »Außerdem sind die Esbers Jesiden, keine Muslime.«

»Jesiden?«, wiederholte Cornelia irritiert. »Das verstehe ich nicht.«

»Was bringt Sie zu der Annahme, das Mädchen sei Muslima gewesen?«

»Wir haben bei der Toten ein Kopftuch gefunden und gingen davon aus …«

Faris Aydin winkte ab. »Kopftücher zu tragen ist nicht das Vorrecht nur einer Religion. Viele der geflüchteten Mädchen, auch Christen, tragen auf dem Weg zur Schule Kopftücher. Dann müssen sie sich zwar hin und wieder dumme Sprüche anhören, aber ich denke, sie fühlen sich sicherer damit. Für die muslimischen Jungs haben sie nicht mehr den Status von Freiwild, und auch von den meisten anderen werden sie in Ruhe gelassen.«

»Also war es nur Tarnung.« Cornelia seufzte und war zugleich froh, dass die Presse aus dem Mord nun kein riesiges Sensationsthema machen konnte, das noch mehr Ausländerfeindlichkeit provozieren würde.

Kurz darauf verabschiedete sie sich von ihrem Helfer, nachdem sie Kontaktdaten ausgetauscht hatten. Faris Aydin war nun in Besitz des Tagebuchs und hatte versprochen, noch am Abend darin weiterzulesen. Cornelia hoffte noch immer auf ein kleines Wunder, das sich zwischen den Zeilen versteckt hielt.

KAPITEL 5

Majidas Tagebuch

Jetzt fahren sie auch durch unsere Straßen, wie im Fernsehen. Autos mit Raketenwerfern, Motorräder, LKW voller Kämpfer. Die meisten sind schrecklich jung. Manche so alt wie ich, einige nicht mehr als zehn Jahre alt. Beim Gedanken, Ahmed könnte in einigen Jahren sein knallgrünes Plastikgewehr gegen ein echtes eintauschen und unschuldige Menschen erschießen, wird mir schlecht.

Sie töten jeden Mann, der sich ihnen in die Quere stellt. Mädchen, die keinen Hidschāb tragen oder westliche Kleidung anhaben, bewerfen sie mit Steinen. Viele verschwinden. Sie entführen Frauen und Mädchen, um sie an ihre Kämpfer zu verheiraten oder um sie als Bräute weiterzuverkaufen. Die Nachbarin von gegenüber ist schon tot. Ich habe gesehen, wie die Kämpfer die Tür eingetreten haben und hineingegangen sind, mindestens zehn waren es. Ich habe sie schreien gehört, lange und immer wieder. Dann war es irgendwann still.

Am Morgen lag sie auf der Straße. Sie starb, während die Sonne aufging. Niemand hat ihr geholfen, auch wir nicht, wir hatten zu viel Angst. Ich trage jetzt auch den Hidschāb, wenn ich nur ans Fenster gehe, um hinauszusehen.

Mutter lässt mich nicht mehr aus dem Haus. Ich will auch gar nicht. Stattdessen packe ich unsere Sachen. Falte Kleidung klein und fest, damit sie wenig Platz wegnimmt.

Tante Amscha weiß nicht, dass wir kommen. Die Telefone funktionieren nicht mehr.

Uniklinikum Essen

Cornelia blinzelte angestrengt, als sie in die Helligkeit des Aufzugs trat. Die Nacht war viel zu schnell vorüber gewesen, und sie hatte das Gefühl, fast nicht geschlafen zu haben.

Zwar war ihr Kopf müde, von all den Grübeleien über den aktuellen Mordfall, doch ihr Körper hatte davon nichts wissen wollen.

Unruhig hatte sie sich hin und her gewälzt und war mehrfach aufgestanden. Von den aus einem unerfindlichen Grund juckenden Fußsohlen ganz zu schweigen. Die hatten sie beinahe in den Wahnsinn getrieben.

Der schrille Ton des Weckers war ihr daher wie eine Erlösung vorgekommen. Cornelia hatte alles in Ruhe erledigen können, was ungewöhnlich war, da sie und die Schlummerfunktion an den meisten Tagen ein langwieriges und nicht minder schwieriges Verhältnis zueinander hatten.

Cornelia war direkt ins Essener Uniklinikum gefahren, wo auch die pathologischen Untersuchungen für den Bochumer Raum durchgeführt wurden.

Doktor Mirko Goldhagen war ein Frühaufsteher und sie daher sicher, ihn schon an seiner Arbeitsstelle anzutreffen.

Mit einem Ping kündete der Fahrstuhl an, dass sie das gewünschte Geschoss erreicht hatte. Nach einigen Augenblicken öffnete sich die Tür im Zeitlupentempo. Cornelia gähnte herzhaft. Diesem Aufzug würde es noch gelingen, sie wieder müde zu machen.

Vor ihr erstreckte sich ein langer Korridor. Der helle Linoleumboden verströmte einen zitronig seifigen Putzmittelgeruch. Die Oberfläche glänzte. Das Licht der Halogenleuchten brach sich in den Furchen, die von den Rädern zahlloser Bahren und Krankenhausbetten hineingekerbt worden waren.

Cornelia folgte den Spuren. Sie kannte sich hier aus, als sei die Pathologie Teil der Wache. In den vergangenen Jahren war sie oft hier gewesen, viel zu oft.

Mittlerweile verspürte auch sie eine gewisse Gleichgültigkeit, zumindest solange sie die Toten nicht zu genau ansah. Es waren Fremde. Fremde Schicksale, die eigentlich genauso wenig mit ihr zu tun hatten wie eine Leiche in Südamerika. Nur dass es nicht dabei blieb. Sie musste diese Toten kennenlernen, und Fremde blieben nicht lange fremd, nachdem man ihre Freunde und Angehörigen kennengelernt hatte, die kleine Geschichten aus der Vergangenheit erzählten.

Majidas Schicksal rührte sie schon jetzt, dabei stand sie erst am Anfang der Ermittlungen.

Cornelia drückte die Flügeltür in den Sektionsbereich mit Ellenbogen und Schulter auf. Die eigentlichen Untersuchungen geschahen noch einen Raum weiter. Doch hier konnte sie bereits durch ein Fenster hineinsehen. Der geflieste Raum war hell erleuchtet, aber verlassen. Die Metalltische blank geputzt und leer.

Cornelia hielt sich nicht lange auf und bog nach rechts ab, wo sich die Büros und der Besprechungsraum befanden.

Mirko Goldhagens Zimmer stand offen.

Er saß an einem riesigen aufgeräumten Schreibtisch, sah Fotoaufnahmen durch und diktierte seine Beobachtungen in ein kleines Gerät.

Dabei vollführten seine Füße einen hektischen Tanz über die Rollen seines Bürostuhls, in dem der kleine Pathologe wirkte wie ein Zwerg, der sich in Abwesenheit des Königs auf den Thron geschummelt hatte. Sobald er sie bemerkte, schaltete er sein Diktiergerät aus und schob die Fotos wieder übereinander.

»Guten Morgen, Mirko«, begrüßte sie ihn und lehnte sich gegen den Türrahmen.

Der Pathologe stieß sich mit den Füßen ab und ließ seinen Bürostuhl herum- und auf sie zurollen. »Ah, du bringst Licht in mein dunkles Herz.«

»Du meinst wohl in dein Kellerverlies.«

»Auch das. Auch das.« Er lachte leise und ein wenig schrill, dann sprang er auf und verließ den Raum. Kurz darauf kam er mit einem dampfenden Becher Kaffee wieder, den er Cornelia wie einen Schatz überreichte.

»Gerade frisch aufgebrüht, von mir höchstpersönlich.«

»Danke, ich fühle mich geehrt.«

Cornelia sog den würzigen Geruch ein und ließ sich den Dampf ins Gesicht steigen, dann unterzog sie den Becher einer genauen Musterung. Sie kannte Mirko und seine Marotten nun schon lange genug, um zu wissen, dass es in seiner Kaffeeküche kein ganz normales Trinkgeschirr gab, das hatte er schon seit Jahren verbannt.

»Tanzende Skelette, wie hübsch.« Sie verzog den Mund angesichts eines fröhlich bunten Totentanzmotivs in mexikanischem Stil.

»Das ist Kunst«, protestierte Mirko. »Mein Madenbecher hat dir ja beim letzten Mal nicht gefallen.« Er klopfte mit dem Finger auf sein eigenes Trinkgefäß und grinste breit.

Cornelia konnte nicht anders, als ebenfalls zu lachen. Sie

mochte Mirko wirklich. Er war auf seine merkwürdig morbide Art einer der Menschen, mit dem sie in ihrem Job am liebsten zusammenarbeitete.

Sie nippte an ihrem Kaffee. »Sag mal, du unterrichtest ja schon eine ganze Weile. Sagt dir der Name Faris Aydin was?«

»Wie kommst du denn jetzt darauf? Lass mich überlegen.« Er rieb sich über das Kinn. »Aydin … Aydin. Ein großer schmaler Kerl? Araber?«

»Syrer.«

»Ja, ich erinnere mich. Sehr intelligent, mit schneller Auffassungsgabe. Einer der wenigen, der schon früh im Studium mutig genug war, Entscheidungen zu treffen, und nicht zögerte, sie auch umzusetzen.«

Das klang genau nach dem Mann, den Cornelia am Vortag kennengelernt hatte. Entscheidungsfreudig und als würde es ihm missfallen, länger über etwas zu reden als nötig. Jemand, der Taten den Worten vorzog.

Mirko sah den leeren Gang hinunter. Er wirkte nachdenklich. »Ich dachte, er würde ein wirklich guter Arzt. Unfallmediziner. Dann, direkt nachdem er seinen Doktor hatte, war er plötzlich weg. Die Leute fingen an zu reden. Dass er jetzt unter die Terroristen gegangen sei und so. Seine Assistenzarztstelle hat er angeblich nur via Mail abgesagt.« Mirko zuckte mit den Schultern. »Ich kann das nicht glauben, der als IS-Kämpfer? Nie im Leben. Aber angeblich täuscht man sich in solchen Leuten oft.«

»Du hast dich nicht getäuscht, denke ich. Er ist wieder in Deutschland, und er tritt in zwei Wochen seine Stelle an.«

Mirko hob fragend eine Braue. Sie bildete einen spitzen Winkel, der wie ein Pfeil auf seine glänzende Halbglatze wies. »Und woher kennst du ihn, wenn er nicht als Terrorverdächtiger aufgefallen ist?«

»Er arbeitet zurzeit ehrenamtlich für die Flüchtlingshilfe und übersetzt das Tagebuch des toten Mädchens für mich.«

»Na also, das klingt mehr nach ihm. Wo kommt er unter?«

»Hier, in der Notaufnahme, bei Schöller.«

»Sehr schön. Aber du hast das richtige Stichwort gegeben. Die Tote.«

Cornelia leerte ihren Kaffeebecher und stellte ihn auf einem Aktenschrank ab. »Wie weit bist du mit den Untersuchungen?«

»Ich habe den Bericht noch nicht ganz fertig, aber mit der Obduktion bin ich durch. Ein paar Blutwerte fehlen noch, aber sonst … Ich kann dir die mündliche Fassung geben, deshalb bist du ja sicher hier.«

»Richtig geraten.«

Sie gingen gemeinsam in den Sektionsraum. Die wenigen Meter reichten, um ihre kurze Fröhlichkeit verschwinden zu lassen. Cornelia blieb zurück und wartete, bis Mirko die Bahre mit der Toten aus der Kühlkammer brachte. Die Rollen quietschten unangenehm.

Die Tote war mit einem sauberen Laken abgedeckt, das sogar einen schwachen Geruch von Seife und Stärke verströmte.

»So, Majida …«, sagte der Pathologe beinahe feierlich und schlug den Stoff zurück. Ihre Brüste blieben bedeckt, und Cornelia fragte sich unwillkürlich, ob es Zufall war oder Mirko versuchte, so lange wie möglich ihre Würde zu wahren. Der forensische Pathologe tat eigentlich nie etwas ohne einen Hintergedanken.

Das Mädchen sah nun friedlich aus, die Augen halb geschlossen, die Züge entspannt. Man hatte ihr das dunkle Haar gekämmt, wahrscheinlich um nach verräterischen Partikeln zu suchen, die etwas über den Tatort sagen konnten. Jetzt lag es als seidige schwarze Flut auf dem blank geschrubbten Metall des Tischs.

Mirko hielt eine Kladde in der Hand, in der er sich Notizen gemacht hatte. Kurz überflog er die Zeilen, dann legte er sie zur Seite.

»Wie schon vermutet, ist die Todesursache Ersticken. Sie ist erwürgt worden. Es gibt Würgemale hier und hier.« Er wies auf ihren Hals und ihre Kehle. »Die Blutergüsse sind mittlerweile ein wenig verlagert. Aber ich habe Fotoaufnahmen vom Fundort und auch welche direkt hier nach dem Eintreffen gemacht. Wie es aussieht, hat der Täter mehrfach zugepackt.«

Die Abdrücke der Finger waren deutlich zu sehen, dazwischen längliche Verfärbungen und Streifen, wo die Haut gequetscht worden oder in tieferen Schichten gerissen war. Das Mädchen musste sehr gekämpft haben. Und doch hatte sie schlussendlich verloren.

Mirko zog das Laken nun bis über den Bauchnabel der Toten zurück. Der Y–Schnitt war sorgfältig vernäht worden. Deutlich waren an der linken Brust Hämatome zu erkennen.

»Er hat sie brutal angefasst, aber es gibt keine Anzeichen einer Penetration. Sie ist nicht vergewaltigt worden.«

»Ein schwacher Trost. Was ist das hier?« Cornelia wies auf eine schattenhafte Verfärbung, die sich auf dem Bauch und den unteren Rippenbögen abzeichnete und die sie beinahe übersehen hätte.

»Gut beobachtet. Dazu wäre ich als Nächstes gekommen.

Offenbar hat der Täter auf ihr gekniet, während er sie erwürgt hat. Ich denke nicht, dass er versucht hat, Burking auszuführen, diese Nahkampftechnik. Bei einem Profi wären gar keine Spuren zurückgeblieben. Durch die zusätzliche Belastung auf ihrem Brustkorb sind die Lungen gequetscht worden, und die Vitalkapazität war massiv eingeschränkt. Im Halsbereich haben wir einen Kehlkopfbruch und die stärkere aktive Krafteinwirkung.«

»Wie lange hat es gedauert, bis sie tot war?«

»Wenn sie sehr viel gekämpft hat, dann vielleicht zehn Minuten.«

»Und niemand hat etwas mitbekommen.« Cornelia stieß zornig den Atem aus. Dieses Mädchen war am helllichten Tag verschwunden und ermordet worden, und niemand hatte etwas gesehen. »Sie ist in einer belebten Gegend verschwunden, ich werde mich auf der Strecke mal umhören, es ist nicht weit.«

»Schau hier, was fällt dir an den Händen auf?« Mirko nahm die Linke des Mädchens und hob sie beinahe zärtlich an. Sie hatte lange, schmale Finger.

Cornelia beugte sich vor und sah genau hin, doch ihr fiel nichts auf. Es waren saubere, gepflegte Hände. »Nichts.«

»Genau!« Mirko musterte sie triumphierend.

»Genau? Ich verstehe nicht, was du meinst.«

»Ein Mädchen, das angegriffen wird, sollte sich doch wehren. Schlagen, kratzen, so etwas. Die Wahrscheinlichkeit, dass sich unter ihren Fingern Fasern oder Gewebe findet, ist eigentlich recht hoch. Aber da ist nichts außer einigen gelben Synthetikfasern, die am ehesten zu einem Haushaltsschwamm passen. Der Täter hat sich die Mühe gemacht, ihre Finger akribisch zu reinigen. Er hat ein aggressives Mittel benutzt. Alles, was ich finden konnte, waren Tenside und Alkohole.«

»Das heißt, wir haben nichts?«

»Zumindest keine DNA.«

Cornelia schluckte ihre Enttäuschung herunter. Sie würde alles daransetzen, diesen Mord aufzuklären. Alles.

Sie ließ sich von Mirko ein Porträt der Toten ausdrucken und verabschiedete sich.

Auf dem Gang, sie grübelte gerade noch, ob sie den Aufzug nehmen oder den inneren Schweinehund ärgern sollte, indem sie die Treppe nahm, wurden Stimmen laut.

Die Leute, die dort kamen, sprachen kein Deutsch.

Cornelias Herz machte einen Satz. Sie ahnte, nein, eigentlich war sie sicher, wer dort kam. Dabei waren es die letzten Menschen, denen sie in der Pathologie begegnen wollte.

Und dann sah sie die kleine Gruppe auch schon, und ihre Befürchtung bewahrheitete sich. Dort kam Majidas Mutter, begleitet von ihrer Schwester, der Frau vom Sozialamt und Faris Aydin. *Doktor* Faris Aydin, verbesserte sich Cornelia in Gedanken.

Sie wollten die Tote sehen. Eventuell musste sie auch noch offiziell identifiziert werden. Die trauernden Frauen stützten einander. Frau Stern, die Sozialarbeiterin, lief nebenher. Ihr war die ganze Situation unangenehm, das war schon von Weitem an ihrer Gestik zu erkennen. Sie hob eine Hand, um sie Frau Esber auf den Rücken zu legen, und ließ sie gleich darauf wieder sinken.

Cornelia blieb ihr *Guten Morgen* im Hals stecken, und so nickte sie nur und blieb stehen. Frau Esber sah sie tränenüberströmt an. Sie hatte in der Nacht kein Auge zugemacht.

Sie sollten ihr ein Beruhigungsmittel geben, dachte Cornelia. Aber wahrscheinlich gab es auch dafür keinen einfachen, unbürokratischen Weg.

»Sie kennen den Weg ja sicher, Herr Aydin«, sagte sie daher nur.

Er sah sie erstaunt an, die Trauernden hingegen schienen sie gar nicht wahrzunehmen. »Ich schicke Ihnen eine Mail, sobald ich wieder an meinem Schreibtisch bin.«

»Danke«, sagte sie nur und ging schnellen Schrittes davon. Mirko, der oft etwas rüpelhaft daherkam, war im Umgang mit Angehörigen routiniert und sehr einfühlsam. Eine Seite, die nur die wenigsten Kollegen an ihm kannten.

Cornelia fuhr in die Hauptwache. Für die Strecke brauchte sie im morgendlichen Berufsverkehr über die ewig verstopfte A40 beinahe eine Stunde.

Und die ganze Zeit über kribbelte es ihr in den Fingern, das Blaulicht auf ihr Dach zu setzen und freie Fahrt zu erzwingen. In all den Dienstjahren hatte sie der Versuchung noch nie nachgegeben, und so verstopft, wie die Straßen waren, hätte es eh nichts gebracht. Die A40 war nie für so viel Verkehr geplant worden.

Auf beiden Seiten drängten sich die Wohnhäuser oft fast bis an den Fahrbahnrand, und an vielen Stellen gab es nicht mal einen Standstreifen. Selbst mit Blaulicht hätten die anderen Fahrer ihr kaum Platz machen können.

In der Hauptwache waren erstaunlich wenige Kollegen an ihren Tischen. Wenn sie nicht bereits in der Pathologie gewesen wäre, hätte sie noch einmal die Uhrzeit überprüft. Sie war schon einmal unbewusst eine Stunde zu früh aufgestanden und hatte sich dann gewundert, wo all die anderen waren.

Der dienstälteste Kollege Maximilian, kurz Max genannt, schleppte seinen massigen Körper in ihre Richtung. Sein Wohlstandsbauch zuckte bei jedem Schritt, als führe er ein Eigenleben. Max war wohl der Einzige im Kollegium, der auf Urlaub und freie Tage keinen Wert legte. Er weigerte sich sogar, in Rente zu gehen, und insgeheim waren ihm alle dankbar dafür.

»Was ist denn hier los? Halten wir alleine die Stellung?«

»Sieht so aus«, brummte er. »Morgen übrigens.«

»Morgen.«

»Robin hat 'nen versuchten Totschlag, und die anderen sind bei einem Verkehrsunfall oder Selbstmord oder beides.«

»Schön«, seufzte Cornelia. Aber eigentlich hatte sie nicht viel mehr Unterstützung erwartet. Sie waren knapp besetzt und zwei Kollegen zudem im Urlaub.

»Kann ich irgendwas für dich tun?«, erkundigte sich Max mitfühlend und drehte einen Zigarillo in der Hand, den er, wie er sagte, zum Denken brauchte. Rauchen tat er schon lange nicht mehr.

»Nein, eigentlich nicht. Ich will gleich wieder raus.«

»Na gut. Einen Kaffee?«

»Hmm. Führe mich nicht in Versuchung …«

»Also ja.«

Cornelia lächelte. »Weil du es bist und sich sonst keiner um mich kümmert.«

»Armes Mädchen.«

»Ach, eines kannst du doch machen. Falls die Presse anruft, sag ihnen nichts, solange wir noch nicht wissen, was da läuft. Also gar nichts.«

»Geht klar.«

Cornelia druckte sich einen Teil des Bochumer Stadtplans aus und zeichnete darauf Majidas Schulweg ein. Entlang dieses Weges war sie verschwunden. Es waren nur vier Straßen. Ein überschaubares Terrain. Dort würde sie mit ihrer Suche beginnen.

»Ach, Conny …« Maximilian stand in der offenen Tür zu ihrem Büro und wedelte mit einem Zettel. »Da war ein Anruf für dich, eine Frau Reif.«

Ein kurzer Rückruf genügte, und sie hatte einen weiteren Termin auf ihrer Liste, denn bei der Frau handelte es sich um Majidas Nachhilfelehrerin.

Eine halbe Stunde später parkte Cornelia vor dem Gebäude der Petrusgemeinde. Es war ein schlichter grauer Flachbau aus den Sechzigern und bildete ein U um einen Innenhof mit Waschbetonplatten. Einst musste er einen besonders trostlosen Anblick abgegeben haben, doch jetzt standen hier mehrere selbst gezimmerte Blumentröge aus Holzpaletten sowie Hochbeete, in denen Gemüse üppig gedieh und Rosen ihre duftende Pracht entfalteten. In der Mitte erhob sich ein schlichter, gesichtsloser Jesus aus Bronze, dem Cornelia nicht viel abgewinnen konnte.

Frau Reif wollte sie hier treffen.

Cornelia setzte sich auf eine kleine Bank, die von alten Lavendelsträuchern umrahmt wurde. Die Büsche blühten noch nicht, und doch verströmten sie bereits ihren charakteristischen Duft. Cornelia hatte ihn seit jeher als ungeheuer beruhigend empfunden.

Im Geiste ging sie die Fragen durch, die sie auf jeden Fall stellen wollte. Es waren wenige, normalerweise ergab sich das meiste aus dem Gespräch. Wenn man sie einfach reden ließ, gaben die Leute oft mehr von sich aus preis, als sie es bei konkreter Nachfrage taten.

Ein mintfarbener Twingo parkte, und heraus stieg eine schlanke ältere Frau mit leicht gebeugtem Rücken. Sorgfältig richtete sie ihre Kleidung und die große lederne Umhängetasche, aus der einige Hefte ragten. Sie lief ungeheuer leichtfüßig, als würde sie auch heute noch gerne und viel tanzen. Zielstrebig kam sie auf Cornelia zu und streckte ihr die rechte Hand entgegen.

Nach einer kurzen Begrüßung bat sie Cornelia hinein. »Gehen wir am besten ins Unterrichtszimmer.«

Cornelia folgte ihr in das Gebäude. Es machte einen wesentlich freundlicheren Eindruck, als die geradlinige Architektur vermuten ließ.

An den Wänden hingen Fotos von Gemeindefesten und eingerahmte Zeichnungen von Kindern. Strichmännchen, Fingerbilder, Gebasteltes in allen Farben.

»Ich bin schon in der Gemeinde aktiv, seit ich als junge Frau mit meinem Mann hergezogen bin. Aber wirklich engagieren tue ich mich erst seit meiner Pension. Mein Mann hat seinen Garten und das Angeln, ich verbringe viel Zeit hier, so gehen wir uns nicht auf den Geist.« Sie lachte kurz, doch dann erstarb ihre Fröhlichkeit. Wohl weil ihr klar wurde, warum die Polizistin gekommen war.

»Haben Sie von Anfang an Flüchtlingskinder unterrichtet?«

»Nein. Zuerst nur Lernschwache. Aber das waren immer häufiger auch Kinder mit Migrationshintergrund, die aufgrund der Sprachbarriere weit hinter den eigenen Fähigkeiten zurückblieben. Es sind so wenige Jahre, die über die Zukunft eines Menschen entscheiden. Wenn sie Sprachprobleme haben, enden sie schließlich mit einem Haupt- oder Realschulabschluss, obwohl sie intelligent genug wären, um zu studieren. Das ist doch nicht richtig!«

»Nein, das ist es nicht«, pflichtete Cornelia ihr bei.

»So, hier sind wir.« Die pensionierte Lehrerin stieß eine Tür auf und führte sie in einen kleinen Unterrichtsraum, der sogar über eine eigene Tafel verfügte. Auch hier hingen selbst gemalte Bilder an den Wänden, aber sie waren weit weniger fröhlich als die auf den Fluren.

Cornelia beugte sich vor, um sie näher in Augenschein zu nehmen. Frau Reif schloss die Tür, legte ihre Tasche auf dem Schreibtisch ab und trat neben sie. »Es ist wichtig, dass sich die Kinder mit ihren schrecklichen Erlebnissen beschäftigen.« Die Stimme der pensionierten Lehrerin klang belegt.

Cornelia ging langsam an den Bildern entlang. Hier stand ein Panzer in einer Blumenwiese, dort brannten Häuser. Es gab Bilder von Flugzeugen und Gewehren. Andere Zeichnungen sahen nur auf den ersten Blick fröhlich aus. Eine Familie hielt sich an den Händen, während eine einzelne Person am Himmel schwebte. Sie hatte Schmetterlingsflügel, doch es war keine Prinzessin Lilifee mit Zauberstab und Glitzer, sondern eine Tote. Auf ihrer Brust war Blut.

Cornelia lief es eisig den Rücken hinunter. »Hat Majida Esber auch etwas gemalt?«

»Nein, sie wollte nicht. Sie sagte, dass sie alles aufschreibt. Das Malen ist eher für jüngere Kinder gut, die sich noch nicht so gut mit Worten ausdrücken können.«

Cornelia nickte und setzte sich auf den angebotenen Platz. »Was können Sie mir über Majida erzählen?«

Frau Reif räusperte sich und faltete ihre Hände auf dem Tisch. »Sie war ein stilles Mädchen. Aber wie sagt man so schön: ›Stille Wasser sind tief.‹ Majida war sehr wissbegierig, wollte es jedem recht machen und so schnell wie möglich lernen und immer besser werden. Sie hat davon geträumt zu studieren, eine Chance, die ihr im Heimatland wahrscheinlich verwehrt geblieben wäre.« Die pensionierte Lehrerin setzte mehrfach an, bevor sie schließlich weitersprach. »Manchmal kam es mir so vor, als flüchte Majida sich in das Lernen und die Bücher. So musste sie nicht über ihre Situation nachdenken und über das, was hinter ihr lag.«

»Hatten Sie den Eindruck, dass sie sich in letzter Zeit verändert hat?«

Frau Reif stützte den Kopf auf und zog die Stirn in Falten. »Eigentlich nicht. Ganz im Gegenteil. Sie schien eher langsam aufzutauen. Besonders wenn ihre Freundin Aminata dabei war. Sie waren richtig fröhlich zusammen. Wenn sie diese Kinder zweimal die Woche sehen, in sich gekehrt wie kleine Muscheln, und dann finden sich diese Mädchen und lachen zusammen, das ist ein schönes Geschenk. Vielleicht haben sie auch deshalb so eifrig gelernt, immerhin konnten sie sich nur auf Deutsch miteinander verständigen.

Eines ist mir aber doch aufgefallen. Sie hat sich gescheut heimzugehen. Anfangs habe ich es gar nicht bemerkt, aber sie hat nach dem Unterricht immer viel getrödelt oder die anderen Mädchen gefragt, ob sie noch etwas unternehmen wollen.«

»Was denn zum Beispiel?«, erkundigte sich Cornelia. Sie konnte sich nicht vorstellen, was Majida in ihrer Situation für Freizeitgestaltungen blieben. Ein Kinobesuch kostete ja schon weit über zehn Euro.

»Nichts Besonderes. Sie wollte in den Park oder gemeinsam lernen.«

»Was glauben Sie, woran das lag? Gab es Belästigungen im Heim? Wurde sie von jemandem bedrängt?«

»Ach, wenn ich das nur wüsste. Im Heim geraten eigentlich eher die Männer aneinander. Sie sind oft gereizt. Das sind Leute, die ihr Leben lang hart gearbeitet haben, manche waren in Kämpfe verwickelt, und jetzt sind sie zum Nichtstun verdammt. Sie haben zu viel Zeit zum Nachdenken. Die Frauen bleiben meist unter sich. Die haben ja auch noch die Kinder, um die sie sich kümmern müssen. Aber die ganze Situation vor Ort ist schwierig. Es würde mich nicht wundern, wenn Majida vor dem Heimweg selbst Angst hatte. Soweit ich weiß, sind die Asylanten von den Anwohnern der Knappstraße schon beschimpft und beleidigt worden.«

Cornelia wurde hellhörig. »Das hat Majida Ihnen erzählt?«

»Ob sie es war, weiß ich nicht mehr, aber es ist unter den Aktiven der Initiative bekannt. Ich weiß von einer Sache, da hat eine Frau aus Somalia ihre Tochter auf den Randstreifen machen lassen. Das Kind war vielleicht drei Jahre alt und hat es nicht mehr ausgehalten. Jemand hat sie mit dem Gartenschlauch abgespritzt, können Sie sich das vorstellen? Ein kleines Kind! Was sind das nur für Menschen!«

Cornelia sah wieder den grantigen Mann vor sich, der sie am Vortag versucht hatte, vom Parkplatz zu verscheuchen. Ja, so einem wie ihm würde sie das glatt zutrauen.

»Gibt es gar keinen freundlichen Kontakt zwischen den Nachbarn und den Menschen aus dem Flüchtlingsheim?«

»Doch, natürlich. Sobald klar war, dass wir auch Flüchtlinge bekommen, haben sich hier in der Gemeinde einige zusammengesetzt. Wir haben ein Willkommensfest organisiert und Kleiderspenden verteilt. Aber meist waren die gegnerischen Stimmen lauter.

Sobald die Baupläne klar waren und bekanntgegeben wurden, hat es eine Bürgerinitiative dagegen gegeben. Wenn es nach diesen Leuten ginge, würden die Boote gleich im Mittelmeer versenkt, oder sie würden die armen Leute irgendwo auf dem Land unterbringen, wo sie zu niemandem Kontakt haben.« Sie seufzte, als irritiere sie der Zorn in der eigenen Stimme. »Leider ist der Hass zumeist lauter als die Liebe.«

»Glauben Sie, jemand aus der Nachbarschaft könnte Majida etwas angetan haben?«

Frau Reif lehnte sich erschrocken zurück. »Nein, nein, so etwas kann ich mir nicht vorstellen.« Sie zögerte. »Andererseits kann ich mir auch so nicht vorstellen, dass jemand so ein hübsches, nettes Mädchen umbringen würde.«

»Morde sind immer schwer zu begreifen«, sagte Cornelia. »Besonders, wenn es Menschen wie Majida trifft.«

KAPITEL 6

Majidas Tagebuch

(mehrere unleserliche Worte) *Ich zittere so sehr, dass ich kaum schreiben kann. Aber ich muss es aufschreiben, weil ich nicht darüber reden kann. Ich weiß nicht, ob ich überhaupt je wieder reden will.*

Heute Morgen hätte ich nicht geglaubt, dass Menschen zu so etwas fähig sind. Aber das sind keine Menschen, das sind Ungeheuer!

Die Straßen sind voller Blut. Vertraute Plätze zur Unkenntlichkeit zersprengt. Heute Morgen bin ich in die Schule gegangen, nach Tagen zum ersten Mal wieder. Dort konnte ich für eine Weile vergessen, was um uns herum geschieht. Die Mathematiklehrerin hat Musik abgespielt, damit wir beim Lernen nicht die Gefechte hören müssen. Auf dem Heimweg dann war noch alles wie immer. Mehrere Männer mit Eselskarren fuhren an mir vorbei, andere führten schwer beladene Tiere mit sich. Ich habe mich gewundert, denn es waren viele, die kamen, aber ich dachte, es seien vielleicht Händler auf der Flucht.

Mutter hat mich mit einer Nachbarin zum Markt geschickt. Getreide und Konserven kaufen, so viele ich tragen konnte. Die Schlangen waren lang, und es dauerte, bis ich meine Taschen gefüllt hatte.

Keinen Gedanken mehr habe ich an die Eselkarawane ver-

schwendet. Auch nicht, als es fürchterlich knallte. Der Marktplatz, auf dem ich eben noch eingekauft hatte, war nicht mehr. Ich fiel hin, kauerte mich einfach zusammen, wo ich war. Der Ruß brannte in meinem Hals. Überall war Rauch. Auf der Straße war Blut und Stücke von Menschen. Die Explosion hatte sie vom Himmel fallen lassen. Auch auf mich. Aber die Schreie! Sie schrien so. Kann ein Mensch solche Laute von sich geben?

Ich bin zu Stein geworden, dachte ich. Doch dann war die Luft plötzlich erfüllt von Sirenen, es knallte wieder, noch lauter als vorher, überall in der Stadt, und dann rannte ich plötzlich doch.

Mutter sagt, als ich nach Hause kam, bin ich ohnmächtig geworden. Irgendwann muss sie mich dann ausgezogen und gewaschen haben. Ich bin in meinem Bett aufgewacht und seitdem nicht aufgestanden. Ich kann nicht, meine Beine wollen nicht laufen. Vater streckt hin und wieder den Kopf zur Tür herein, das macht er sonst nie. Er schweigt und sieht mich mit diesem besonderen Blick an, der ein wenig beängstigend ist. Er will mich beschützen um jeden Preis, das weiß ich. Er hat sich mit einigen Nachbarn zusammengetan, die sich Gewehre besorgt haben. Sie halten abwechselnd Wache.

Die ganze Nacht über heulten die Sirenen. Es gab so viele Verletzte und nur ein einziges Krankenhaus.

Bochum

Cornelia fuhr langsam die Straße entlang. Hier hatte sie kaum Chancen. Majidas Schule lag nur hundert Meter entfernt. Die Straße war vierspurig und sehr belebt, hier würde sich niemand an das Mädchen erinnern. Überall waren Fußgänger unterwegs, viele davon Kinder und Jugendliche, an einer Bushaltestelle drängten sich fast zwei Dutzend Menschen.

Trotzdem versuchte sie es an einem kleinen Kiosk, doch wie erwartet ohne Erfolg.

Schnellen Schrittes näherte sie sich dem ersten Abzweig. Hier war es ruhiger, die Straße schmal. Kleine, begrünte Hindernisse zwangen zum Langsamfahren.

Die Wohnhäuser waren nur noch zweigeschossig, in den Vorgärten wuchsen vereinzelt Apfel- und Birnbäume. Am dritten Haus bemerkte Cornelia eine junge Mutter, die mit ihrer kleinen Tochter Kräuter in bunte Töpfe pflanzte.

»Entschuldigen Sie, dürfte ich Ihnen eine Frage stellen?«, rief sie über den Zaun hinweg.

»Aber sicher. Die Nebenstraßen hier sind ein wenig verwirrend, wenn man sich hier nicht auskennt.«

»Ich habe mich nicht verlaufen. Es geht um etwas anderes.«

Die junge Mutter trat an den weiß gestrichenen Gartenzaun und warf einen Blick über die Schulter, um sicherzugehen, dass ihre Tochter weiterhin mit den Blumentöpfen beschäftigt war. Die Kleine führte soeben ein intensives Gespräch mit einer Basilikumpflanze.

Cornelia musste lächeln, dann wies sie sich als Polizistin aus und zog die Fotos hervor. »Ich möchte Sie bitten, sich diese Bilder anzusehen. Kennen Sie das Mädchen?«

Die Frau runzelte die Stirn, dann nickte sie. »Sie kommt hier oft entlang.«

»Und gestern? Kurz nach vierzehn Uhr?«

»Gestern? Nein, da war ich unterwegs, es tut mir leid. Ist dem Mädchen etwas zugestoßen?«

»Ja«, sagte Cornelia knapp, und die Frau erkannte an ihrem Tonfall, dass sie nicht mehr erfahren würde.

»Muss ich mir Sorgen um meine Tochter machen?«, fragte sie dennoch.

»Nein, ich denke nicht.«

Cornelia verabschiedete sich und ging. Auf dieser Straße befragte sie noch drei andere Anwohner, und einer war sich sogar sicher, Majida am Vortag gesehen zu haben. Sie schien in Eile, sagte er, aber sie war allein.

Also musste ihr später etwas zugestoßen sein. Majida wollte nach der Schule schnell heim, um ihre Bücher für den Nachhilfeunterricht bei Frau Reif zu holen. Bis hier hatte sie es geschafft, es blieb nicht mehr viel Weg, und schon war die Siedlung in Sicht, hinter der das Flüchtlingsheim lag.

Cornelia lief an einem Spielplatz vorbei und an einem bepflanzten Wall, der das Areal begrenzte.

Der Spielplatz war verwaist, was sie verwunderte, waren doch die Einfamilienhäuser und auch das Heim nur einige Minuten Fußweg entfernt.

Ihr Bauchgefühl schlug Alarm. Hier stimmte etwas nicht. Cornelia verließ die Straße und sah sich auf dem Spielplatz um. Sand knirschte unter ihren Schuhen. Unter einer Bank lagen zwei vergessene Plastikförmchen. Cornelia lief den schmalen gepflasterten Weg entlang, der die Sandflächen von den Spielgeräten trennte. Auf der westlichen Seite gab es dichte Hecken, erstaunlicherweise Eiben, die eigentlich giftig waren und nicht in die Nähe von Kindern gehörten. Unter den Pflanzen, die beinahe schon Baumgröße hatten, herrschte ein dichtes Halbdunkel. Die Stämme mit ihrem rötlichen Holz sahen aus wie verdrehte Glieder mystischer Waldwesen und ließen Cornelia frösteln.

Darunter fand sie allerdings allzu Weltliches: Abfall, Taschentücher und benutzte Windeln.

Trotzdem war dies der perfekte Ort für einen Hinterhalt, zumindest besser geeignet als die belebten Straßen zuvor.

Gebückt trat Cornelia in das Dickicht, schob mit dem Fuß fiedrige Eibenblätter hin und her und versuchte dabei zu verdrängen, wie viele Kinder das Gebüsch als Klo nutzten.

Bis auf einige rostige Kronkorken und Zigarettenkippen brachte ihre Suche nichts zutage.

Enttäuscht nahm sie sich den Rest des Spielplatzes vor.

Was habe ich eigentlich erwartet?, dachte sie spöttisch. *Dass der Täter mir seinen Personalausweis mit einer Notiz hinterlassen hat?*

Sie umrundete ein Klettergerüst, auf dem sich offenbar abends die Jugendlichen der Gegend trafen, um einen Joint zu rauchen oder mit Edding vergängliche Liebesbotschaften auf die immer wieder überstrichene Rutsche zu schreiben.

Hatte sich auch Majida hin und wieder hierher verirrt?

In der Nähe des Weges stand eine alte Kohlenlore auf einem Betonsockel mit einem kleinen, bronzenen Hinweisschild auf Bochum als ehemalige Bergbaustadt.

Hier war es, wo sie aus dem Augenwinkel etwas bemerkte. Es lag im Gras und glänzte. Cornelia kniete sich hin, um es genauer zu betrachten.

Es sah aus wie ein Anhänger mit bunten Kunststoffblumen und einigen Metallelementen, einer Feder und einem Herzchen.

Cornelia machte ein Foto mit ihrem Handy, dann klopfte sie ihre Taschen ab und wurde schließlich fündig. Mit einem Stöckchen bugsierte sie den Anhänger in ein Plastiktütchen, dann steckte sie das Holzstück genau dorthin, wo das Armband gelegen hatte. Sollte sich herausstellen, dass es tatsächlich der Toten gehörte, hatten sie den genauen Fundort.

Sie sah sich noch etwa eine halbe Stunde um, fand aber keine weiteren Hinweise darauf, dass Majida ausgerechnet hier überfallen worden war.

Es ging schon auf den Nachmittag zu, als sie die Straße vor dem Heim erreichte, auf der sie am Vortag geparkt hatte.

Hier wollte sie gründlicher vorgehen und klingelte daher am ersten Haus.

Ehe ihr geöffnet wurde, bemerkte sie an der Hauswand einen Stapel mit Feuerholz. Daneben lehnte eine beklebte Holztafel. Einen Teil der Beschriftung konnte sie noch erkennen.

Nicht mit uns, stand dort und *Bürger gegen* … In der letzten Zeile war noch das Wort *Wirtschaftsflüchtlinge* zu erkennen.

Cornelia wappnete sich innerlich. Offenbar war sie genau im Herzen der Anti-Flüchtlingsheim-Initiative gelandet.

Drinnen bellte ein Hund. Doch mittlerweile hatte sie sich gut im Griff und konnte die Angst schnell unterdrücken. Sie war noch da, aber nicht mehr alles beherrschend.

Cornelia hielt ihren Dienstausweis in der Hand. Hier war es sicher gut, formell aufzutreten.

»Wer ist denn da?«, rief ein Mann.

»Polizei, ich möchte Ihnen einige Fragen stellen.«

Die Tür wurde geöffnet, und ein gedrungener Mann in kariertem Oberhemd musterte sie kritisch. Er hielt einen Riesenschnauzer am Halsband fest und brachte ihn mit einem kurzen, kräftigen Ruck zur Ruhe.

»Von der Polizei sind Sie?«

»Ja, Arents mein Name. Herr Hollbeck, vielleicht können

Sie mir helfen.« Cornelia wies ihren Dienstausweis vor und steckte ihn dann wieder ein.

»Worum geht es denn? Hat dieses …«, er wies mit dem Kinn in Richtung Flüchtlingsheim, »dieses Pack wieder etwas ausgefressen?«

In Cornelia zog sich alles zusammen. Menschen wie er waren geistige Brandstifter, die den Boden für die echten Brandstifter bereiteten. Am liebsten hätte sie Hollbeck gründlich ihre Meinung gesagt, aber dann würde es noch schwerer werden, etwas Vernünftiges aus ihm herauszubekommen. Also schluckte sie, was ihr auf der Zunge lag. »Es geht um ein junges Mädchen, Majida Esber, kennen Sie sie?«

»Nein, nie gehört«, wiegelte er ab.

»Aber vielleicht gesehen?« Sie hielt ihm die Fotos hin.

»Eins von den Kopftuchmädchen. Ja.«

»Können Sie sich erinnern, ob Sie Majida Esber gestern am frühen Nachmittag gesehen haben?«

Er schob den Hund hinter sich in den Flur, wo sich der Riesenschnauzer aufmerksam hinsetzte und langsam mit dem Schwanz wedelte. Er war eindeutig sympathischer als sein Herrchen.

»Können Sie mir irgendetwas zu ihr sagen? Es wäre wirklich wichtig, alles, woran Sie sich erinnern.«

»Hin und wieder war sie mit so einer Afrikanerin zusammen, fragen Sie die doch.«

»Sonst noch etwas? Wurde sie bedrängt oder bedroht?«

»Hat die etwa die Jungs aus der Nachbarschaft angezeigt? Na, das war doch klar. Schmarotzen sich durch unser Sozialsystem und verdrehen das Recht, wie es ihnen gefällt.«

»Was für einen Grund hätte sie, diese Jungs anzuzeigen?«

Der Mann wirkte irritiert, fing sich aber sofort wieder. »Nichts, gar nichts, sie haben sich ein paar Späße erlaubt, aber das verstehen diese Kopftuchmädchen nicht.«

Das kann es sein, überlegte Cornelia. *Deshalb hatte Majida Angst vor dem Heimweg, weil sie von jungen Männern aus der Nachbarschaft belästigt worden war. War unter ihnen eventuell auch ihr Mörder?*

»Was haben Sie beobachtet?«

»Nichts, nichts. Nur ein paar Sprüche, Pfiffe. Wie Jungs in dem Alter so sind. Was soll das überhaupt? Wenn sie nicht angezeigt wurden, dann ist das doch egal.«

»Ist es nicht. Majida Esber ist tot, ermordet. Wir folgen jeder Spur.«

»Ha, sehen Sie? Ich hab es doch gleich gesagt, aber auf uns hört ja wieder keiner. Bevor die hergekommen sind, war das eine schöne, friedliche Gegend. Jetzt ist hier überall Dreck. Und es wird nicht mehr lange dauern, bis sich kein anständiger deutscher Bürger mehr vor die Tür traut. Früher haben hier überall Kinder auf der Straße gespielt.«

»Und warum jetzt nicht mehr? Sperren Sie die Kinder ein?«

»Man weiß nie, die Zigeuner klauen doch Kinder und verkaufen sie.«

»Ich möchte nicht wissen, wo Sie diese Weisheiten herhaben. Noch einmal zurück zu dem toten Mädchen. Fällt Ihnen da noch etwas ein?«

»Nein. Knöpfen Sie sich lieber diese Schmarotzer vor, die bringen sich doch gegenseitig um. Erst in ihrem Herkunftsland, und dann machen sie hier genauso weiter. Erst fallen sie übereinander her und dann über unsere Frauen. Hat ihnen die Silvesternacht in Köln nicht gereicht?«

Mit diesem Mann war nicht zu reden, wurde ihr klar, und so brach sie das Gespräch an diesem Punkt ab und verabschiedete sich.

Als Cornelia das Haus verlassen hatte, blieb sie einen Moment auf dem Bürgersteig stehen und versuchte, sich zu sammeln. Sie musste bei den Ermittlungen einen klaren Kopf behalten und sich nicht von ihren Emotionen zu falschen Mutmaßungen verleiten lassen.

Und sie musste alles in Betracht ziehen. Auch ein Streit zwischen verschiedenen Ethnien im Heim war möglich, bei dem Majida zwischen die Fronten geraten war. Vielleicht hatte das Mädchen auch etwas beobachtet und war als unliebsame Zeugin ausgeschaltet worden. Die Kaltblütigkeit der Tat sprach dafür, andererseits war die Ermordung keinem Profi zuzusprechen.

Cornelia überlegte. Schon bevor der Islamische Staat versucht hatte, sein Kalifat und die Scharia durchzusetzen, herrschte im Herzen von Syrien erbitterter Bürgerkrieg. Unterstützer und Gegner des Assad-Regimes lieferten einander erbitterte Kämpfe. Menschen beider Parteien könnten vor dem IS geflohen sein und nun im gleichen Heim wohnen. Waren alte Feindschaften aufgebrochen?

Sie musste mit den männlichen Einwohnern des Heims sprechen, aber nicht ohne Rückendeckung und nicht ohne einen Übersetzer.

Cornelia lief einige Schritte zur Einmündung der Stichstraße, die zum Flüchtlingsheim führte, und sah hinunter. Auch jetzt standen dort vier Männer, still und aufmerksam, und erwiderten ihren Blick. Sie ahnte, wer sie waren. Die Aufpasser, von denen Faris Aydin gesprochen hatte und die Tag und Nacht Wache halten sollten, bis Majida Esbers Mörder gefunden war.

Vorausgesetzt, es war nicht alles nur ein gut geplantes Theaterstück, um den Verdacht von den Männern abzulenken, konnte sie ihr Handeln verstehen. Niemand konnte ihnen verbieten, eine Art kleine Bürgerwehr aufzustellen. Für jemanden, der direkt aus einem Kriegsgebiet kam, war dies womöglich der einzig vorstellbare Weg: Selbstverteidigung.

Sie konnte sich vorstellen, wie diese Männer noch vor einigen Monaten mit einer AK-47 ihr Viertel bewacht hatten, bis die Situation für ihre Familie zu brenzlig geworden war oder Bomben ihr Heim zerstört hatten. Assad nahm keine Rücksicht auf sein eigenes Volk, und der IS ließ seine Autobomben auch mitten in Flüchtlingscamps hochgehen.

Und Dr. Aydin hatte von einer korrupten Polizei im Herkunftsland gesprochen, was natürlich auch Auswirkungen darauf hätte, wie die Menschen hier mit ihr zusammenarbeiteten.

Ihr Diensthandy klingelte. Cornelia nahm es aus der Tasche und sah auf das Display. »Wenn man an den Teufel denkt.«

»Arents«, meldete sie sich.

»Faris Aydin hier. Frau Arents, vielleicht habe ich etwas für Sie. Ich habe Ihnen eine Mail geschrieben, aber als Sie nicht antworteten, dachte ich …«

»Ja, vielen Dank, ich bin in der Tat noch unterwegs. Können Sie mir eine schnelle, mündliche Zusammenfassung geben?«

»Wo sind Sie?«, fragte er. Im Telefon raschelte es, als ob er es sich ans Ohr klemmte.

»In der Siedlung, direkt beim Heim.«

»Perfekt, ich komme raus.«

Er legte auf. Cornelia sah irritiert auf ihr Handy, schüttelte den Kopf und steckte es zurück in ihre Jacke. Also war der syrische Arzt ganz in der Nähe.

Schlendernd näherte sie sich dem Heim. Sie wollte ihm ein wenig Zeit geben, doch die brauchte er nicht.

Die Vordertür wurde aufgestoßen, und der große Mann kam mit hastigen Schritten heraus. Er blieb kurz bei der Gruppe Wächter stehen, legte einem flüchtig die Hand auf die Schulter und joggte dann auf Cornelia zu.

Seine Bewegungen waren geschmeidig und erinnerten sie an eine Katze, jederzeit bereit für Flucht oder Angriff. Faris Aydin kam ihr nicht vor wie jemand, der schnell den Kopf einzog.

Er begrüßte sie mit einem Handschlag. Seine Haut war trocken und warm, der Druck angenehm fest.

»So ist es einfacher«, sagte er und setzte zu einem flüchtigen Lächeln an, dann wurde seine Miene ernst. In der Nähe des Flüchtlingsheims war die Stimmung immer beklemmend. Als würden die ganzen schrecklichen Erlebnisse der Einwohner eine unheimliche Aura erschaffen. Eine Atmosphäre, aus der Albträume geboren wurden.

»Sie haben etwas in dem Tagebuch gefunden?«

»Gehen wir ein Stück«, sagte er und machte eine einladende Geste, beinahe als würde er sie zu einem Spaziergang einladen. Aber dies war kein Ort zum Spazierengehen, und sie hatten auch kein leichtes, luftiges Thema, über das sie plaudern konnten.

Als Cornelia zögerte, ging der Arzt langsam voraus. Er zog Majidas Tagebuch aus der Innentasche seines grauen Sakkos, das er zu einer schwarzen Jeans und einem verwaschenen hellgrauen Shirt trug. Er blätterte im Gehen.

Cornelia beeilte sich, ihn einzuholen. Als sie neben ihm ging, konnte sie viele Stellen erkennen, die er mit verschiedenfarbigen Post-its markiert hatte.

»Das sieht aus, als hätten Sie eine Weile daran gesessen«, sagte sie anerkennend.

»Die ganze Nacht, aber ich bin durch. Natürlich nur mit Lesen, eine Abschrift habe ich nicht angefertigt.«

Erst jetzt bemerkte Cornelia die dunklen Schatten unter seinen Augen. »Ich weiß nicht, wie ich Ihnen danken soll. Vielleicht könnten Sie eine Rechnung für Übersetzungsarbeiten stellen, ich werde sehen, was sich tun lässt.«

»Das will ich nicht!«, sagte er energisch. »Ich habe alle Personen farbig markiert. Es gibt keine eindeutige Bedrohung, aber es gibt Menschen, die Majida Angst gemacht haben. Hier, in Grün markiert.« Er blätterte zu der entsprechenden Stelle.

Sie waren stehen geblieben. Faris Aydin fuhr mit dem Finger über die eng beschriebenen Zeilen und bewegte dabei seine Lippen. Cornelia merkte, wie sie auf seinen Mund sah, ihn als ungeheuer sinnlich empfand, und wandte sich sofort ab.

»Besser, ich schreibe mir auf, was Sie herausgefunden haben«, sagte sie schnell und kramte Notizzettel und Stift hervor.

»Hier habe ich es. Die ersten Einträge dazu liegen ein halbes Jahr zurück. Da ist Majida in die Gesamtschule gekommen. Anscheinend gab es dort eine Gruppe Schüler, die sie beleidigt haben.«

Cornelia wollte protestieren, doch der Syrer hob die Hand. »Mehrere davon stammen offenbar hier aus der Siedlung und waren auch an einigen Gegendemonstrationen beteiligt.« Er blätterte einige Seiten weiter. »Ja, sie hat sie aus dem Fenster beobachtet und wiedererkannt.«

»Gibt es Namen?«

»Nein, leider nicht, aber vielleicht kann ich den Kreis später eingrenzen. Ich habe ein paar Jungs bemerkt, denen ich das zutrauen würde. Majida schien Angst davor zu haben, alleine nach Hause zu gehen. Es gibt mehrere Einträge, in denen sie überlegt, ob diese Jungs vielleicht auch hinter dem Brandanschlag und den rassistischen Schmierereien stecken. Einen nennt sie den Blonden, er hat offenbar versucht, sie festzuhalten.«

Faris Aydin klappte das Buch zu. »Was hier drinsteht …« Sein Blick schweifte ab, und seine Hand, die Majidas Tagebuch hielt, verkrampfte sich. »Ich wünschte, Sie könnten das alles lesen, vom ersten Eintrag an. Sie schildert alles. Den Angriff auf ihren Heimatort, den Verlust ihrer Verwandten, die Flucht, die Schleuser. Sie hat so viel durchgemacht, das sollte nicht einfach so in irgendeinem Aktenschrank verschwinden.«

Cornelia seufzte und sah auf ihre Schuhe. »Ich werde alles daransetzen, ihren Mörder zu finden. Danke für Ihre Hilfe.«

Sie hielt ihm die Hand entgegen, doch der Syrer gab ihr das Buch nicht, sondern drückte es in einer unbewussten Geste an die Brust. »Sie sollten wissen, was hier drinsteht. Was Majida mit ihrer Stimme sagt.«

»Herr Aydin …« Würde sie ihm das Tagebuch abnehmen müssen? Er schien in Gedanken nicht nur bei der Toten, sondern wahrscheinlich auch bei den vielen anderen Schicksalen zu sein, von denen er wusste. Schließlich räusperte er sich.

»Ich habe noch einige Tage Zeit, bevor ich meine Stelle im Klinikum antrete. Wenn ich darf, würde ich Ihnen das ganze Buch übersetzen. Ich habe das Gefühl, dass es wichtig ist.«

»Für Majida?«

»Ja, für sie und auch für mich.«

Cornelia wartete darauf, dass er weitersprach, doch dem Syrer schienen die Worte im Hals stecken geblieben zu sein.

»Warum für Sie, Herr Aydin?«

»In Syrien ...«, er zögerte, »als ich dort war, um zu helfen ... Ich habe so viel gesehen und getan, was ich niemals vergessen kann. Ich werde es nicht aufschreiben, wie Majida, das kann ich nicht. Aber ich kann ihre Geschichte aufschreiben. Es ist wichtig, dass sie jemand hört, verstehen Sie?«

Cornelia nickte. »Wenn Sie das tun könnten, würde ich es gerne lesen. Behalten Sie das Buch also noch einige Tage.«

»Danke«, erwiderte er nur und schob es in seine Tasche, vorsichtig wie einen Schatz.

»Ist es denn eigentlich bei syrischen Mädchen üblich, Tagebuch zu führen?«

Er schüttelte den Kopf und blickte nun weniger finster drein. »Nein, überhaupt nicht. Deshalb hat es mich zuerst gewundert, aber auch dafür findet sich die Antwort im Buch. Majida hatte es von einem Onkel geschenkt bekommen, der einige Jahre in England gelebt hatte. Es war also eine Art Mitbringsel, mehr nicht. Dieses kleine Buch hat den ganzen langen Weg von England nach Syrien überstanden. Die Flucht, ein Bootsunglück und schließlich die Reise hierher. Es ist das Einzige, von dem sich Majida niemals trennen wollte. Sie hat lieber auf eine zusätzliche Wasserflasche verzichtet als auf ihr Tagebuch.«

Cornelia wusste nichts zu erwidern. Aber in ihr regte sich

der stille Wunsch, einen gewissen, idiotischen Anwohner der Knappstraße mit genau diesem Tagebuch zu verprügeln, bis er endlich verstand, was diese Menschen bis zu ihrer Ankunft in Bochum alles durchlitten hatten. Ihre Schultern begannen zu schmerzen, so sehr war jede Faser ihres Körpers angespannt. Sie atmete durch und konzentrierte sich wieder auf ihre Aufgabe. Sie musste Majidas Mörder finden und zur Rechenschaft ziehen.

»Sie haben bestimmte Jugendliche im Verdacht?«

»Ja, die kommen leider nach ihren Eltern. Ich denke, dass sie mit der rechten Szene in Kontakt stehen, oder zumindest sympathisieren. Ich hab sie bei den Demos gesehen und der lächerlichen Mahnwache, die sie gleich da vorn abgehalten haben. Einer wohnt auf jeden Fall hier.«

»Haben Sie einen Namen für mich?«

»Nein, aber ich kann Ihnen das Haus zeigen, das sollte reichen. Falls Sie die anderen kennenlernen möchten, nehmen Sie sich mal den *Keller* vor«, sagte er mit leichtem Spott in der Stimme.

»Den Keller?«

»Eine Kneipe. Wenn Sie aus der Siedlung rausfahren, rechts und dann gleich wieder rechts, goldenes Schild, Deutschlandfahnen im Fenster. Da treffen sich immer ein Paar Glatzköpfe, um sich über ihr Bier zuzuschreien, wie sehr sie das alles hier hassen.«

»Der Keller. Da raus, zweimal rechts, wie passend«, wiederholte Cornelia und begann sich zu wundern, dass nicht noch mehr passiert war, mit einer rechten Kneipe gleich neben dem Flüchtlingsheim. Sie würde ihre Kollegen bitten, ihr alles zu dem Laden zu geben. Vielleicht waren unter den Stammgästen einige bekannte Gesichter.

Faris Aydin war bereits losgegangen und überquerte zügig die Straße.

»Warten Sie, nicht so schnell.«

Der Syrer blieb stehen, und für einen kurzen Moment sah sie Hass in seinen grünen Augen aufflammen. Er wirkte wie jemand auf der Jagd, und er war nicht bereit, sein Ziel so schnell aufzugeben.

»Sie zeigen mir das Haus, wo der Junge wohnt, und dann war es das.«

»Soll ich nicht …«

»Nein. Sie helfen mir schon genug. Die Polizeiarbeit überlassen Sie bitte mir und meinen Kollegen.«

Aydin war enttäuscht und ließ es sie auch sehen. Er schob seine Hände in die Hosentaschen und erinnerte sie dabei ein wenig an einen trotzigen Jungen.

Sie gingen an duftenden Lavendelstauden und blühenden Rosen vorbei. Ein penibel gepflegter Vorgarten reihte sich an den anderen.

Dann blieb der Syrer stehen. »Da, das ist es.« Er wies mit dem Kinn auf ein gelbes Klinkerhaus mit einem Carport, in dem ein kleiner Wohnwagen untergestellt war. Der Rasen des Vorgartens war gepflegt, eine bemalte Tonfigur stand in der Mitte. Ein Mädchen mit einer Schubkarre, in der rote Geranien wuchsen.

Cornelia, die fast schon Gartenzwerge oder zumindest eine Deutschlandfahne erwartet hatte, merkte, dass sie beinahe enttäuscht war.

Sie streckte ihrem Begleiter die Hand hin. »Vielen Dank, Herr Aydin. Sie haben mir sehr geholfen.«

Er zögerte, dann gab er ihr die Hand. »Gerne.«

Cornelia wartete, bis er sich zum Gehen wandte. Jetzt

wirkten seine Bewegungen nicht mehr so katzenhaft, eher steif, als wehre sich ein Teil von ihm gegen die eingeschlagene Richtung.

Als Cornelia zu dem Wohnhaus hinübersah, nahm sie jemanden wahr, der sie halb verborgen hinter einer weißen Gardine beobachtete. Sie wurde also schon erwartet.

KAPITEL 7

Majidas Tagebuch

(mehrere unleserliche Zeilen, das Papier ist von Tränen aufgeweicht. Majida benutzt danach einen Bleistift statt ihres Füllers.)

Ich will nicht mehr leben. Warum haben sie nicht auch noch Mutter und mich erschossen?

Onkel Said ist da. Er bringt uns fort. Mir ist alles egal.

(Eine Woche später)

Die Straßen sind verstopft. Überall Autos, Pferdekarren, Menschen zu Fuß und auf Fahrrädern. Ich teile mir mit Mutter und Tante den Platz auf der Ladefläche, zwischen Gepäck und Ziegen, die Onkel Said noch verkaufen will.

Wir durften Vater und Ahmed nicht beerdigen. Ich kann noch immer nicht glauben, dass sie tot sind. Mein kleiner Bruder, erschlagen. Vater, der immer so vorsichtig war, erschossen. Ihre Leichen … Ich kann nicht schreiben, wie sie aussahen. Aber ich will ja auch nur aufschreiben, damit ich mich erinnere. An ihre toten, verletzten Körper will ich mich nicht erinnern und tue es doch die ganze Zeit. Es war ein warmer Tag und ihre Haut so kalt geworden.

Wir fahren zur türkischen Grenze, wie alle anderen Flüchtlinge. Aber ich glaube nicht, dass wir es schaffen. Es wird nur noch ein wenig dauern, bis sie auch uns umbringen. Ich hoffe, es geht schnell. Onkel Said hat mir ein Messer gegeben und mir gezeigt, wie ich es benutzen soll. Er hat gesagt, ich soll damit die Männer angreifen, wenn sie mir wehtun wollen. Aber ich weiß, was er mir eigentlich gesagt hat. Ich soll nicht zulassen, dass sie mich entehren, lieber das Messer nehmen. Mutter saß dabei, als er mit mir geredet hat, aber ich glaube nicht, dass sie es verstanden hat. Mutters Verstand ist in der Bäckerei bei Vater und Ahmed geblieben.

Bochum

Cornelia ging auf das Wohnhaus zu und wog ihre Möglichkeiten ab. Sollte sie lieber am nächsten Tag gemeinsam mit einem Kollegen herkommen? War es sicher genug, oder beging sie den gleichen Fehler wie ihre Kollegin Sabrina, die ihre falsche Entscheidung mit dem Leben bezahlt hatte.

Sie fühlte, wie sie aus dem Haus heraus beobachtet wurde. Falls dort drin tatsächlich der Täter war, dann sandte es ein völlig falsches Signal, wenn sie jetzt den Rückzug antrat.

Sie versuchte, alle Details noch einmal abzurufen. Majida hatte sich vor einer Clique gefürchtet, die womöglich mit dem rechten Milieu sympathisierte. Aber es waren noch Schüler, von ihrer Schule. Kein professioneller Schläger, wie der Mann, der Sabrina auf dem Gewissen hatte. *Ein Schüler, ein einzelner Schüler*, wiederholte sie in Gedanken. *Er lebt hier mit seinen Eltern. Das Risiko ist vertretbar*, beschloss sie. Wenn sie sich unsicher fühlte, würde sie gehen und den Verdächtigen für den nächsten Tag aufs Revier bestellen.

Unauffällig überprüfte sie den Sitz ihrer Dienstwaffe und betrat das Grundstück.

Die Tür wurde geöffnet, noch ehe sie geklingelt hatte. Es war kein Jugendlicher, der ihr dort mit scharfem Blick entgegentrat, sondern eine Frau, vermutlich die Mutter des Verdächtigen. Sie war klein, bieder gekleidet in einen dünnen, auberginefarbenen Pullover und Bügelfaltenhose. Die Haare trug sie viel zu kurz für ihr rundliches Gesicht.

Cornelia hatte schon viele Frauen wie sie getroffen. Solche, die scheinbar mit ihrem Leben als Hausfrau und Mutter zufrieden waren, bis sie sich mit Mitte fünfzig zu fragen begannen, ob das etwa alles gewesen sei.

Dann sehnten sie sich danach, ihre Zeit mit anderen Dingen zu füllen. Sie flüchteten sich in Hobbys, doch in Wirklichkeit beneideten sie ihre Nachbarinnen um deren erfülltes Berufsleben, das sie auch noch auf Trab hielt, nachdem die Kinder erwachsen geworden waren.

Diese Frau passte genau in dieses Schema, und sie würde gleich den Schock ihres Lebens bekommen.

»Arents, Kriminalpolizei«, sagte Cornelia und wies sich aus. »Frau Tell, ich würde gerne mit Ihrem Sohn sprechen.«

Die Frau zuckte zusammen und griff nach der Tür, um sich daran festzuhalten. »Ist … ist etwas passiert?«

»Nein, ich will nur mit ihm reden, das ist alles.«

»Mit welchem von beiden denn? Falko ist nicht zu Hause.«

»Dann mit dem, der da ist«, sagte Cornelia überrascht, aber woher hätte sie auch wissen sollen, dass der Verdächtige auch noch einen Bruder hatte.

Frau Tell sah sich unsicher um, als erwarte sie Rückendeckung, vielleicht von ihrem Mann, aber da war niemand. Nur der leere Flur hinter ihr, der mit Garderobe, Schuhschrank und einigen Bildern an den Wänden ausgestattet war.

»Kommen Sie.«

Cornelia trat ein und zog die Tür hinter sich ins Schloss. Frau Tell machte eine einladende Geste, wobei ihre Hand zitterte, und ging zu einer Treppe. »Die Jungs haben oben ihre Zimmer.«

»Sie müssen sich wirklich keine Sorgen machen.« Cornelia legte ihr kurz die Hand auf den Arm und kam ihr dabei sehr nahe, da Frau Tell am Treppenabsatz noch einmal stehen blieb und sich zu ihr umsah.

Cornelia roch, dass es heute Mittag Frikadellen gegeben hatte, der fettige Dunst stieg aus ihrer Kleidung. Aber da war noch etwas. Parfum. Süßlich und schwer und kaum noch zu erahnen.

Es erinnerte sie an Majida.

Cornelia lief es eisig den Rücken hinunter. Es war genau der gleiche Duft! Konnte das Zufall sein? Ihr Instinkt sagte Nein. Sie kam jetzt mit Menschen zusammen, die Majida kurz vor ihrem Tod getroffen hatte oder die vorher schon Kontakt zu ihr pflegten. Sie überlegte, Frau Tell darauf anzusprechen, schluckte dann aber ihre Worte hinunter.

Sie waren im Obergeschoss angekommen. Durch eine verschlossene Zimmertür dröhnte laute Musik. Cornelia meinte Rechtsrock zu hören. Vielleicht Lieder der Böhsen Onkelz, vielleicht eines ihrer radikaleren Wegbegleiter.

An der Tür hin ein Schild »Sperrgebiet« in altdeutscher Schrift.

Na, das kann ja nur großartig werden, dachte Cornelia und schluckte.

Frau Tell klopfte an der Tür. »Torben, mach mal auf.«

»Gibt es Essen?«, klang es von drinnen heraus.

»Nein, nein, noch nicht«, antwortete sie, hörbar beschämt

vom Benehmen ihres Sohnes. Sie klopfte noch einmal. »Torben, bitte.«

»Ich zocke, ich kann jetzt nicht. Lass mich in Ruhe.«

»Lassen Sie mich mal«, sagte Cornelia und schob Frau Tell zur Seite, die ihrem Blick nicht begegnete.

»Seien Sie vorsichtig, er kann manchmal ein wenig ... ruppig sein.«

Cornelia hatte genug gehört. Entschlossen ballte sie die Hand zur Faust und ließ sie mehrfach gegen die Tür donnern. »Torben Tell, aufmachen, Polizei!«

»Ach Scheiße, das ist nicht witzig«, klang es aus dem Zimmer. Dann wurde ein Stuhl zurückgeschoben, und jemand, offensichtlich Torben, entschuldigte sich bei seinen Mitspielern, weil er pausieren musste. *Merkwürdig*, dachte Cornelia, *zu denen kann er höflich sein, aber zu seiner Mutter nicht.*

Beinahe erwartete sie einen glatzköpfigen Hünen vor sich zu sehen, einen Schlägertypen, wie er im Buche stand. Doch Torben Tell war nicht viel größer als sie, hatte kurzes blondes Haar und ein weiches Jungengesicht. Auf seiner Stirn stand eine hohe Falte, als er die Tür aufriss und Cornelia überraschend vor sich sah.

»Und wer sind Sie?«, knurrte er und sah seine Mutter strafend an, die noch ein Stück weiter zurückgewichen war.

»Arents, Kriminalpolizei. Ich möchte mit Ihnen reden. Wenn es Ihnen jetzt nicht passt, kann ich Ihnen gerne eine Vorladung schicken, und Sie kommen morgen aufs Revier.«

»Nee, da muss ich arbeiten.«

Cornelia versuchte, sich ihr Erstaunen nicht anmerken zu lassen. Irgendwie hatte sie angenommen, dass Torben Tell, falls er nicht mehr zur Schule ging, vor dem Computer saß und Ballerspiele zockte oder mit seinen Freunden rausging.

Sie ließ den Blick über sein T-Shirt mit der Aufschrift *Germania* schweifen, unter dem sich deutlich Brustmuskeln abzeichneten.

Er drückte die Tür ganz auf und ließ sie eintreten.

»Auf'm Bett is' Platz«, murmelte er, plötzlich gar nicht mehr so selbstbewusst.

Cornelia schob einige Kleidungsstücke zur Seite und setzte sich, während ihr Gegenüber wieder auf seinem Stuhl Platz nahm. Hinter ihm war ein kleiner Schreibtisch mit einem Computer. Auf dem großen Flachbildschirm waren mehrere Fenster geöffnet und eine Landschaft mit mehreren Figuren darin. Eine Art Strategiespiel und kein Egoshooter, vermutete sie.

»Worum geht es denn?«

»Was glauben Sie denn?«, gab Cornelia die Frage zurück.

Er zuckte mit den Schultern. »Ich schwör, ich war bei dem Borussen-Spiel nicht dabei, die Hools haben ihr eigenes Ding gemacht.«

»Deshalb bin ich nicht hier. Wo waren Sie vor zwei Tagen zwischen vierzehn und vierundzwanzig Uhr?«

Er kniff die Brauen so sehr zusammen, dass sie eine durchgehende Linie bildeten. »Erst arbeiten, dann mit Kollegen was trinken und später hier.«

»Geht das präziser?«

Er seufzte und lehnte sich auf seinem Stuhl zurück. Das Holz knarrte unter der Belastung. Torben Tell wirkte trotz seines weichen Kindergesichts bedrohlich. Als er in einer ablehnenden Geste die Arme kreuzte, traten über festen Muskelsträngen Adern hervor. Cornelia entgingen die drei schmalen, weißlichen Narben nicht, die womöglich von einem Messer herrührten. Typische Abwehrverletzungen.

Torben Tell war nicht so unbescholten, wie er vorgab. Aber er schien gewillt, ihr die Antworten zu geben, die sie benötigte.

»Ich war so um fünf zurück von der Arbeit, wat gegessen, geduscht und dann von 'nem Kumpel abgeholt worden. Heim bin ich so um zehn. Musste ja morgens wieder früh raus und so.«

»Und das ist alles überprüfbar?«

»Ja, Mann«, sagte er genervt. »Ich war ja eigentlich nie allein. Entweder mit Kollegen oder mit Mutter.«

»Was arbeiten Sie?«

»Bin Dachdecker.«

»Und in welcher Kneipe waren Sie?«

Torben Tell zögerte kurz, die Antwort schien ihm etwas unangenehm. Er wich ihrem Blick aus und sah auf die riesige Deutschlandfahne mit Adler, die über seinem Bett hing.

»Im *Keller*, is' nicht weit von hier.«

Cornelia hatte die Antwort beinahe erwartet. Sie würde sich diesen rechten Treff mal vornehmen, aber nicht heute und garantiert nicht ohne Verstärkung. »Eine Frage noch, dann lasse ich Ihnen Ihren Feierabend.« Cornelia zog die Fotos von Majida aus der Tasche und reichte sie an Tell weiter.

»Kennen Sie dieses Mädchen?«

Cornelia erwartete halb, dass ihr Gegenüber nun mit einer Schimpftirade über die deutsche Asylpolitik und das neu gebaute Flüchtlingsheim beginnen würde, doch dazu kam es nicht. Tell war schlau genug, den Mund zu halten. Ihm war klar, dass allein seine politische Einstellung ihn in dieser Sache zu einem Verdächtigen machen konnte.

Wieder hatte sich auf seiner Stirn eine steile Falte gebildet, während er die Fotos betrachtete. Sein Kiefer arbeitete.

Cornelia meinte deutlich bemerkt zu haben, dass er sie erkannt hatte. Aber das bedeutete noch nichts. Vermutlich kannte sie jeder Einzelne hier in der Siedlung. Majida war jeden Tag zur Schule gegangen, da blieb es nicht aus, dass sie ihren Nachbarn begegnete.

»Schon mal gesehen, ja«, meinte er schließlich. »Eins von den Mädchen, von dahinten.« Er wies mit dem Kopf in Richtung Heim.«

»Haben Sie Majida Esber auch vorgestern gesehen?«

Er zuckte mit den Schultern. Hinter ihm sprang der Bildschirmschoner an, was ihn herumzucken und hastig auf das Keyboard drücken ließ. Wahrscheinlich wollte er nicht, dass Cornelia das Bild sah, das sich hinter seinen breiten Schultern verbarg.

Ihre Fantasie zeigte ihr tanzende Hakenkreuze. Absurd. Eine alberne Übersprunghandlung, weil sie einen Nazi verhörte, der noch bei Mutti wohnte, und sie dabei auf seinem Bett saß.

Cornelia war dankbar dafür, dass Tell jetzt nicht sah, was in ihrem Kopf vorging, sondern wieder auf die Fotos starrte, als könne er sie durch einen bösen Blick verschwinden lassen.

»Auf dem hier sieht sie ganz schön tot aus«, sagte er schließlich und reichte Cornelia das Foto zurück, das vom Leichenfundort stammte.

»Weil sie tot ist.«

Tell erschrak und gab ihr schnell auch das andere Foto zurück. »Tot? Ermordet?«

Cornelia nickte langsam. »Deshalb bin ich hier.«

Er richtete sich auf und saß kurz stocksteif auf seinem Stuhl. Dann sackte er wieder in sich zusammen, als versuche er, seinen Schrecken zu überspielen. Sein Verhalten wirkte verdächtig, und das wusste er auch.

»Sie können nicht einfach so hier eindringen und mich verhören.«

Cornelia blieb ruhig. »Ich bin nicht eingedrungen, Ihre Mutter hat mich eingelassen und dann auch Sie, erinnern Sie sich? Außerdem ist das kein Verhör. Noch suche ich nur nach Hinweisen, befrage die Nachbarschaft.«

»Na dann sind Sie ja jetzt hier fertig.«

»Vielleicht, vielleicht auch nicht. Wenn Sie möchten, kann ich Sie auch vorladen lassen.«

»Und mit welchem Recht?«, fragte er aufbrausend.

Cornelia blieb betont ruhig und schob langsam die Bilder in ihre Tasche. Sie wollte ihn nervös machen. »Sie sind gesehen worden, wie Sie mit Majida Esber geredet haben. Sie hatte Angst.«

»Nur geredet. Ein paar Scherze gemacht, mehr nicht.« Er stand auf und überragte Cornelia plötzlich furchteinflößend. Sie erhob sich ebenfalls, um der unangenehmen Gesprächssituation zu entfliehen.

Er wich zurück, und sie fühlte sich sogleich sicherer.

»Wer hat solche Sachen über mich gesagt?«

»Ich kann keine Namen nennen, und ich denke, das ist Ihnen auch klar.«

»Ach«, er unterdrückte einen Fluch und ballte die Hände zu Fäusten, »Verleumdung ist das.«

»Sagen Sie.«

»Ja, genau, das sage ich. Und wenn Sie nicht noch mehr unsinnige Anschuldigungen von sich geben wollen, dann bitte, da ist die Tür.«

Cornelia, die ohnehin vorgehabt hatte, zu gehen, ließ sich

von Tell zur Zimmertür hinausscheuchen und drehte sich dann im letzten Moment um. »Ihr Bruder Falko, denken Sie, der hätte ein paar Antworten für mich?«

»Falko? Lassen Sie den bloß in Ruhe!«

»Oder was?«

»Nichts, verschwinden Sie.«

Sie sah ihm an, dass er sie am liebsten die Treppe hinuntergestoßen hätte. Stattdessen ging er in sein Zimmer und knallte die Tür zu. Cornelia blieb einen Moment stehen und lauschte. Sie konnte hören, wie er einige Male auf und ab lief und sich dann auf den Stuhl fallen ließ. Dann ging die Musik wieder an. Nicht so laut wie vorher, aber nicht weniger wütend. Tell meldete sich bei seinen Mitspielern zurück. Was genau er sagte, konnte sie nicht verstehen und daher auch nicht hören, ob er seinen Freunden erzählte, dass gerade die Polizei bei ihm gewesen war.

Cornelia ging langsam die Treppe hinunter, aber sie war hier noch nicht ganz fertig. Im Untergeschoss traf sie auf Frau Tell, die wie zufällig die Bilder im Flur vom Staub befreite. Cornelia war sofort klar, dass sie nur versucht hatte zu hören, was oben vor sich ging.

»Ich bin fertig, Frau Tell.«

»Oh, gut«, sagte sie und faltete den Staublappen sorgfältig zusammen, bevor sie ihn auf einer Kommode ablegte. »Ich hoffe, Torben hat sich benommen, er ist manchmal ein bisschen … na ja, wie junge Männer eben so sind.«

Glaubte sie das wirklich?, überlegte Cornelia fassungslos. *Empfand sie es etwa als normal, von ihrem älteren Sohn wie der letzte Dreck behandelt zu werden*? Sie musste sich zusammenreißen, um ihr nicht die Meinung zu sagen, Frau Tell war hier nicht die Angeklagte.

Cornelia war in ihren Berufsjahren schon vielen Frauen wie ihr begegnet. Wahrscheinlich merkte Frau Tell es wirklich nicht, weil ihr Vater schon so gewesen war und auch ihr Ehemann sie nicht behandelte, wie es ihr eigentlich zustand.

»Ich würde gerne noch mit Ihrem jüngeren Sohn Falko sprechen.«

»Er ist beim Sport, es tut mir leid.«

»Ah. Nicht schlimm. Geben Sie ihm bitte meine Karte. Er soll sich morgen bei mir melden.«

»Ich sage es ihm, er ruft sofort nach der Schule bei Ihnen an. Und es ist wirklich nichts Schlimmes?«

Cornelia zwang sich zu einem Lächeln. »Nein, nur ein paar Fragen.«

»Dann ist gut.« Sie glaubte ihr nicht, aber sie wollte es.

»Frau Tell, darf ich Sie um einen Gefallen bitten? Ich würde gerne Ihre Toilette benutzen.«

»Aber natürlich. Hier entlang. Nehmen Sie unser Bad, die Gästetoilette ist das Reich unserer Söhne, das will ich Ihnen nicht antun.«

Cornelia freute sich. War es doch genau der Raum, den sie hatte sehen wollen. Sie schloss die Tür ab und klappte den Klodeckel mit dem Frotteebezug hoch, dann öffnete sie leise die Schränke, bis sie auf die Kosmetik der Hausherrin stieß. Um sich nicht durch Geräusche zu verraten, betätigte sie die Spülung, dann nahm sie sich die Parfumfläschchen vor. Eigentlich war ihr klar, dass es nicht Chanel No 5 war, trotzdem roch sie kurz daran und stellte es zurück. Das nächste Fläschchen war eckig und rotbraun. Opium von Yves Saint Laurent, das war es auch nicht. Das dritte Fläschchen weckte Erinnerungen, und Cornelia sah sofort wieder die Tote vor sich. »Bingo«, sagte sie leise und roch noch einmal an dem fast vollen Flakon. Trésor von Lancôme, das war es.

Sie hätte darauf wetten wollen, dass Majida auf irgendeine Weise genau dieses Parfum aus diesem Fläschchen benutzt hatte. Aber noch hatte sie keinen ausreichenden Grund, das Fläschchen sicherzustellen. Vorsichtig stellte sie es zurück, darum bemüht, keine Fingerabdrücke zu hinterlassen. Sie hatte Handschuhe benutzt, die sie jetzt eilends auszog, sich die Hände wusch und das Bad verließ.

Sie verabschiedete sich von Frau Tell. Mehr würde sie hier vorerst nicht herausfinden können.

KAPITEL 8

Majidas Tagebuch

Es ist, als würde ich langsam aus einem Albtraum erwachen, nur um festzustellen, dass ich in einem weiteren Albtraum festsitze. Ich mache mir Sorgen um Mutter. Sie hat seit Tagen weder gesprochen noch etwas gegessen. Sie weint unablässig und still. Ich versuche, ihr regelmäßig etwas zu trinken zu geben. Sie nimmt es an, aber sie scheint mich nicht zu erkennen. Tante kümmert sich um sie. Ich lasse die beiden alleine und setze mich auf die andere Seite der Ladefläche. Eine der Ziegen hat zwei Junge bekommen, und der Anblick der Zicklein hat etwas Tröstliches. Für sie ist die Reise ins Nirgendwo, die uns alle zu Gefangenen macht, die ganze Welt. Sie sind glücklich, sobald ihr Bauch voll ist.

Ich grabe meine Hände in ihr Fell und kann trotzdem an nichts anderes denken als an unsere Familie, die es nicht mehr gibt. Ist eine halbe Familie überhaupt noch eine? Wir sind zerbrochen, zersplittert. Jede Erinnerung tut schrecklich weh, und doch sind es nur Erinnerungen, die mir bleiben werden. Bruder, mein Bruder.

Bochum

Faris trat aus dem italienischen Restaurant, in dem er die letzten Stunden verbracht hatte. Der Kellner folgte ihm, trug den Aufsteller herein, auf dem die Tagesgerichte aufgelistet waren, und schloss die Tür ab.

»Nacht, Faris«, tönte es von drinnen heraus. Sie kannten ihn hier, denn er kam oft her, seit er aus Syrien zurück war. Um zu essen und um nicht alleine zu sein.

Wenn er unter Menschen war, hielten sich die Erinnerungen von ihm fern, wie zwielichtige Kreaturen, die im Schatten und in der Einsamkeit wohnten und das Licht scheuten.

An diesem Abend war er mit Majidas Tagebuch und einigen leeren Blättern ins Restaurant gegangen. Nach und nach hatte er diese Seiten mit ihrer Geschichte gefüllt. Und er hatte alles genau vor sich gesehen. Er kannte das Land, kannte es in all seiner Schönheit und Grausamkeit. Doch endlich waren die Erfahrungen, die er aufschrieb, nicht mehr sein Schicksal, sondern das eines anderen Menschen.

Er hatte es versucht, doch ein Tagebuch wie Majidas brachte er nicht zustande. Er schrieb seine Albträume auf, das ja. Doch dann trug er sie zur Spüle in der Küche seines kleinen Apartments und verbrannte sie zu Asche. Dann drehte er den Wasserhahn auf und spülte sie davon, in die Kanalisation zu Fäkalien und Unrat, wohin sie gehörten.

Majidas Erinnerungen waren anders. Sie waren auf eine gewisse Weise gut. Und Faris hatte eine Idee gehabt. Mit dem Einverständnis ihrer Mutter würde er die Erinnerungen des Mädchens veröffentlichen und so vielleicht für ein wenig Verständnis werben können. Es gab Tausende Kinder wie Majida. Manche hatten es nach Europa geschafft, wo ihre Wunden langsam heilen konnten, andere harrten noch in türkischen Lagern aus. Die meisten aber wurden durch Syrien getrieben wie ausgerissenes Laub, mit dem der Sturm spielte. Sie wurden hierhin und dorthin geweht, immer verfolgt von aufflackernden Kämpfen, Terrorangriffen und Bombenhageln, bis sie irgendwann aufgerieben waren.

Majida sollte nicht auf diese Weise verschwinden, das hatte er ihr insgeheim versprochen. Die Erinnerung an sie sollte bleiben. In Schulen sollte über ihr Schicksal berichtet werden. Denn auch in Deutschland wurde das Klima immer feindseliger. *Die Menschen fürchten nur, was sie nicht kennen*, hatte sein Vater immer gesagt. Und da war viel Wahres dran. Dort, wo verschiedene Kulturen freundlich miteinander in Kontakt traten, gab es weniger Hass.

Schüler, Deutsche wie Immigrantenkinder, sollten Majida und Ihresgleichen kennenlernen und verstehen, warum sie keine andere Wahl gehabt hatten, als ihre Heimat zu verlassen. Dann würde vielleicht die nächste Erwachsenengeneration offener denken.

Faris wusste, dass er einem idealistischen Traum nachhing, aber nach all dem Leid, das er in den vergangenen Monaten erlebt hatte, brauchte er etwas, woran er festhalten konnte.

Gedankenversunken schlug er den Heimweg ein. Es war kühl geworden, und er fror ein wenig. Warum hatte er auch keine dickere Jacke mitgenommen? Es war doch klar gewesen, dass er wieder bleiben würde, bis das Restaurant schloss.

An einem Wochentag wie diesem waren die Straßen um Mitternacht wie leer gefegt, und auch hinter den meisten Fenstern brannte kein Licht mehr.

Faris hatte es nicht eilig, nach Hause zu kommen. Dort wartete nichts auf ihn, und er hatte keinen Grund, früh aufzustehen. Kurz dachte er an die Polizistin Arents. Sie schien in Ordnung. Eigentlich hatte Faris eine gewisse Abneigung gegen die Polizei. Früher war er oft grundlos angehalten worden, besonders mit vierzehn, fünfzehn, wenn er mit dem Rad unterwegs war. Er war sich sicher, dass sie ihn wegen seines Aussehens herausgepickt hatten, nach dem Motto, diese Südländer hatten doch alle Dreck am Stecken, oder so. Doch sein Vater war Ingenieur und nach Deutschland gekommen, weil er von seiner Firma angeworben worden war; Faris immer ein Musterschüler, weil er das Gefühl gehabt hatte, es seinen Eltern schuldig zu sein, sich anzustrengen.

Und dann wurde er angehalten, weil ein Junge wie er kein teures Fahrrad fahren durfte. Einmal hatten sie ihn sogar mitgenommen, weil er ihnen ins Gesicht gebrüllt hatte, wie unfair sie doch zu ihm seien.

Beschämt hatte sein Vater ihn auf der Wache abgeholt, sich zigmal entschuldigt und seinem Sohn eingebläut, dass er sich benehmen solle. Sie seien schließlich nur Gäste in diesem Land. Es war das einzige Mal, dass er ihm eine Ohrfeige gegeben hatte.

Faris hatte den eigentlich harmlosen Schlag und diesen Abend nie vergessen. Es veränderte etwas in ihm. Seine Sichtweise auf seinen Vater und auf dieses Land, das er selbst immer als seine Heimat empfunden hatte.

Vielleicht hatte sich mittlerweile auch etwas verändert, oder es lag daran, dass Frau Arents von der Kriminalpolizei war und keine einfache Beamtin, die tagtäglich auf Streife ging.

Majidas Schicksal berührte sie, das hatte Faris genau gesehen. Wenn Frau Arents die Ermittlungen durchführte, bestand Hoffnung, dass ihr Mörder gefunden wurde, das fühlte er.

Als er mit Majidas Mutter in der Pathologie gewesen war, hatte Doktor Goldhagen ihn wiedererkannt und ihm gedankt, dass er Frau Arents half. Auch das sprach für sie. Professor Goldhagen war eine Koryphäe, und Faris hatte höchste Achtung vor ihm. Von ihm hatte er mehr gelernt als von den meisten anderen Dozenten.

Vielleicht sollte ich ebenfalls in die Pathologie gehen, dachte er. *Bei Toten kann ich zumindest nichts mehr anrichten.* Und vielleicht konnte er auch bei polizeilichen Ermittlungen dienlich sein, immerhin hatte er in der kurzen Zeit in Syrien fast alles gesehen, was Menschen einander mit und ohne Waffen antun konnten.

Faris blieb stehen und schloss für einen Moment die Augen, um die Bilder zu vertreiben, als er mit einem Mal Schritte hinter sich hörte. Schnell und schwer.

Es war nicht mehr weit bis zu ihm nach Hause, und soeben war er bei einer kleinen Sparkassenfiliale angelangt, die nur hundert Meter entfernt lag.

Sein Instinkt schrie, er solle rennen. In seinem Nacken begann es wie verrückt zu kribbeln.

Er hasste diese Panikattacken. Er bekam sie erst seit Syrien, doch er würde sich von ihnen nicht fertigmachen lassen.

Entschlossen drückte er den Rücken durch, um erst gar nicht zuzulassen, dass er sich verkrampfte, und drehte sich um.

Es kostete ihn viel, nicht doch wegzulaufen. Ein Mann kam auf ihn zu, das Gesicht hinter einer Schirmmütze und einem Halstuch verborgen. In der Hand schwang er ein Stück Dachlatte.

»Hey, hey, mach das nicht«, sagte Faris und wusste im gleichen Moment, dass er genauso gut mit einer Wand reden könnte. Es war sinnlos.

»Jetzt hast du Schiss, was?«

Die blauen Augen des Angreifers zuckten zur Seite, wo in diesem Moment zwei weitere Männer wie aus dem Nichts auftauchten. Sie hatten sich in einer Garageneinfahrt versteckt und dort offenbar auf den richtigen Zeitpunkt gewartet.

In der Faust des kleineren, bierbäuchig mit Deutschland-T-Shirt und Skimaske, blitzte ein Schlagring.

Der andere, das Gesicht ebenfalls vermummt, hielt einen Baseballschläger in der Hand.

Weglaufen war jetzt keine Option mehr. Sie hatten ihm den Fluchtweg abgeschnitten. Faris' Puls raste und dröhnte laut in seinen Ohren. Er musste kämpfen, dabei hatte er es nie wieder tun wollen. Durch die drohende Gefahr kamen alle verdrängten Erinnerungen wieder hoch. Er wurde wieder zu dem Mann, vor dem er zurück nach Deutschland geflohen war. Faris fühlte sich ruhiger werden. Er schätzte seine Lage ab. Einer gegen drei, das war schwierig, aber nicht unmöglich. Immerhin hatten sie keine Schusswaffen.

Sie begannen ihn zu umkreisen. Welcher war wohl der Anführer dieser Idioten? Auf ihn würde er sich zuerst konzentrieren.

Faris hatte als Jugendlicher einige Kampfsportarten ausprobiert und auch an der Uni immer Hochschulsport gemacht, um fit zu bleiben.

Er konzentrierte sich auf den Hool mit dem Käppi. Er schien das Sagen zu haben. Falls die drei irritiert waren, dass er nicht versuchte, abzuhauen oder um Hilfe zu schreien, ließen sie es sich nicht anmerken.

Adrenalin rauschte durch Faris' Adern. Jetzt nicht unkonzentriert werden und nicht zu früh verraten, dass er sich zu wehren wusste.

Faris blieb mit der Mauer im Rücken stehen und wartete auf den ersten Angriff, der nicht lange auf sich warten ließ. Die Dachlatte wurde mit voller Wucht gegen seinen Kopf geschwungen. Er federte in den Knien ein, tauchte unter dem Schlag hinweg und bewegte sich seitwärts. Die Dachlatte donnerte gegen die Hauswand.

Faris trat dem verdutzten Angreifer in die Kniekehle, packte ihn an den Schultern und stieß ihn mit aller Wucht vorwärts. Er krachte mit dem Gesicht voran gegen die Steine und stürzte.

Faris schnellte herum und duckte sich, doch dem nächsten Hieb konnte er nicht mehr ausweichen. Der Schlagstock traf ihn am rechten Oberarm. Glühender Schmerz fuhr durch die gemarterten Muskeln und ließ sie augenblicklich taub werden. Faris schrie auf.

Im Haus gegenüber wurde Licht eingeschaltet und das Fenster geöffnet. Er sah einen Schemen hinter den Gardinen.

Faris konnte nur noch seinen linken Arm benutzen und wehrte damit den Dicken mit dem Schlagring ab, indem er dessen Bewegung ablenkte, dann setzte er einen Tritt auf dessen Fußrücken nach, doch die Springerstiefel nahmen ihm die Wirkung. Aber es reichte, um den Mann kurz zu verlangsamen.

Wieder sauste der Baseballschläger auf ihn zu. Faris konnte zweimal nur knapp ausweichen, spürte den Luftzug im verschwitzten Gesicht.

Vielleicht war er doch nicht so geschickt, wie er dachte.

Wenn er nur einmal richtig getroffen wurde, war es aus, das wusste sein Gegner genauso gut wie er und setzte daher alles daran, ihn zu erwischen.

Der Dicke mit dem Schlagring schien darauf zu warten, dass sein Kumpel Faris zu Boden brachte.

»Verdammter Hammelfresser«, brüllte der Größere und ließ den Schläger kreisen. Seine Reichweite war gewaltig. Faris geriet mehr und mehr in die Defensive. Seinen Arm konnte er immer noch nicht einsetzen, er baumelte nutzlos an seiner Seite und tat höllisch weh. Tritte, er musste seine Füße benutzen!

Entschlossen unterlief er den nächsten Hieb, duckte sich tief, schraubte seinen Körper zur Seite und landete einen perfekten Kick gegen die Brust des Hünen. Der stolperte rückwärts und fiel gegen einen parkenden Geländewagen. Seine Deckung war einen Moment lang dahin.

Faris zögerte nicht, trat ihm den Baseballschläger aus der Hand und verpasste ihm zwei Faustschläge ins Gesicht.

Dann krachte er plötzlich selbst zu Boden.

Er hatte seinen ersten Gegner vergessen. Der Nazi hatte sich mittlerweile aufgerappelt und ihm mit der Dachlatte vor die Stirn geschlagen.

Alles drehte sich, und Faris war klar, was nun passieren würde. Er lag am Boden und kam nicht mehr auf die Beine. Stoisch wappnete er sich für den Schmerz.

Der erste Tritt erwischte ihn im Rücken. Noch einer und noch einer. Sie pressten ihm die Luft aus den Lungen.

Er keuchte, für Schreie fehlte ihm die Kraft.

Muskeln anspannen und mit aller Kraft die Organe schützen, beschwor er sich.

Jetzt war auch der Dicke mit dem Schlagring da. Vor Faris Augen verschwamm der gepflasterte Boden. Stöhnend hob er die Hände, um zumindest seinen Kopf zu schützen.

Die Männer beschimpften ihn und spuckten ihn an. Einer

versuchte, seine Hände herunterzureißen. Die Faust mit dem Schlagring krachte gegen seine Stirn und ließ seinen Kopf auf das Pflaster schlagen. Alles dröhnte. Er versuchte, einen Tritt zu landen, und stieß den Dicken vor das Schienbein. Der fluchte und stolperte zurück.

Doch es war nur ein kurzer Moment zum Aufatmen.

»Macht ihn fertig«, rief der mit der Dachlatte und stieß ihm die Holzspitze in die Brust, doch Faris spürte den Schlag kaum. *Majidas Tagebuch hat mich beschützt*, dachte er noch, dann traf ihn ein Tritt zwischen die Beine, und alles ertrank in gleißendem Schmerz.

Faris versuchte, die Schleier wegzublinzeln.

Schritte trommelten über den Asphalt und wurden leiser. Ein Wagen wurde gestartet. Und dann hörte er ihn, den erlösenden Klang von Sirenen.

Die Polizei kam und hatte die Schläger vertrieben. Eine Hand in den Schritt gepresst, richtete sich Faris vorsichtig auf. Die Welt fuhr Karussell, ein Kreiseln aus Schmerz und Übelkeit. Warm lief ihm das Blut übers Gesicht. Er wischte es weg, damit es nicht in die Augen rann.

Die Sirenen wurden lauter, schon konnte er in der Ferne Blaulicht über die Äste der Straßenbäume zucken sehen, und plötzlich setzte etwas in Faris aus.

Ein weiterer Adrenalinstoß flutete seinen Körper und dämpfte seine Schmerzen so weit, dass er aufstehen konnte. Er musste sich an der Wand abstützen und hinterließ einen großen Blutfleck. Keuchend rang er nach Atem. Mit jedem Schwall Sauerstoff, der seine Lungen erreichte, sah er klarer. Dann rannte er los.

Die wenigen Meter bis zu seiner Haustür kamen ihm unendlich weit vor. Er stolperte, stürzte beinahe, rappelte sich auf und schaffte auch das letzte Stück.

Als der Polizeiwagen jaulend um die Ecke schoss und in die Straße einbog, schob er soeben mit zitternden Fingern seinen Schlüssel ins Schloss.

Es war der falsche. Faris wurde panisch und drückte sich flach in den Schatten des Hauseingangs.

Das Auto hielt an, die Sirenen verstummten. Er hörte, wie sie ausstiegen und etwas sagten.

Endlich sprang die Haustür auf. Er huschte hindurch und schloss sie mit zitternden Knien.

Er hatte es geschafft.

Blut tropfte von seiner Stirn auf den Teppich im Eingangsbereich. »Scheiße.« Faris war kurz davor, sich zu übergeben, so sehr schmerzte sein Magen.

Er musste weiter. Nur zwei Treppen hoch. Aber eine Besteigung des Mount Everest war nichts dagegen.

Er stolperte die Stufen hinauf und hatte dabei die ganze Zeit über das Gefühl, seine Beine würden jeden Moment versagen.

Auf dem ersten Absatz wurde ihm schwarz vor Augen. Er stützte sich mit dem Ellenbogen gegen die Wand, um nicht auch hier Blutflecken zu hinterlassen. Die alte Frau Wöllke aus dem Untergeschoss bekäme sonst den Schock ihres Lebens.

Als er schließlich in seiner Wohnung ankam, legte er sich im Flur auf den Boden und schloss die Augen.

Faris wusste nicht, wie lange er ohnmächtig gewesen war. Als er wieder wach wurde, hatte sich nichts verändert. Der überwältigende Schmerz war noch immer da und lähmte ihn.

Draußen auf der Straße war es still. Weder Autolärm noch Vogelgezwitscher waren zu hören. Es musste also noch immer Nacht sein und die Ohnmacht nicht allzu lange gedauert haben.

Er tastete sich vorsichtig ab. Die Platzwunde an der Stirn war dick geworden, die Haut spannte, aber es blutete nicht mehr. Dort, wo ihn Fäuste und Stiefel getroffen hatten, waren Schwellungen.

Er kämpfte sich langsam auf die Beine, zog Majidas Tagebuch aus der Tasche und schleppte sich in die Küche, wo er das Licht anschaltete und das Buch auf den Tisch legte. Dieses eine Mal war er froh, dass die Energiesparlampe so verdammt lange brauchte, bis sie in voller Helligkeit brannte.

Er machte sich einen Kaffee und betrachtete das Buch, dessen Einband nun eine markante Delle aufwies, dort, wo es die Dachlatte abgefangen hatte.

»Tut mir leid, Majida. Trotzdem danke«, sagte er und war selbst erstaunt über den rauen Klang seiner Stimme.

Die dicke Tasse umklammernd, als sei sie sein Rettungsanker, machte er sich auf den Weg ins Bad.

Der Blick in den Spiegel versetzte ihm einen kleinen Schock. Aus einem blutverkrusteten Gesicht starrte ihn ein grünes Augenpaar an, dessen jetzigen Ausdruck er aus Syrien nur zu gut kannte.

Viele der verwundeten Kämpfer, die zu ihm gebracht wurden, hatten ihn genauso angesehen. Es war das blanke Entsetzen über die eigene Verletzlichkeit, die man wohl erst dann zur Gänze erkannte, wenn man dem Tod knapp entronnen war. Die Barriere, die das Selbst sorgfältig vom Äußeren trennte, war durchbrochen worden. Vorher hatte es immer nur die anderen getroffen, und man hatte sich selbst, bewusst oder unbewusst, für beinahe unverwundbar erachtet.

Faris' eigene Augen erzählten nun eine andere Geschichte. Diese drei Schläger hätten ihn umgebracht, wenn jemand nicht die Polizei gerufen hätte. Er war diesem Unbekannten dankbar, doch es würde dauern, bis der Ausdruck wieder aus seinem Gesicht verschwunden wäre.

Shellshocked sagten die Amerikaner dazu, und genauso fühlte er sich. Von einer Explosion aus der Bahn geworfen.

Er ließ das Waschbecken mit kaltem Wasser volllaufen und wusch vorsichtig Blut und Krusten ab.

Was darunter zum Vorschein kam, sah schon wieder ein bisschen aus wie er selbst. Die Platzwunde auf der Stirn war mehrere Zentimeter lang und verlief nahe am Haaransatz. Sie musste auf jeden Fall genäht werden. Ohne lange darüber nachzudenken, desinfizierte er sie und versorgte sich selbst. Er war immer gut ausgerüstet, und jetzt wusste er auch wieder, warum.

Nachdem er die Wunde mit einem Pflaster abgeklebt hatte, zog er vorsichtig sein Shirt aus und untersuchte seinen Oberkörper.

»Krankenhaus oder kein Krankenhaus, Herr Doktor Aydin«, sagte er bitter und tastete gründlich Bauch und unteren Rücken ab. Es tat weh, doch er hatte Glück im Unglück gehabt. Noch ein Stückchen weiter oben, oder wenn der Schlag in einem anderen Winkel geführt worden wäre, hätte er womöglich mit einem Milzriss rechnen müssen. So hatte die Muskulatur das meiste abgefangen. In den nächsten Tagen würde er sich an so vielen Stellen blauviolett verfärben, dass er der Milkakuh Konkurrenz machen könnte.

»Ja, Schokolade!«

Mit immer schwerer werdenden Schritten ging er zum Kühlschrank und nahm eine Tafel dunkle Nussschokolade heraus. Mit einem Glas Wasser spülte er zwei Schmerztabletten herunter, dann legte er sich ins Bett. Es dauerte nur Minuten, bis er eine halbe Tafel verschlungen hatte und einschlief.

KAPITEL 9

Majidas Tagebuch

So viele Menschen. Ich habe noch nie so viele Menschen auf einmal gesehen. Also nicht mit eigenen Augen, nur im Fernsehen, bei Paraden. Sie alle wollen in die Türkei. Es ist staubig. Überall stehen verlassene Autos, die nicht aussehen, als wären sie kaputtgegangen. Bald wissen wir auch, warum. Die normalen Grenzwege sind verschlossen und werden nur hin und wieder geöffnet. Der beste Weg ist derzeit zu Fuß. Nachts schneiden Männer die Grenzzäune auf, und es schaffen immer einige hindurch, vielleicht werden wir das auch versuchen. Irgendwie müssen wir es rüber- und in Sicherheit schaffen. Vater hätte es gewollt. Ich möchte, dass er stolz auf uns sein kann. Er sagte immer, ich solle ein mutiges Mädchen sein.

Eine Woche lang haben wir es probiert, jetzt sind wir wieder unterwegs durch Rakka. In der Provinz ist es heiß und staubig. Wir fahren weiter in Richtung Tall Abjad. Die Stadt ist in den Händen des ISIS. Ich verstehe nicht, warum wir dort hinwollen. Aber Onkel Said lässt sich nicht umstimmen. Er meint, dort seien die Chancen besser, über die Grenze zu kommen.

Mutter isst wieder, aber jetzt gibt es kaum noch etwas. Die Konserven gehen uns aus. Onkel Said will eine Ziege abgeben und von dem Geld Nachschub kaufen, doch in den Geschäften sind die Regale fast immer leer. Die Menschen haben alles, was sie besaßen, zu Geld gemacht, genau wie wir, doch es gibt keine Waren mehr zu kaufen, die Lieferungen stocken oder werden von den Mördern abgefangen.

Ich habe mittlerweile das Gefühl, selber zu Staub zu werden. Die Reifen wirbeln ihn auf, und er setzt sich in meine Kleidung, meine Haare, meine Augen. Und wenn ich die Zähne aufeinanderbeiße, um den Hunger nicht so zu spüren, knirscht es.

Tante redet auf Mutter ein und sagt immer das Gleiche. Du hast Mann und Sohn verloren, aber vergiss nicht, dass du noch eine Tochter hast. Majida braucht dich.

Für einen Moment dachte ich, ich hätte meinen Bruder gesehen. Er stand mit anderen Kindern an einem Brunnen an, um Was ser zu holen. Ich war nicht ganz bei mir, habe seinen Namen geschrien und gewunken.

Mama hat sich aufgeregt und wäre beinahe von der Ladefläche gesprungen, dann hat sie mir eine Ohrfeige gegeben und mich in den Arm genommen. Zum ersten Mal, seit Vater und Bruder ermordet wurden, hat sie mich wieder in den Arm genommen. Ich dachte, ich könnte keine Berührung mehr ertragen, auch von ihr nicht, aber ich habe mich wohl geirrt.

Morgen erreichen wir den türkischen Grenzübergang Akçakale. Wir sind jetzt in ISIS-Gebiet. Immer wieder sehen wir Kämpfer in Fahrzeugen und zu Fuß. Sie wirken nervös und beachten uns zum Glück kaum. Wir fahren in einer Karawane mit mehreren Dutzend anderen Familien. Überall gibt es Kontrollposten, über denen schwarze Fahnen wehen. Meine Arme und Beine fühlen sich schwer an. Ich glaube, das ist die Angst.

Bochum Hauptwache

Cornelia hatte ihren Arbeitsplatz noch nicht ganz erreicht, als ihr Vorgesetzter sie schon mit einem Winken auf sich aufmerksam machte.

»Cornelia, komm mal bitte.«

»Ich bringe eben …«

»Sofort!«

Oh, das klang gar nicht gut. Sie joggte auf Reinles Büro zu, in dem er bereits wieder verschwunden war, und trat ein.

»Mach die Tür zu, bitte.«

Cornelia tat, was er sagte, und musterte dann einen uniformierten Kollegen von der Streife, der ihr nur vage bekannt vorkam. Vielleicht vom letzten Sommerfest oder einem gemeinsamen Einsatz, der schon eine Weile zurücklag.

Reinle, von behäbiger Statur und ausgestattet mit dem Blick eines Habichts, lief in seinem Büro auf und ab, als täte er es schon eine Weile.

»Arents, wie geht es mit dem Mord an dem Flüchtlingsmädchen voran?«

»Ich habe mehrere gute Hinweise, aber noch nichts Handfestes.«

»Vermutung?«, blaffte er. Doch sie wusste, dass er nicht wütend auf sie war.

»Ich fürchte, politisch motiviert. Die Nachbarn sind fast alle gegen das Heim, und einige haben offenbar Kontakte zur Neonaziszene. Ich wollte mir heute einen rechten Treffpunkt vornehmen …«

Er unterbrach sie mit einem Handzeichen und sah den Streifenpolizisten bestätigend an. Offenbar hatte er etwas herausgefunden, was mit ihrem Fall zu tun haben könnte.

Sie versuchte, sich krampfhaft an seinen Namen zu erinnern, aber sie kam nicht drauf.

»Ich denke, du hattest den richtigen Riecher, Cornelia, und wie es aussieht, sind die Täter darauf aus, aus der Einzeltat eine Serie zu machen. Heute Nacht gab es nicht weit vom Heim einen Überfall. Drei Maskierte, vermutlich aus der rechten Szene, haben einen Araber verprügelt.«

»Zeugen? Wie geht es dem Mann?«

»Das wissen wir nicht, Täter und Opfer sind abgehauen, als die Streife eintraf.«

»Und der Zeuge, der Sie angerufen hat? Hat der etwas gesehen?«, stellte Cornelia ihre Frage nun direkt an den uniformierten Kollegen.

»Leider nein. Als er uns kommen hörte, ist er runtergelaufen und war wohl genau dann im Treppenhaus, als auch das Opfer weglief.«

»Das heißt, wir haben nichts?«

Reinle und der Beamte sahen einander mit Verschwörermiene an. »Herr Grabe hier sagt, sie haben sich direkt vor einer Bank geprügelt. Die Sparkasse übersendet uns die Aufnahmen der Überwachungskameras. Ich denke, wir werden uns trotzdem ein ganz gutes Bild machen können. Das Material müsste gleich da sein.«

Cornelia war erleichtert. »Gut, wenigstens etwas.«

»Setz dich«, sagte Reinle und wirkte nun weniger aufgekratzt. »Wir sehen uns das alles gemeinsam an und entscheiden dann, inwieweit wir den Verfassungsschutz einbinden. Bevor wir hier plötzlich eine zweite NSU-Gruppe haben und nicht mehr wissen, wo uns der Kopf steht. Nicht dass die Jagd auf Ausländer machen, die sich im Umfeld des neuen Flüchtlingsheims bewegen.«

Cornelia nickte. »Ich denke, wir sollten unsere Präsenz am Heim und in der Nähe verstärken.«

»Schon geschehen. Wir haben jetzt ständig zwei Beamte in Zivil vor Ort, und zwei Streifen fahren regelmäßig auch die Umgebung ab.«

Sollte sie erleichtert sein? Cornelia wusste es nicht und rutschte unruhig auf dem Bürostuhl hin und her. Ihre kleine MK würde sicher aufgestockt werden, aus drei Leuten würde ein Riesenapparat werden. Einerseits war sie froh darüber, ja. Andererseits würde sie nicht mehr so arbeiten können, wie es ihr am liebsten war, und sich immer mit anderen koordinieren müssen.

Reinles Computer gab einen schrägen Piepton von sich und zog damit alle Aufmerksamkeit auf sich.

»Das sollte es sein«, meinte er nur und ließ sich mit Schwung auf seinen Bürostuhl fallen. Mit ein paar Klicks hatte er die Videodatei gefunden.

Cornelia schob ihren Stuhl näher heran, und auch der uniformierte Kollege rutschte ein Stückchen, bis sie zu dritt, dicht gedrängt, vor dem Bildschirm saßen.

»Wann kam der Notruf rein?«, fragte Reinle.

»Viertel nach zwölf, circa.«

Reinle klickte sich durch das Video, bis er bei Mitternacht angekommen war. Er ließ es schneller laufen, bis um sechs nach zwölf eine Person sichtbar wurde. Die Qualität des Aufnahmematerials war gut. Ein großer Mann lief durch das Bild, fast schlendernd. Das dunkle Haar und die Art zu gehen ließen Cornelia schlucken.

»Ich glaube, ich kenne den Mann.«

Reinle hielt sofort das Video an und musterte sie auffordernd.

»Ich bin mir nicht ganz sicher. Aber er sieht Faris Aydin ähnlich. Ein syrischer Arzt, der für die Flüchtlingsinitiative arbeitet und die Leute im Heim bei Ämtergängen betreut. Er hat auch für die Mutter der Toten übersetzt, als wir ihr die Nachricht überbracht haben.«

»Also steht er in direkter Verbindung mit dem Fall.«

»Ja.«

»Sehen wir uns erst mal das Videomaterial an.«

Als er es wieder einschaltete, begann Cornelias Puls sofort zu jagen. Sie ahnte, was sie zu sehen bekommen würde. Und genau das geschah auch.

Der Mann, der wie Faris Aydin aussah, hielt überrascht inne, dann trat ein vermummter Schläger ins Bild. Der Arzt hob die Hände. Eine Geste der Beschwichtigung, die an den vermummten Angreifern jedoch abprallte, als hätte es sie gar nicht gegeben.

»Ich glaube nicht, dass er ein zufälliges Opfer ist. Die haben ihm aufgelauert. Und wir müssen rausbekommen, warum«, sagte Reinle.

Gebannt verfolgten sie das Geschehen auf dem Bildschirm. Aydin setzte sich geschickt zur Wehr, tänzelte in Kampfsportmanier oft im letzten Moment aus der Gefahrenzone, und Cornelia wurde klar, warum seine Bewegung ihr so katzenhaft erschienen waren.

Doch es war nur eine Frage der Zeit, bis einer der drei Angreifer einen Schlag landete, der ihn von den Beinen riss. Es fiel ihr schwer, anzusehen, wie er am Boden lag und verzweifelt versuchte, sich vor den Schlägen zu schützen, die auf seinen Körper niederhagelten. Das Video war nur schwarzweiß, dennoch war deutlich zu erkennen, wie auf dem Bürgersteig mehr und mehr Blutflecke auftauchten.

»Übel«, sagte Grabe und verschränkte die Arme vor der Brust. »Ich wünschte, wir wären schneller da gewesen.

»Hmm«, brummte Reinle bestätigend. »Er versucht noch mal einen Angriff. Ich glaube, ihm wird klar, dass er da sonst nicht mehr lebend rauskommt.«

Cornelias Hände waren mittlerweile schweißnass. Es ging ihr nahe, auch wenn sie den Syrer kaum kannte.

Endlich ließen die Schläger von ihm ab, sahen die Straße hinunter und entschlossen sich dann zur Flucht. Einer humpelte, das war zumindest ein schwacher Trost, und würde ihnen eventuell bei der Identifizierung der Täter hilfreich sein.

Es war unglaublich, aber auch Faris Aydin kämpfte sich auf die Beine und humpelte davon. Als Nächstes war auf dem Video Blaulicht auszumachen, und die beiden Polizisten kamen ins Bild.

Reinle hielt das Video an und wandte sich an Cornelia. »Meinst du, das war dieser syrische Arzt? Konntest du ihn gut genug sehen?«

»Ich bin mir sicher.«

»Wir müssen mit ihm reden, und zwar dringend. Ich hoffe, er ist ins Krankenhaus gefahren und liegt nicht irgendwo tot im Gebüsch.«

»Ich ruf ihn an«, sagte Cornelia und griff nach ihrem Handy.

»Noch besser. Ich leite das Video an unsere Computerleute weiter, sie sollen gucken, ob sie die Bilder der Täter so weit vergrößern können, dass wir zumindest die Augenausschnitte gut erkennen. Vielleicht kriegen wir Namen.«

Cornelia wählte Aydins Handynummer und wartete. Eine bange Minute verstrich und fühlte sich ewig an. »Nichts. Aber ich habe irgendwo auch noch die Festnetznummer.«

Auf den erstaunten Blick ihres Vorgesetzten hin erklärte sie, dass er Majidas Tagebuch übersetzte, in dem sie Hinweise zu finden hoffte, dann tippte sie die Nummer ein, die sie von einem Zettel ablesen musste.

»Wieder nichts.«

»Hoffentlich ist er nicht wirklich aus den Latschen gekippt«, meinte Grabe trocken. »Nach dem, was er einstecken musste, wäre es ein Wunder, wenn nicht.«

»Ich fahre zur Meldeadresse, wenn das okay ist. Bis ich zurück bin, sollten wir die Daten vom Verfassungsschutz haben, falls es etwas zum *Keller*, der rechten Kneipe, gibt. Ich denke, wir sollten uns darauf konzentrieren. Das ist das Beste, was wir haben. Es ist nicht unwahrscheinlich, dass wir unsere Täter dort finden.«

»Fahr, ich sorge dafür, dass der Rest in Gang kommt. Für zwölf Uhr setze ich eine Lagebesprechung an.«

Cornelia war schon aufgestanden, als ihr Vorgesetzter sie mit einem ermunternden Nicken entließ. »Hoffentlich findest du den Mann. Ich gebe an die Streifen durch, dass sie ein Auge offen halten sollen.«

Cornelia fuhr zu Faris Aydins Meldeadresse. Es war nicht weit vom Tatort. Der Verdacht lag nahe, dass er sich nach Hause geschleppt und dort das Bewusstsein verloren hatte.

Sie fuhr langsam an der Sparkasse vorbei, wo die SpuSis soeben damit beschäftigt waren, Blut von den Pflastersteinen zu kratzen, und parkte.

Vom Tatort waren es nur sechs Häuser bis zu Aydins Meldeadresse.

Auf den ersten Metern fand sie noch blutige Tropfspuren, dann verschwanden sie.

Ihre Innereien zogen sich schmerzhaft zusammen, als sie das Wohnhaus erreichte. Sie drückte den Klingelknopf. Einmal. Warten. Noch einmal. Nichts.

Im Haus regte sich etwas. Sie hörte schlurfende Schritte, dann wurde die Tür von innen geöffnet, und sie blickte in das besorgte Gesicht einer älteren Dame. Sie trug das Haar zu einem lockeren Dutt aufgesteckt und stützte sich schwer auf eine Gehhilfe. Statt der üblichen Kleidung in Einheitsgrau, die merkwürdigerweise von den meisten Senioren bevorzugt wurde, trug sie ein weites, buntes Gewand. Vielleicht ein Mitbringsel aus einem Urlaub in Marokko. Cornelia fand, es stehe ihr ausnehmend gut.

»Oh, Sie sind gar nicht die Post«, sagte sie irritiert. »Zu wem möchten Sie denn?«

»Zu Herrn Aydin.«

»Sind Sie seine Freundin? Wissen Sie, was hier gestern passiert ist?« Sie tippte mit ihrem Stock auf einen Fleck im Läufer. Dunkelbraun und verkrustet hob er sich deutlich von dem blauen Gewebe ab.

»Er ist verletzt worden. Deshalb möchte ich auch dringend zu ihm. Ich bin von der Polizei. Cornelia Arents.« Sie wies sich aus.

»Wöllke, Almut Wöllke. Ich habe meine Brille gar nicht mit. Eigentlich wollte ich nur nach der Post sehen. Der arme Herr Aydin. Er ist so ein höflicher junger Mann, wissen Sie, er holt mir immer Sprudel, die schweren Kästen …«

Cornelia versuchte, sie in ihrem Redefluss zu bremsen. »Ja, das ist nett von ihm, aber vielleicht braucht er jetzt Hilfe. Wissen Sie, wer vielleicht einen Wohnungsschlüssel haben könnte?«

»Ja, ich natürlich! Kommen Sie, kommen Sie.«

Glück im Unglück, dachte Cornelia und folgte der alten Dame zur Erdgeschosswohnung. Frau Wöllke lief unendlich langsam und wackelig und schloss umständlich auf. Warum hatte sie überhaupt abgeschlossen?

Der Grund wurde ihr klar, sobald sie die Wohnung betrat und vier winzige Kätzchen auf sie zustürmten.

»Es tut mir leid, die krabbeln an allem hoch«, entschuldigte sie sich gerade noch, und schon erklomm ein kleines rotes Pelzknäuel Cornelias Jeans.

»Hey, was machst du denn da?«, sagte Cornelia und musste lächeln. Vorsichtig löste sie die nadelspitzen Krallen aus ihrer Hose und hob das Tierchen hoch.

Es miaute herzerweichend und begann sofort zu schnurren.

»Wenn Sie eine oder besser zwei haben wollen, in zwei Wochen gebe ich sie ab. Sie würden mir einen Gefallen tun«, sagte die ältere Dame, ohne sich umzusehen, und wühlte dabei in der Schublade einer antiken Kommode. »Irgendwo muss er doch sein!«

Cornelia hielt noch immer das Kätzchen im Arm. Es hatte blaue Augen und ziemlich große Ohren. »Als Kind hatte ich auch immer Katzen«, rutschte es ihr heraus, bevor ihre Vernunft dem Mund Einhalt gebieten konnte. Sofort musste sie daran denken, wie sie immer mit Tiger, dem großen Kater, ihr Bett geteilt hatte, und wurde ein wenig wehmütig.

»Warum haben Sie Katzenwelpen?«

»Ach«, schnaufte Frau Wöllke und klang dabei aufgebracht. »Irgend so ein Idiot hat mir das hochschwangere Muttertier über den Zaun in den Garten geworfen, und das habe ich nun davon. Ich konnte sie doch nicht so rund, wie sie schon war, ins Tierheim geben, damit sie in irgendeinem

Drahtkäfig ihre Kinder bekommt. Das wollen wir Menschen nicht, das will auch kein Tier. Ah, hier ist er.«

Cornelia stellte die kleine Katze auf den Boden, die mit jämmerlichen Schreien protestierte, und nahm den Schlüssel. Jetzt hatte sie es eilig. »Ich bringe ihn nachher wieder runter, versprochen.«

»Soll ich mit Ihnen gehen?«

»Nein, nein danke.«

Cornelia eilte hinaus und die Treppe hoch, immer zwei Stufen auf einmal nehmend. Ihre Angst um Faris Aydin war zurück, vor allem da sie weitere Blutflecke auf den Holzstufen entdeckte und an der Wohnungstür sogar einen halben Handabdruck.

Sie klopfte und wartete. Nichts geschah. Vorsichtig legte sie den Kopf an die Tür und lauschte. Auf der anderen Seite war absolut kein Geräusch zu hören.

»Ich komme jetzt rein, nicht erschrecken«, rief sie und schloss auf.

Im Inneren war es dunkel. Sie fand den Lichtschalter sofort. Vor ihr erstreckte sich ein heller, schlicht eingerichteter Flur. Die Blutspuren führten nach rechts. Es waren nur einzelne Tropfen, aber dennoch nicht zu übersehen. In der Küche konzentrierten sie sich vor einem Kaffeevollautomaten. »Na klar«, seufzte Cornelia.

Von der Küche zweigte eine Tür ab, das Bad. Eine etwas merkwürdige Aufteilung, aber das gab es in alten Gebäuden häufiger.

Im Waschbecken lagen Mullbinden und Desinfektionsmittel, der Anblick der krummen Nadel auf der Ablage drehte ihr den Magen um. Er hatte sich eindeutig hier erstversorgt.

Also musste er irgendwo in der Wohnung sein.

Cornelia warf einen kurzen Blick ins Wohnzimmer – nichts.

Hinter der letzten Tür musste das Schlafzimmer sein.

»Hallo?« Sie klopfte gegen den Türrahmen und trat ein. Die Vorhänge waren nicht zugezogen.

Das hereinfallende Tageslicht malte Lichtflecke auf das Bett. Und dort lag er, Faris Aydin, die Decke fast bis unter das Kinn gezogen.

Er atmet, stellte sie erleichtert fest. Seine Brust hob und senkte sich langsam. Seine Hände umklammerten eine aufgerissene Schokoladenpackung aus Pappe.

Cornelia schaltete zuerst das Licht im Flur an, dann betrat sie das Schlafzimmer.

»Herr Aydin, nicht erschrecken, Herr Aydin, hören Sie mich?«

Er bewegte sich träge. So leicht würde sie ihn wohl nicht wach bekommen. Cornelia fasste sich, trat zu ihm und berührte ihn am Arm. »Herr Aydin.«

Jetzt zuckte er zusammen und riss die Hände in einer Abwehrhaltung vor das Gesicht. Die schnelle Bewegung musste wehgetan haben, denn er stöhnte und stieß einen leisen Fluch aus.

»Herr Aydin, wie geht es Ihnen?«

Er blinzelte sie an. »Was machen Sie denn hier, in meiner Wohnung?«

»Ich sehe nach Ihnen. Wir konnten Sie nicht erreichen, und nach dem Überfall …«

»Sagen Sie bitte Faris zu mir, immerhin befinden Sie sich in meinem Schlafzimmer, und um diese Uhrzeit vertrage ich noch keine Nachnamen.« Seine Stimme klang belegt, aber sie hörte auch die leise Ironie heraus.

»Na gut, Faris. Es ist fast elf, es gibt ein Video, auf dem Sie halb totgeschlagen werden, und Sie gehen nicht ans Telefon.«

»Steht auf stumm. Hab den Schlaf gebraucht.«

»Das glaube ich sofort. Wie geht es Ihnen?«

Er fasste sich an den Kopf und betastete ein großes Pflaster, das deutliche Blutspuren aufwies. »Weiß ich noch nicht.« Vorsichtig setzte er sich auf.

Cornelia sah deutlich, wie sehr er darum kämpfte, nicht wieder in die Kissen zurückzusinken.

»Sie sehen fürchterlich aus. Warum haben Sie nicht auf die Kollegen gewartet, die hätten Ihnen einen Krankenwagen gerufen.«

»Ich bin Arzt, warum soll ich anderen überlassen, was ich selber kann?« Er versuchte, lustig zu klingen, aber er wusste selber, dass er nicht richtig gehandelt hatte, das war ihm anzusehen. Trotzdem wiegelte er ab. »Ich brauchte nur viel Schlaf und muss es in nächster Zeit ruhiger angehen lassen. Das hilft schon.«

»Und Schokolade hilft auch?«, sagte Cornelia und lenkte ihren Blick auf die Packung. Dieser Mann hatte vielleicht falsch gehandelt, aber er war immer noch Opfer und nicht Täter. Angesichts einer Bedrohung oder eines lebensgefährlichen Angriffs verhielten sich viele Menschen nicht mehr rational. Derartige Situationen führten zu Instinktverhalten, und das sah so aus: Flucht an einen sicheren Ort. Faris Aydin war nach Hause gelaufen. Eine naheliegende Entscheidung.

Jetzt hob er die Schokoladenpackung hoch und grinste wie ein ungezogener Junge. »Schokolade hilft immer. Die hat mich schon in schlimmeren Situationen über Wasser gehalten.«

»Noch schlimmere Situationen?«

Ein Schatten fiel über seine Augen, als er an etwas aus seiner Vergangenheit dachte. »Ja. Es gibt vieles, was schlimmer ist. Aber immerhin lebe ich, und es geht mir gut.«

»Ja. Sie hatten Glück im Unglück. Die Außenkameras der Bank, vor der Sie überfallen worden sind, haben den kompletten Angriff aufgezeichnet. Wir haben gesehen, wie schwer Sie getroffen wurden, deshalb bin ich hier. Wir dachten, Sie wären womöglich tot. Wir brauchen Ihre Aussage.«

»Sollen Sie bekommen, aber später. Wissen Sie, was ich jetzt brauche?«

»Nein.« Cornelia hätte ihm am liebsten einen Krankenwagen gerufen, aber davon wollte er sicher nichts hören.

»Kaffee«, sagte er nur und stand schwerfällig auf. Sie blieb in der Nähe, um ihn zu stützen, doch er wiegelte ab.

»Ich brauche nur einen Moment.«

Faris stützte sich auf seinem Weg in die Küche an der Wand ab. Genau so musste er in der Nacht nach Hause gelaufen sein, nur dass seine Hand jetzt keine blutigen Abdrücke hinterließ. Eine Weile beachtete er sie nicht mehr, und sie fühlte sich als Zuschauerin, die durch Zufall das Leben eines Fremden beobachtete.

Der Syrer schaltete den Kaffeeautomaten ein und stellte einen Becher darunter. Während das Gerät arbeitete und Dampf ausspie, der einen verführerischen Duft verbreitete, nahm er zwei Schmerztabletten und spülte sie mit Wasser herunter. Cornelia ertappte sich dabei, ihn gerne zu beobachten. Das letzte Mal, dass ihr ein Mann gefallen hatte und er mit ihrem Beruf in Berührung gekommen war, hatte es ihn das Leben gekostet.

Dieses Risiko würde sie nicht wieder eingehen. Die Wunde, die Vincents Verlust hinterlassen hatte, schmerzte noch immer.

Sie würde nicht verhindern können, dass Faris Aydin in diesen Fall hineingezogen wurde, aber ihr Herz sollte ihm verschlossen bleiben, zumindest dafür würde sie sorgen.

So ganz kalt ließ sein Blick aus moosgrünen Augen sie dennoch nicht, und auch der Hauch des Geheimnisvollen, der ihn umwehte, verfehlte seine Wirkung nicht.

Ihre Gedanken kamen ihr plötzlich ein wenig lächerlich vor. Denn nichts deutete darauf hin, dass der Syrer überhaupt Interesse an ihr hatte.

»Möchten Sie einen Kaffee?«

Seine Frage riss sie aus ihren Gedanken, und sie fühlte, wie ihre Wangen warm wurden, als habe er sie bei etwas Verbotenem ertappt.

»Ja, gerne, ich kann aber auch selbst …«

»Die Kapseln sind da vorne, in der Dose.«

Erleichtert wandte sich Cornelia der Maschine zu. Er hatte also nicht gemerkt, dass ihr das Blut in die Wangen geschossen war, oder er war so höflich, sich nichts anmerken zu lassen.

»Kommen Sie klar?«

»Ja, natürlich. Meine Mutter hat ein ähnliches Modell.«

Cornelia nahm eine der bereitstehenden Tassen und schob eine Kapsel in die Maschine. Sie hoffte, dass ihre Wangen in der Zwischenzeit wieder einen normalen Farbton annahmen.

Sie stellte die Tasse auf den Küchentisch und setzte sich Faris genau gegenüber, dann hielt sie in alter Gewohnheit das Gesicht genau in den Kaffeedampf.

»Sie sind eben rot geworden«, sagte der Syrer und grinste sie über den Rand seines Bechers an.

Wenn sie nicht so erschrocken wäre, hätte sie sein angenehmes Lächeln genießen können, stattdessen wollte sie, dass sich der Boden unter ihr auftat. »Bin ich nicht«, sagte sie daher möglichst ungerührt. »Vielleicht war ich in Gedanken.«

»Ah, in Gedanken«, wiederholte er herausfordernd, und Cornelia wäre am liebsten über den Tisch gesprungen, um ihn kräftig zu schütteln.

Sie musste dem Gespräch schnellstmöglich eine andere Wendung geben und wies auf das Pflaster auf seiner Stirn. »Im Überwachungsvideo sah das wirklich schlimm aus.«

Er legte den Kopf schief, als wolle er etwas anderes erwidern.

Sie hatte wirklich sehr auffällig das Thema gewechselt, doch dann überlegte er es sich anders.

»Eine Platzwunde. Am Kopf blutet es immer sehr stark und sieht schlimmer aus, als es ist. Die Hautschichten liegen ja direkt auf dem Knochen, ohne viel muskuläres Polster dazwischen. Ich musste allerdings ein wenig nähen.«

Nun war Cornelia auch der letzte romantische Gedanke vergangen. »Sie haben sich selbst die Stirn genäht?«

»Faris und du bitte. Und ja, habe ich.«

»Das glaube ich jetzt nicht.«

»Wollen Sie sehen?«, meinte er scheinbar ungerührt. »Ich muss eh das Pflaster austauschen.«

»Nein, bitte … Faris.« Während Cornelia noch ihre Ablehnung stotterte, hatte er bereits eine Ecke gelöst und zog es vorsichtig ab.

Sie schluckte, wollte erst gar nicht hinsehen und zählte dann mindestens zehn säuberliche Stiche. Schnell trank sie einen Schluck Kaffee, der wirklich außerordentlich gut schmeckte, um sich und ihrem Körper zu suggerieren, dass alles in Ordnung war.

»Du hast gesagt, dass du schon Schlimmeres erlebt hast, als von drei Nazis verprügelt zu werden. Mittlerweile glaube ich das.«

Faris' Miene wurde ernst, sein Gesicht beinahe grau. Sein Schweigen war eigentlich Antwort genug, doch sie wollte mehr wissen, vielleicht auch, weil er die beste Verbindung war, die sie zu Majidas Herkunftsgeschichte aufbauen konnte.

Er schien zu überlegen, ob sie sein Vertrauen wert war.

»Du willst wissen, was schlimmer ist?«

Sie nickte.

»Menschen zu verlieren, die man eigentlich hätte retten können. Ich bin Arzt geworden, weil ich Leben retten wollte, nicht um dabei zuzusehen, wie Leute an Verletzungen sterben, die ich in Deutschland problemlos behandelt hätte. Als ich dort ankam, waren die Krankenhäuser schlecht ausgestattet, es fehlte an allen Ecken und Enden.

Aber da war ich noch nicht an den Brennpunkten. Dort gab es fast nichts, sogar die Verbände sind uns irgendwann ausgegangen. Die Daesh-Kämpfer haben das Krankenhaus überfallen und alles mitgenommen. Wir hatten nichts mehr. Wirklich nichts. Ich kann froh sein, dass ich mit dem Leben davongekommen bin. Sie haben den Chefarzt erschossen, eine Krankenschwester und drei Patienten. Sobald sie weg waren, kamen wieder Verwundete rein.

Ich habe drei Tage nicht geschlafen und getan, was ich konnte, aber sie sind gestorben wie die Fliegen. Kleine Kinder, die sie aus den Trümmern zogen, weil dieses Schwein

Assad Wohnviertel mit Fassbomben eindeckt. Wir haben ohne Betäubungsmittel operiert.«

Er bedeckte das Gesicht mit den Händen.

Stille senkte sich bleischwer über die kleine Küche. Cornelia hatte das Gefühl, von einem Gewicht erdrückt zu werden. Sie wusste nicht, was sie sagen sollte. Kein Wort konnte nach solchen Erlebnissen tröstlich sein. Faris hatte sich dieser Situation freiwillig ausgesetzt, weil er helfen wollte. Sicher hatte er viele Menschen retten können, doch im Gegenzug hatte er nun Albträume, die für mindestens zwei Leben reichten.

Würde es für ihn je wieder eine Normalität geben?

Sie wünschte es ihm sehr. Cornelia betrachtete Faris still, der offenbar gerade gegen die Bilder in seinem Kopf ankämpfte. Was für ein Unterschied würde es sein, wenn er in zwei Wochen seine Stelle als Assistenzarzt in der Notaufnahme des Essener Klinikums antrat. Nun begann sie zu ahnen, warum er sich sorgte, dafür der Richtige zu sein.

Die Arbeit bei der Flüchtlingsinitiative stellte auch für ihn eine Art Übergang aus dem Kriegsterror in die Normalität eines sicheren Landes dar. Alles andere wäre sicher ein absoluter Schock.

Wie lange war er wieder zurück? Zwei Monate, drei?

Cornelia sah sich in der kleinen Küche um. Grau und glänzend, mit einer weißen Marmorarbeitsplatte, wirkte sie steril wie ein OP. Vielleicht gefiel es Faris so. Aber vermutlich sah sie so karg aus, weil er gerade erst eingezogen war und seine ganze Zeit bei der Flüchtlingshilfe verbrachte. Die gesamte Wohnung wirkte, als käme er allenfalls zum Schlafen her. Vielleicht ertrug er es nicht, alleine zu sein.

Faris hob den Kopf und sah sie mit einem Blick an, der ihr durch Mark und Bein ging. Das wohlige Kribbeln, das sie noch vor wenigen Minuten in seiner Nähe empfunden hatte, war fort. Wie weggespült. Einen Moment lang lag in seinen grünen Augen der ganze Horror offen, den er im Krieg mitangesehen hatte.

Dann fasste er sich, und sein träges Lächeln wirkte genauso fehl am Platz, wie Cornelia sich fühlte.

»Du machst dir Sorgen um mich, das musst du nicht. Sicher hast du in deinem Beruf auch eine gute Portion Finsternis gesehen. Die Menschen sind zu schrecklichen Dingen in der Lage, und das nicht nur im Krieg.«

Cornelia nickte langsam und sah in ihre Tasse, wo sich ein dünner Schaumrand abgesetzt hatte. »Du hast recht, ich habe meinen Teil an Tod und Blut gesehen und auch Menschen verloren.«

Sie dachte an ihre junge Kollegin Sabrina und an Vincent, der unverschuldet zwischen die Schusslinien geraten war und, obwohl er selbst ein Opfer war, mit dem Leben bezahlt hatte.

»Trotzdem machen wir weiter«, sagte sie schließlich.

Er grinste, und diesmal erreichte es auch seine Augen. »Weil wir notorische Weltverbesserer sind.«

»Genau, irgendwer muss ja Verbrecher fangen und Leben retten.« Sie sahen einander verschwörerisch an, und Cornelia fürchtete und genoss das Gefühl aufkeimender Nähe gleichermaßen. Es war regelrecht unheimlich, wie sehr sie sich diesem Fremden verbunden fühlte.

Faris rieb sich über die Stirn. »Ich hoffe nur, diese verdammten Schmerztabletten helfen bald mal.«

»Ist es sehr schlimm?«

Er verzog den Mund. »Du hast noch nicht meinen Oberkörper gesehen.« Er sah sie an, als würde er eine anzügliche Bemerkung machen.

»Kannst du dich an etwas erinnern, was uns weiterhelfen könnte? Jede Kleinigkeit kann wichtig sein.«

Er stützte den Kopf auf die linke Faust und richtete den Blick gegen die Decke. »Da war ein Kleinerer dabei, mit ordentlich Bauch, der mit dem Schlagring. Ich bin mir sicher, dass ich den schon auf einer der Demos gegen das Flüchtlingsheim gesehen habe. Aber ich wüsste nicht, wie ihr den identifizieren wollt, selbst wenn die Teilnehmer gefilmt wurden.«

»Wir haben Techniker, die machen erstaunliche Dinge möglich.«

»Ich hoffe es. Das sind Leute, denen ich wirklich von Herzen wünsche, dass sie selber mal in Not geraten und zur Flucht gezwungen sind und dass man ihnen dann auch so begegnet.« Er stieß zornig den Atem durch die Nase aus. »Nein, eigentlich wünsche ich mir, dass man sehr, sehr freundlich und hilfsbereit zu ihnen ist und sie sich dann in Grund und Boden schämen.«

»Das ist nett von dir. Aber glaubst du, dass es die gleichen Männer waren, die auch Majida auf dem Gewissen haben?«

»Darüber möchte ich mir kein Urteil erlauben.«

»Hier geht es nur ums Bauchgefühl.«

»Okay. Es könnte sein. Zumindest aus dem Umfeld, falls der Mord politisch motiviert war. Es kann aber auch einfach sein, dass sie mir eine Abreibung verpassen wollten. Ich gehe im Flüchtlingsheim ein und aus, vom Sehen kennen sie mich also. Zudem bekommt die Flüchtlingsinitiative in den letzten Wochen sehr viel gute Presse. Wir hatten das Radio da, Zeitung, sogar ein Fernsehteam. Wir nehmen den Bürgern die Angst, die sie zu schüren versuchen.«

»Die meiste Angst haben die Leute vor dem Fremden; sobald das Fremde vertraut wird, verschwindet meist auch der Hass.«

Der Syrer nickte. Über seinen Mund huschte ein trauriges Lächeln. »So etwas Ähnliches hat Majida auch in ihr Tagebuch geschrieben.«

»Sie scheint ein wunderbarer Mensch gewesen zu sein.«

»Ja, das war sie. Und wenn das gestern nicht passiert wäre, hätte ich auch mehr für dich übersetzt.«

Cornelia machte eine beschwichtigende Geste. »Ich freue mich darauf, aber es eilt nicht. Ich fürchte, heute wirst du ebenfalls nicht dazu kommen.«

»So am Ende bin ich nun auch nicht, sind immerhin beides Muttersprachen«, meinte er und zog das Tagebuch heran, das die ganze Zeit über von Cornelia unbemerkt neben einer Schale Obst auf dem Tisch gelegen hatte.

»Das meine ich nicht. Um die Männer zu finden, die versucht haben, dich totzuprügeln, musst du eine Aussage machen. Komm auf die Wache, sobald du dich dazu in der Lage siehst. Aber vorher solltest du zum Krankenhaus fahren.«

»Mir geht …«

Sie schnitt ihm das Wort ab. »Nicht deshalb. Du musst dich genau untersuchen lassen. Die Verletzungen müssen dokumentiert werden. Davon hängt später unter anderem das Strafmaß ab.«

Er nickte. »Falls sie je erwischt werden.«

»Ich setze alles daran, glaub mir. Deshalb sollte ich mich jetzt auch wieder auf den Weg machen.« Sie erhob sich und wäre doch eigentlich noch gerne bei ihm sitzen geblieben, hätte ein spätes Frühstück gegessen und über Dinge geredet, die weniger schwer im Magen lagen. Es war eine schöne Vorstellung. Und sie würde dafür sorgen, dass sie niemals wahr werden würde.

Faris stützte sich an der Tischkante ab und kam schwerfällig auf die Beine. »Ich verspreche, dass ich gleich ins Krankenhaus fahre.«

»Danke. Und da ist noch etwas.«

»Ja?« Er war auf ihre Seite des Tisches getreten.

»Ich würde gerne die Kleidung mitnehmen, die du gestern anhattest. Vielleicht finden die Leute von der Spurensicherung daran noch verwertbare DNA-Spuren. Die Hände hast du dir gestern sicher noch sehr gründlich gewaschen.«

»Ja, bedaure.«

Kurz darauf verließ sie seine Wohnung mit zwei Müllbeuteln in der Hand, in einem befanden sich seine Schuhe, in der anderen die Kleidung.

Sie gab seinen Wohnungsschlüssel bei der älteren Dame ab und entkam Frau Wöllkes Redebedürfnis mit ausführlichen Entschuldigungen und dem Versprechen, noch einmal wiederzukommen und sich die Katzenwelpen anzusehen.

KAPITEL 10

Majidas Tagebuch

Es stinkt. Wir campieren auf einem Feld, auf dem um diese Jahreszeit eigentlich das Getreide reifen sollte. Nun sind überall Flüchtlinge. Ihre Gesichter sind gezeichnet von dem, was hinter ihnen liegt.

Die Männer graben mit Schaufeln und Hacken tiefe Löcher in den Boden, damit wir sie als Toiletten benutzen können, aber es stinkt trotzdem.

Nach so vielen Tagen unterwegs schlafen wir zum ersten Mal wieder zwei Nächte am selben Ort. Ich sollte lieber schreiben, wir liegen am selben Ort, denn an Schlafen ist nicht zu denken. Wir wechseln uns ab, um nicht bestohlen zu werden. Viele Menschen haben noch weniger als wir.

An das Gewehrfeuer und die Explosionen, die wie ferne Gewitter den Himmel erhellen, habe ich mich beinahe schon gewöhnt.

In der Nacht waren sie plötzlich da. Schon von Weitem konnten wir die Lichter ihrer Fahrzeuge sehen. Das Brummen der Motoren und die Ketten der Panzerfahrzeuge lassen die Erde beben. Sie kamen von dem Grenzposten Akçakale, der sich für sie und nicht für uns geöffnet hatte. Wir waren sofort auf den Beinen, um sie zu sehen, die tapferen Peschmerga, die gekommen waren, um unsere Heimat von den Gotteskriegern zu befreien. Ich lief mit Onkel Said zu einer breiten Schotterstraße, weil ich es mit eigenen Augen sehen wollte.

Es war ein schreckliches Gedränge, aber Onkel ist ein Respekt einflößender Mann, und so schafften wir es doch nach vorn. Die Peschmerga sahen genauso grimmig aus, wie ich sie mir vorgestellt hatte. Große, breitschultrige Männer, manche mit üppigen Schnurrbärten. Aber da waren auch Frauen. Frauen! Kann man sich das vorstellen? Und sie marschierten genauso entschlossen wie die Männer.

Eine Soldatin sah mir direkt in die Augen und lächelte mich an. Wenn ich nur mutiger wäre, hätte ich meine Sachen genommen und wäre mit ihnen gegangen. Aber nein, ich war nicht einmal mutig genug, um ihr zuzurufen, dass sie die Mörder meines Bruders umbringen soll.

Tall Abjad steht in Flammen.

Die Peschmerga greifen die Stadt an, in der sich die ISIS-Kämpfer verschanzt haben. Tag und Nacht Granaten und Mörserfeuer. Der Himmel ist voller Flugzeuge. Jeder, der es noch aus der Stadt schafft, flieht. In dem überfüllten Lager auf dem Acker sind plötzlich doppelt so viele Menschen.

Raketen schlagen ganz in unserer Nähe ein. Mutter schreit und weint. Sie versucht immer wieder, mich festzuhalten, als könne sie mich so vor dem Unausweichlichen beschützen.

Wir hören von Flüchtlingstrecks, die von ISIS-Kämpfern mit Maschinengewehren niedergemäht werden. Es ist unerträglich.

Wir müssen hier weg, aber die Türken haben die Grenze dichtgemacht. Angeblich wollen sie niemanden mehr durchlassen.

Ich bin mir sicher, dass wir hier sterben werden, und fühle mich plötzlich seltsam ruhig.

Cornelia hatte gerade den Wagen geparkt und war auf der Treppe ins Obergeschoss, als ihr Diensthandy klingelte. Sie begrüßte die kurze Verschnaufpause, da ihr Bein schon den ganzen Vormittag ein wenig wehtat, und kramte es aus ihrer Jackentasche. Der Name auf dem Display ließ sie kurz innehalten. »Herr Aydin.«

»Faris. Hallo Cornelia. Mir ist noch etwas eingefallen, das vielleicht sehr wichtig für dich sein könnte.«

Cornelia stellte sich unbewusst etwas gerader hin und drückte den Rücken gegen die kühle Mauer des Treppenhauses. »Ja, ich höre.«

»Als ich mit Majidas Mutter in der Pathologie war, um das Mädchen anzusehen und zu identifizieren, hat sie etwas gesagt. Vielleicht bedeutet es auch nichts, aber sie meinte, ihre Tochter rieche fremd.«

Jetzt hatte der Syrer ihre volle Aufmerksamkeit. »Inwiefern fremd?«

»Das habe ich auch gefragt. Sie meinte das Parfum. Ich habe es auch gerochen.«

»Hat sie es jemals zuvor benutzt?«

»Soweit ich verstanden habe, nein.«

Cornelia atmete tief durch. Vielleicht also wirklich eine Spur? »Könntest du mir einen Gefallen tun? Ich muss wissen, ob sie einen passenden Flakon dazu besitzt. Könnte die Mutter oder die Tante mal nachsehen? Wenn sie ihn finden, sollen sie ihn nicht anfassen. Dann schicken wir jemanden, der ihn abholt, verstanden?«

»Ja, natürlich. Ihr wollt Fingerabdrücke nehmen und so was.«

»Genau.«

»Glaubst du, es war ein Geschenk von ihrem Mörder?«

»Vielleicht. Wir haben wenig und müssen jeder Spur nachgehen. Danke, Faris.«

»Natürlich«, sagte er, »und bis dann.«

Cornelia fühlte sich regelrecht beschwingt, als sie die Abteilung betrat. In einer halben Stunde war die Konferenz anberaumt.

Gerade genug Zeit, um alles zusammenzusuchen, was sie bislang herausgefunden hatte. Robin kam ihr auf dem Gang entgegen und blieb vor ihr stehen. »Reinle hat mich auch in die MK gesteckt, nur damit du es weißt. Ich hab mich nicht drum gerissen.« Er sah sie ernst an.

Ihr Verhältnis war noch immer nicht einfach. Eigentlich vermieden sie es, an den gleichen Fällen zu arbeiten, auch wenn die Zusammenarbeit mittlerweile wieder recht gut funktionierte.

»Ehrlich gesagt, habe ich nichts anderes erwartet. Aber mach dir deshalb keinen Kopf, Robin.«

»Ich dachte nur.« Er wirkte regelrecht verlegen.

»Das bekommen wir schon hin«, sagte sie und rang sich ein Lächeln ab. »Die können uns ja nicht ewig wie rohe Eier behandeln, dafür ist unsere Abteilung zu klein.«

»Dann sehen wir das ja ähnlich. Ich geb mir Mühe, sag einfach Bescheid, wenn ich Mist rede oder dir zu nah auf die Pelle rücke.«

»Mache ich. Hat Reinle dir auch schon verraten, was genau du machen sollst?«

»Er will, dass ich eng mit den Verfassungsschutzleuten zusammenarbeite, quasi als Schnittstelle, beziehungsweise als

Puffer. Ich kenne beide von einem anderen Fall. Anstrengende Typen.«

»Ah, aber das bekommst du schon hin.«

»Ich gebe alles«, sagte er und grinste. »Dann kannst du dich weiter um die Befragungen kümmern, und ich übernehme den Kampf mit den Drachen.«

»Was dich zum Ritter machen und mich zur Prinzessin degradieren würde, vergiss es.« Cornelia ließ Robin einfach stehen und fühlte seinen Blick noch eine Weile im Rücken.

In ihrem Büro sah sie sich zuerst nach Notizen von Kollegen um, die ihre Nachrichten gerne wahllos mit Post-its über den Rand ihres Computerbildschirms verteilten. Doch da war nichts, bis auf einen kleinen blauen Zettel, der zu einem mittäglichen Geburtstagskuchenessen in der nächsten Woche einlud.

Eigentlich hatte Cornelia fest mit einem Anruf von Falko Tell gerechnet. Sollte der Junge nicht direkt nach der Schule anrufen? Wie lange dauerte die Schule? Er sollte wissen, dass es wichtig war. So ein Anruf war doch auch in den Pausen möglich.

Sie konnte sich nicht vorstellen, dass die Mutter es vergessen oder ihm verschwiegen hatte. Aber vielleicht war es dem älteren Tell-Sohn zu verdanken. Er hieß es sicher nicht gut, wenn sein Bruder mit der Polizei sprach.

Hatte er womöglich Angst, dass der Jüngere sich verplapperte und Dinge über ihn erzählte, die er geheim halten wollte? Das musste nicht unbedingt mit dem Fall zu tun haben. Kein Neonazi hatte es gern, wenn in seinem Background herumgewühlt wurde. Sie hatten doch alle irgendwie Dreck am Stecken. Teilnahme an illegalen Demos und verbotene Symbole waren da noch das Harmloseste.

Wenn sich Falko Tell nach der Besprechung immer noch in Schweigen hüllte, würde sie ihn herzitieren, vielleicht auch hinfahren. Seine Aussage war sehr wichtig. Wenn auch nur, um einen Verdacht auszuschließen.

Das Meeting fand im großen Besprechungsraum statt. Als Cornelia eintraf, stand Robin mit zwei Männern in Zivil in der Nähe des noch leeren Flipcharts und unterhielt sich leise. Als er sie bemerkte, winkte er sie heran und stellte sie vor.

Der Mann namens Kämmerer hatte schütteres, rötliches Haar, das an der Stirn weit zurückgewichen war. Seine untersetzte Figur brachte er mit einem etwas zu engen Karohemd unvorteilhaft zur Geltung, da es an den Knöpfen spannte. Eindeutig Single, würde Cornelias Mutter sagen, keine Frau würde ihren Mann so vor die Tür lassen.

Sein Kollege David Rosner sah aus wie jemand, der gerne lachte, auch wenn er seinen Mund unter einem gepflegten dunklen Bart versteckte. Seine Augen und die Lachfältchen, die sich weit über seine Schläfen zogen, verrieten ihn. Er trug schwarze, durchgefärbte Jeans, ein dazu passendes Hemd, und wirkte wie ein Gegenpol zu seinem schlecht gekleideten Kollegen.

Cornelia schüttelte beiden die Hand. »Werden Sie länger mit uns zusammenarbeiten?«, fragte sie die Männer vom Verfassungsschutz geradeheraus.

»Das kommt darauf an, wie lange es nötig ist«, antwortete Rosner. »Wir konzentrieren uns derzeit auf den rechten Treffpunkt *Der Keller*. Er existiert noch nicht sehr lange, aber wir beobachten ihn seit einem halben Jahr hin und wieder, wenn es Veranstaltungen gibt. Uns interessierte bislang vor allem, wer dort ein- und ausgeht.«

»Mir wurde zugetragen, dass von dort immer wieder Proteste gegen das Flüchtlingsheim organisiert werden«, sagte Cornelia.

»Von wem wissen Sie das?«, fragte Kämmerer.

»Faris Aydin, dem Geschädigten, der vergangene Nacht angegriffen wurde.«

Rosner hob fragend die Brauen. »Erklärt noch nicht, warum der das weiß.«

»Er ist in der Flüchtlingsinitiative *Bochum mit Herz*, ein breites Bündnis von Kirchenleuten und Privaten, die das Heim betreuen. Einige Ehrenamtliche kommen aus der direkten Nachbarschaft, ebenso wie einige Gegner.«

»Vom Sehen also«, schloss er.

»Denke ich. Bei den Demos treffen beide Seiten ja regelmäßig aufeinander.«

»Hast du brauchbare Beschreibungen von ihm bekommen?«, mischte sich Robin ein. »Du warst den Mann doch heute Morgen suchen. Oder hast du ihn gar nicht gefunden?«

»Doch, habe ich. Er ist in einem Anflug von Panik vom Tatort direkt nach Hause geflohen und hat sich selbst verarztet. Ich habe ihn ins Krankenhaus geschickt, damit seine Verletzungen dokumentiert werden können. Die Kleidung, die er beim Angriff getragen hat, habe ich für die Spurensicherung mitgenommen, und er kommt heute Nachmittag noch mal rein und macht eine Aussage. Mehr wüsste ich im Moment nicht, da müssen wir auf die Auswertung der Spuren und Videos warten.«

In diesem Moment betrat Reinle den Raum, gefolgt von anderen Kollegen, die hinzugezogen worden waren. Cornelia zählte insgesamt zwölf Personen, die nun zur MK »Flüchtling« gehören würden.

Als Letzter und mit ein wenig Verspätung traf auch Mirko Goldhagen ein. Der Pathologe joggte quer durch das Großraumbüro. Cornelia konnte ihn durch die Fenster des Besprechungsraums sehen und musste lächeln. Sie hatte Mirko noch nie rennen sehen. Er machte auch jetzt seinem Spitznamen *Kobold* alle Ehre. Sein Laufen glich eher einem Hüpfen, und wegen seiner bescheidenen Körpergröße sah die Aktentasche, die er fest umklammert hielt, riesig aus.

Er huschte herein und zog die Tür zu, dann setzte er sich auf den freien Platz neben Cornelia. Sein angestrengtes Schnaufen tönte laut in die einsetzende Stille hinein.

Reinle trat neben das Flipchart und ließ seinen Blick schweifen. »Lange nicht mehr in so einer großen Runde gearbeitet. Aber der vorliegende Fall hat das Potenzial zu einer Katastrophe, und wir wollen alle, dass die nicht eintritt. Die NSU–Morde sind euch allen ein Begriff. Die MK Flüchtling ermittelt bislang in einem Mord, gestern Nacht wurde wieder ein Syrer angegriffen. Wenn wir nicht hinzugerufen worden wären, hätte es auch für diesen Mann schnell tödlich enden können.

Es ist nicht klar, ob die beiden Fälle zusammenhängen, aber das ist nicht auszuschließen. Die Opfer kannten sich. Zumindest bei dem Angriff auf Doktor Faris Aydin ist von einer rechtsradikalen Motivation auszugehen. Bei Majida Esber haben wir keine Hinweise darauf. Worst case: Eine Gruppe oder Organisation macht gezielt Jagd auf Menschen mit Migrationshintergrund und Flüchtlinge.«

Ein Stöhnen ging durch die Reihen. Sicher malten sich einige Kollegen schon Tage und Wochen voller Überstunden und Nachtarbeit aus. So einen Fall wollte niemand, erst recht keinen mit derartiger politischer Brisanz.

»Vielleicht sind die Fälle aber auch nur zufällig verbunden. Alles ist möglich. Wir werden jedem Hinweis nachgehen. Robin Schenz wird eng mit den Kollegen vom Verfassungsschutz zusammenarbeiten. Cornelia Arents übernimmt das, was sie am besten kann, und nimmt sich die Zeugen und Verdächtigen vor.«

Reinle gab eine Zusammenfassung dessen, was sie bislang wussten, dann war Mirko an der Reihe und schließlich Cornelia.

Früher hatte es sie immer schrecklich nervös gemacht, vor einer Gruppe zu reden, doch das war lange her.

Mittlerweile konnten auch die beiden Männer vom Verfassungsschutz sie nicht aus der Ruhe bringen. Sie berichtete von ihren ersten Ermittlungen und setzte ihren Fokus auf Torben Tell, doch leider kam sie da noch nicht sehr weit. »Ich bin mir sicher, dass er Majida Esbers Mörder entweder kennt oder einen Verdacht hat, wer es gewesen sein könnte. Für die Tatzeit hat er Alibis, die wir noch überprüfen müssen. Eines davon hängt mit der rechten Kneipe zusammen, wo er angeblich seinen Abend verbracht hat.«

Robin schnaubte abfällig. »Selbst wenn er nicht da war, wird ihm einer seiner braunen Kumpels ein Alibi verschaffen, da würde ich Gift drauf nehmen.«

Viele Kollegen stimmten ihm zu. Sie würden sich also sehr anstrengen müssen, einen Fehler in den Aussagen zu finden, falls sich der Verdacht erhärtete.

Cornelia wartete ab, bis die Gespräche abflauten, hob an, etwas zu sagen, dann hielt sie wieder inne.

»Was, Cornelia?«, fragte Reinle.

»Es ist nur eine Ahnung, eine Kleinigkeit, die vor Gericht vermutlich nicht verwendbar ist.«

»Trotzdem, raus damit.« Ihr Chef machte eine Geste, schnell fortzufahren.

Cornelia atmete tief durch. »Majida Esbers Leiche roch anfangs stark nach einem Parfum, das mir und auch Herrn Goldhagen aufgefallen ist. Es passt nicht zu einem Mädchen, zudem noch einem mit so wenig Geld. Das Parfum ist teuer. Trésor, wie ich mittlerweile weiß.«

Eine Kollegin rümpfte angewidert die Nase, sagte aber nichts.

»Ich glaube, dass sie es von ihrem Mörder bekommen hat. Als ich zur Befragung bei der Familie von Torben Tell war, habe ich genau dieses Parfum dort gefunden. Es gehört seiner Mutter.«

»Ich sehe schon«, sagte Reinle sofort. »Es ist ein häufiges Parfum, passt nur nicht zum Alter und der finanziellen Situation der Toten. Das würde man tatsächlich vor Gericht binnen Sekunden zerlegen. Wenn wir einen begründeten Verdacht hätten, könnten wir das Fläschchen konfiszieren. Aber so? Leider nein.«

»Deshalb war ich mir auch nicht sicher, ob ich es überhaupt erwähnen sollte. Aber das war's von mir.«

Cornelia setzte sich wieder auf ihren Platz.

»Ich erinnere mich, Aydin und die Mutter der Toten haben darüber gesprochen. Und wir am Fundort ja auch«, sagte Mirko Goldhagen leise.

Cornelia nickte nur, denn nun stellte ein Computerfachmann die Aufnahmen der Täter vor, die Faris angegriffen hatten. Von zweien waren die Augen gut zu erkennen, beim dritten der Teil eines Tattoos am Rücken, wo ihm die Hose hochgerutscht war. Es war besser als nichts. Falls an Faris' Kleidung DNA zu finden war, hatten sie gute Chancen.

Zuletzt kamen die Kollegen zur Sprache, die sich mit dem Brandanschlag und den Hakenkreuz-Schmierereien auf den Außenwänden des Heims befasst hatten. Leider hatten sie fast nichts aufzuweisen. Bis auf die Aufnahme der Straftaten und eine Anzeige gegen Unbekannt gab es nichts. Immerhin hatte die Stadt nun in einer Eilaktion Überwachungskameras installieren lassen und einen Wachdienst engagiert.

Die Besprechung endete nach anderthalb Stunden mit dem Aufruf, möglichst nichts an die Öffentlichkeit dringen zu lassen.

Cornelia hatte sich noch kurz mit Mirko Goldhagen unterhalten. Als sie schließlich den beinahe leeren Besprechungsraum verlassen wollte, wurde sie von Kämmerer und Rosner aufgehalten.

»Warten Sie noch einen Moment, Frau Arents.«

Sie blieb stehen. Die Betonung der Bitte sorgte dafür, dass sich ihr Nacken ein wenig verspannte. Sie ging innerlich in Abwehrhaltung und hatte keine Ahnung, warum.

»Können wir uns irgendwo in Ruhe unterhalten?«, erkundigte sich Rosner und fasste sie freundlich am Arm. Ihr kam es vor, als wolle er sie abführen. Sie drehte sich ein wenig und schüttelte ihn ab, ohne dass man es ihr als Unfreundlichkeit auslegen konnte.

»Natürlich. In meinem Büro, da sind wir unter uns.«

»Gehen Sie voraus.«

Cornelia führte sie quer durch das Großraumbüro bis in ihr kleines Reich und schloss auf einen Blick Kämmerers hin die Tür. Dann setzte sie sich hinter ihren Schreibtisch und überließ den Männern die Besucherstühle.

Kämmerer legte eine dünne Mappe auf den Tisch und

lehnte sich dann auf dem Stuhl zurück, bis sein Hemd noch ein wenig mehr über seinem Bauch spannte. Dabei musterte er sie aus seinen unangenehm hellen Augen, als hätte sie sich etwas zuschulden kommen lassen.

»Sie haben sich mehrfach mit Doktor Faris Aydin unterhalten, stimmt das? Wir haben die Information von Ihrem Vorgesetzten.«

»Ja, natürlich stimmt das.«

»Wie schätzen Sie ihn ein?« Rosner verschränkte die Arme und zog die Brauen zusammen, bis sie eine gerade Linie bildeten.

»Freundlich, hilfsbereit, vielleicht ein wenig traumatisiert, er kommt ja gerade erst aus einem Kriegsgebiet zurück.«

»Das hat er Ihnen gesagt?« Rosner wirkte erstaunt.

Cornelia sah von einem zum anderen. Diese Leute waren hier, um ihnen bei den Ermittlungen rund um den rechten Treffpunkt zur Seite zu stehen. Warum interessierten sie sich auf einmal für den syrischen Arzt? Hier stimmte doch etwas nicht. Cornelia hatte keine Lust, Katz und Maus zu spielen, und ging zum Angriff über. »Sagen Sie mir doch einfach, worauf Sie hinauswollen.«

Die Männer wechselten einen Blick. Rosner zuckte mit den Achseln, was vermutlich so viel heißen sollte wie: Warum eigentlich nicht?

Kämmerer zeigte auf das vor ihm liegende Dossier. »Aydin ist für uns kein Unbekannter. Er ist vor sechzehn Monaten nach Syrien ausgereist und steht unter Verdacht, dort für den Islamischen Staat gekämpft zu haben. Erstaunlicherweise ist er problemlos nach Deutschland eingereist. Da hat jemand nicht aufgepasst.«

Cornelia lachte trocken auf. Sie hatte das Gefühl, jeden

Moment würde jemand hereinkommen und verkünden, dass man sich einen Scherz mit ihr erlaube. Doch Kämmerer und Rosner blieben ernst und musterten sie.

»Sie haben also eine bessere Antwort?«, fragte der Rothaarige herausfordernd.

»Er ist Arzt. Ein Mensch, der einen Beruf gewählt hat, mit dem er Leben rettet. Er ist nach Syrien gefahren, um zu helfen. Soweit ich weiß, hat er in einem Krankenhaus gearbeitet, und das unter widrigsten Bedingungen, bis sie vom IS überfallen wurden.«

»Das haben Sie von ihm?«

»Ja, natürlich.« Cornelia war fassungslos. »Übrigens fängt er in zwei Wochen im Uniklinikum als Notfallmediziner an. So verhält sich doch kein Terrorist.«

Rosners Blick war überheblich. »Ich denke nicht, dass Sie qualifiziert sind, das zu bewerten.«

»Der Mann ist Opfer eines Überfalls geworden, und diese Nazis hätten ihn beinahe umgebracht!«

Kämmerers Miene verriet, was er davon hielt. Dass die Rechten vielleicht durch Zufall mal jemanden verprügelt hatten, der es verdiente.

»Wir haben uns das Video angesehen, Sie auch?«

»Ja, natürlich.«

»Dann ist Ihnen auch aufgefallen, dass er keineswegs wie ein Opfer um sein Leben gerannt ist. Der Mann hat nicht zum ersten Mal gekämpft. Das waren Elemente aus gleich mehreren Kampfsportarten, die kombiniert wurden.«

»Und daraus schließen Sie jetzt, dass er in einem Terrorcamp war?« Cornelia hatte keine Lust mehr auf dieses Gespräch. »Wissen Sie was? Warum fragen Sie ihn nicht selber? Herr Aydin kommt im Laufe des Tages her, um seine Aussage zu machen. Ich werde mich jetzt weiter darum kümmern, Majida Esbers Mörder zu finden, statt blindwütig irgendwelchen Anschuldigungen hinterherzurennen.«

Ihre plötzliche Heftigkeit überraschte die Männer offenbar, denn sie erwiderten nichts.

Rosner zog die Mappe zu sich heran und schlug sie auf. Cornelia nahm aus dem Augenwinkel ein Foto von Faris Aydin wahr, darunter einen Steckbrief. Der Ordner enthielt mehrere Seiten. Sie widerstand dem Drang, doch einmal in die Akte zu sehen, und griff stattdessen nach ihrer Jacke und einem kleinen Diktiergerät. Dann verabschiedete sie sich mit knappen Worten und war insgeheim froh, dass Robin mit diesen Männern zusammenarbeiten musste und nicht sie.

KAPITEL II

Majidas Tagebuch

Heute müssen wir es schaffen. Im schlimmsten Fall zu Fuß. Ich muss mich entscheiden, was ich mitnehmen will. Ich habe nur eine Tasche, wo alles hineinmuss.

Wir verzichten auf Essen und Wasser. Onkel Said sagt, wenn wir erst einmal drüben sind, werden sie uns helfen.

Ich soll dich, mein Tagebuch, zurücklassen, aber das kann ich nicht. Onkel wird es nicht merken, wenn ich dich mit einem Tuch um meinen Bauch binde.

Es geht los.

Meine Augen brennen noch immer von dem Gas, das sie auf uns geschossen haben. Mein ganzes Gesicht ist geschwollen und rot, aber wenigstens sehe ich wieder etwas.

Am Morgen sind wir wieder zum Grenzposten Akçakale gezogen. Es waren viele Soldaten dort, und wie in den Tagen zuvor haben sie gesagt, sie lassen uns nicht hinüber. Ich habe einige ganz aus der Nähe gesehen. Ihre Gesichter sagten deutlich, dass sie Mitleid mit uns haben, aber unbedingt ihren Obersten gehorchen mussten.

Es gab ein großes Gedränge. Wir wollten uns nicht wieder fortschicken lassen. Ich hielt Mamas Hand ganz fest, während wir herumgeschubst wurden.

Von der rettenden anderen Seite trennte uns nur ein Metallzaun. Obendrauf war Stacheldraht. Aber das hielt die Männer nicht ab, die plötzlich versuchten, daran hochzuklettern. Die Ersten waren sehr schnell. Von hinten begannen andere zu schieben, und wir waren genau dazwischen, wie viele andere Leute auch. Es müssen Hunderte gewesen sein. Wir hatten alle schreckliche Angst, zerdrückt zu werden.

Türkische Soldaten nahmen auf der anderen Seite Aufstellung. Sie begannen zu schreien: Wir sollten verschwinden. Dann fielen Schüsse.

Frauen schrien, Babys weinten. Syrische Männer kämpften sich durch das Gedrange nach vorn. Die Wut hatte sie gepackt, sie begannen am Zaun zu rütteln. Mutter und ich versuchten irgendwie, dem Durcheinander zu entkommen. Bis jetzt schossen die Soldaten in die Luft, aber wie lange noch, bis sie ihre Waffen auf uns richteten?

Einem Teil von mir war es erschreckend egal. Dann würde ich eben tot sein, wie Papa und Ahmed, dann wären wir wenigstens wieder vereint. Trotzdem zog und zerrte ich Mama vom Zaun weg. Dann gab es plötzlich einen dumpfen Knall, gefolgt von mehreren anderen. Gleich darauf breitete sich Rauch aus. Die Menschen begannen zu schreien. Es war Tränengas, und wir konnten nicht weg.

Meine Augen haben noch nie so gebrannt.

Dann kam der Wasserwerfer. Zum Glück waren wir mittlerweile so weit weg, dass der Strahl uns nicht mehr mit voller Wucht traf. Die Männer, die versucht hatten, am Zaun hinaufzuklettern, wurden einfach davongeblasen wie Insekten, manche stürzten einige Meter tief. Einer starb.

Die Menschen gerieten in Panik. Wer hinfiel und nicht sofort wieder hochkam, wurde von anderen getreten. Blind vom

Gas stolperten wir immer weiter vom Grenzzaun weg, zurück ins Lager.

Hauptwache Parkplatz

Cornelia stieg in ihr Auto und schlug die Tür so heftig zu, dass es laut knallte und sie den plötzlichen Druckanstieg in den Ohren spüren konnte.

Die Verfassungsschutzleute hatten sie so wütend gemacht, wie es seit sehr langer Zeit keiner mehr geschafft hatte. Sie presste den Rücken in den Autositz und atmete tief durch. Warum es sie so sehr berührte, gab ihr selber Rätsel auf. Als hätten die Anschuldigungen nicht dem Syrer gegolten, sondern ihr selbst.

Vielleicht lag es daran, dass sie so schnell zu Faris Aydin Vertrauen gefasst hatte. Und warum auch nicht? Was sprach gegen ihn? Immerhin war er ein gebildeter Mann, ehrenamtlich sehr aktiv und kümmerte sich um Menschen, die vor dem IS geflohen waren. Das würde doch niemand tun, der selbst für die Terrororganisation gekämpft hatte, oder?

Andererseits hatte sogar Mirko Goldhagen den Verdacht geäußert, er könne als Kämpfer nach Syrien gegangen sein.

»Ach, ihr könnt mich alle mal«, fluchte sie und drehte den Zündschlüssel. Sie würde sich jetzt darauf konzentrieren, Majidas Tod aufzuklären. Faris würde sie aus dem Weg gehen, aber nicht weil Kämmerer und Rosner ihr Angst gemacht hatten, sondern weil er ihr noch immer viel zu sympathisch war. Fernhalten war das Beste, was sie tun könnte, für ihn und für sich selbst.

Cornelia wählte Nebenstraßen und kleine Abkürzungen, um zum Haus der Familie Tell zu gelangen. Es war Hauptverkehrszeit und die Straßen verstopft.

Die Zufahrt zum Flüchtlingsheim passierte sie langsam und sah sich um. Die Männer, die beschlossen hatten, Wache zu halten, waren auch jetzt dort.

Zu viert standen sie da, während an Leinen bunte Wäsche flatterte und einige Frauen auf einer Decke im Freien saßen und den Kindern zusahen.

Auch aus dieser Entfernung hatten die Männer etwas Bedrohliches an sich. Wie Soldaten an einem Checkpoint, der an feindliches Territorium grenzt.

In der Siedlung an der Knappstraße entdeckte sie einen geparkten Wagen mit zwei Polizisten in Zivil. Sie gaben sich keine große Mühe, unauffällig zu wirken. Wer in einem Viertel voller Einfamilienhäuser stundenlang in seinem Fahrzeug saß, war immer auffällig.

Aber strikte Heimlichkeit war ja auch gar nicht beabsichtigt. Sie schreckten potenzielle Gewalttäter ab und sorgten hoffentlich dafür, dass die Flüchtlinge in Ruhe gelassen wurden.

Cornelia parkte direkt vor dem Haus der Familie Tell.

Als sie klingelte, öffnete wieder die Hausherrin, deren Lächeln schwand, sobald sie Cornelia erkannte.

»Die Polizistin«, sagte sie überrascht.

»Ja, genau. Frau Tell, Ihr Sohn Falko hat sich nicht bei mir gemeldet.«

»Nicht?« Sie wirkte auf ehrliche Weise überrascht.

»Nein. Kann ich mit ihm sprechen?«

»Nein, es tut mir leid, er ist nach der Schule nicht nach Hause gekommen.«

Cornelia atmete tief durch. Sie ahnte schon, *warum* er nicht nach Hause gekommen war. Er hatte kein Interesse daran, mit der Polizei zu reden, und sein großer Bruder war sicher nicht unschuldig daran.

»Haben Sie eine Ahnung, wo ich ihn finden kann?«

Frau Tell blinzelte verunsichert. Hatte sie erwartet, dass es damit erledigt war? Ihr Sohn versteckte sich und kam damit um eine Aussage herum?

»Vielleicht ist er auf dem Spielplatz. Dort trifft er sich manchmal mit ein paar Freunden.«

»Danke.«

Cornelia ging. Sie wusste sofort, welcher Spielplatz gemeint war. Der am Eingang der Siedlung gelegene, der so verlassen gewirkt hatte. Wenn sich dort regelmäßig eine Gruppe Jugendlicher traf, war auch klar, warum sie dort keine Mütter mit kleinen Kindern angetroffen hatte.

Cornelia ging schnell und hatte dabei das Gefühl, beobachtet zu werden. Hier kannte jeder jeden. Ein verschworenes Dorf mitten in Bochum, sogar mit eigenem Schützenverein, wie sie jetzt bemerkte, da ein Schild groß den diesjährigen König anpries.

Sie erreichte den Spielplatz nach wenigen Minuten und bemerkte schon von Weitem eine Gruppe Jugendlicher, die es sich auf einem Klettergerüst bequem gemacht hatten. Sie scherzten ausgelassen.

Süßlicher Haschischgeruch wehte herüber, und Cornelia musste unwillkürlich lächeln. Sie würde ihnen den Schreck ihres Lebens verpassen, wenn sie sich als Polizistin zu erkennen gab.

Erst jetzt fiel ihr auf, dass sie nicht wusste, wie Falko Tell eigentlich aussah. Irgendwie hatte sie sich immer eine kleinere Ausgabe seines Bruders vorgestellt. Ein forscher Jungnazi, vielleicht mit Seitenscheitel und hochgeknöpftem Hemd.

Sie machte sechs Jugendliche aus, zwei Mädchen und vier Jungs, doch keiner von ihnen passte zu dem Bild in ihrem Kopf. War er womöglich gar nicht da?

Aber wenn dies ein so regelmäßiger Treffpunkt war, dass sogar die Mutter davon wusste, war es eher unwahrscheinlich, dass er sich nicht dort aufhielt.

Cornelia lief etwas näher heran und blieb so lange wie möglich auf dem Weg, dann bog sie ruckartig ab, um den Überraschungseffekt auf ihrer Seite zu haben. Ihre Absätze gruben sich in den Sand, und sofort stach es in ihrer Wade, weil die Belastung sich geändert hatte.

Schöne Voraussetzungen für einen Sprint, dachte Cornelia spöttisch, aber sie hoffte, dass Falko Tell nicht versuchen würde wegzulaufen.

Ein Mädchen mit blondem langem Haar und riesiger Sonnenbrille wurde auf sie aufmerksam und stieß den Jungen neben sich an. Flüche wurden laut. Jemand sagte: »Was will die denn hier?«

»Schmeiß den Joint weg, los, los«, zischte die Blonde.

Cornelia vernahm Kratzgeräusche, als der Joint hektisch ausgedrückt und die Spuren auf dem Gerüst verrieben wurden.

»Das ist ja eine schöne Versammlung hier«, sagte Cornelia und grinste. »Ich will auch gar nicht lange stören. Wer von euch ist Falko Tell?«

Die Jugendlichen sahen einander irritiert an und täuschten Unwissen vor. Aber ihre Blicke hatten sie längst verraten. Es war ein schlaksiger Kerl mit hellbraunen Haaren und einigen Sommersprossen auf der Nase. Ein Käppi lag auf seinem Knie. Er trug ein weißes T-Shirt mit modischem Aufdruck und Jeans. Ein ganz normaler Junge, kein Nazi wie sein Bruder.

»Was wollen Sie denn hier?«, sagte einer seiner Kumpels forsch und setzte »Wir machen nix Unerlaubtes« hinzu, was Cornelia beinahe zum Lachen veranlasst hätte.

»Ich möchte mich mit euch unterhalten«, sagte Cornelia und wies sich aus. »Keine Panik, den Joint habe ich nicht gesehen.«

Es kam Bewegung in die Jugendlichen. Fast erwartete sie, dass die sechs nun doch versuchen würden wegzulaufen, doch sie taten es nicht. Stattdessen waren die beiden Mädchen enger zu ihren Freunden gerutscht. Falko hatte keine Freundin, registrierte Cornelia beiläufig.

»Sie sind wegen den Asylanten hier, oder?«, fragte ein Junge und drückte seine Freundin.

»Nee, bestimmt wegen dem toten Mädchen«, meinte sie zu ihm.

»Kanntet ihr sie?«, fragte Cornelia.

»Kennen wär übertrieben«, antwortete die Blonde. »Die war bei mir in der Klasse, aber ich hab nicht mit ihr geredet.«

»Die haben doch alle Läuse«, warf Falko ein. Die anderen sahen sich zu ihm um.

»Du laberst deinem Glatzenbruder auch alles nach«, schimpfte die Blonde. »Du müsstest dich mal reden hören, voll arm.«

Jetzt mischte sich auch das andere Mädchen ein. »Hören Sie nicht auf den. Das mit Majida tut mir leid. Ich fand sie ganz in Ordnung. Sie hat mal erzählt, wie sie abhauen mussten, wegen dieser Islamisten und so. Die haben ihren Bruder umgebracht. Voll Scheiße.« Sie drückte eine Hand auf den

Mund und kicherte, das war wohl das Hasch. Sie sah wirklich high aus, versuchte aber, ernst zu bleiben.

Sie wandte sich zu Falko um. »Stell dir mal vor, jemand würde deinen Idiotenbruder und deinen Vater abknallen, einfach nur so. Dann würdest du auch nicht mehr so labern.«

»Kanntest du sie denn, Falko?«

Er wich Cornelias Blick aus und sah auf seine rechte Hand, wo er mit den Nägeln über das glatte Holz des Spielgerüsts schabte. »Nicht richtig. Die lief halt immer hier rum.«

»Ich fand sie ganz hübsch«, sagte nun der zweite Junge ohne Freundin und erntete dafür komische Blicke seiner Kumpels. »Stimmt doch«, verteidigte er sich. »Wenn sie den dämlichen Lappen von ihrem Kopf gelassen und sich netter angezogen hätte.«

»Meine Mama hat jedenfalls hin und wieder was rüber ins Heim gebracht, Sachen, die die brauchen konnten«, sagte die Blonde. »Majida war auch da, war eher Zufall, dass wir uns getroffen haben. Ich glaube, es war ihr peinlich, etwas anzunehmen, wo wir uns doch aus der Schule kennen.«

»Was ist mit den Protesten gegen das Heim, die gab es doch?«, hakte Cornelia nach.

»Da war keiner von uns bei, Falko kurz, aber dem haben wir den Kopf gewaschen.«

»Meine Eltern und mein Onkel«, sagte einer der Jungs. »Aber dann sind die Nazis aufgetaucht, und sie sind nicht mehr hin. Aber ich glaube, viele haben Angst vor den Männern.«

»Die sehen aber auch immer finster aus«, sagte seine Freundin. »In letzter Zeit laufen die hier auch nachts rum, gruselig.«

»Davon wissen wir«, sagte Cornelia beschwichtigend. »Sie

haben Angst um ihre Kinder. Stellt euch vor, ihr flüchtet mit eurer Familie vor dem Krieg und schafft es endlich in Sicherheit, und wenn ihr gerade glaubt, es überstanden zu haben, wird ein Mädchen ermordet.«

»Ja, das ist schlimm, stimmt schon«, seufzte die Blonde. »Also vielleicht doch nicht so beängstigend, wenn sie aufpassen, dass der Killer nicht wiederkommt.«

»Wissen Sie denn schon was über den Mörder?«, mischte sich jetzt Falko ein.

»Zu laufenden Ermittlungen kann ich leider nichts sagen«, sagte Cornelia. »Tut mir leid.«

»Das sagen die Bullen im Fernsehen auch immer«, spottete ein anderer.

Cornelia hatte genug gehört. »Falko, ich möchte immer noch mit dir sprechen. Unter vier Augen bitte.«

Er wollte etwas erwidern, erhob sich dann aber und musste sich kurz am Klettergerüst abstützen. Er wirkte unsicher und schien auf Beistand durch seine Freunde zu warten, aber der kam nicht, und so kletterte er die Leiter zu Cornelia hinunter und schwang sich seinen Rucksack über die Schulter.

»Wo wollen wir hingehen, weißt du ein ruhiges Plätzchen?«

Falko antwortete nicht, aber er wechselte die Richtung und lief quer über den Spielplatz bis zu einem Baumstamm, der wohl noch von einem Sturm hier lag. Die Rinde war abgewetzt, und hier und da hatte jemand etwas hineingeritzt. Offenbar war dies ein beliebter Treffpunkt. Cornelia war auch schnell klar, warum. Das Gebüsch zu beiden Seiten war lange nicht mehr heruntergeschnitten worden, und der Platz war weder von der Straße noch von den Häusern aus einzusehen.

»Ist das okay?«, fragte er unsicher.

»Ja, das ist gut. Ein nettes Plätzchen.«

Er zuckte mit den Schultern, nahm seine Kappe ab, strich sich das kurze Haar glatt und setzte sie andersherum wieder auf. Eindeutig unsicher. Cornelia waren die Gründe dafür nicht ganz klar. Vielleicht war es ihm nur unangenehm, mit einer Erwachsenen und zudem noch Fremden und Polizistin zu reden. Immerhin hatte sie ihn eben quasi in flagranti beim Jointrauchen erwischt.

»Kannst du dir vorstellen, warum ich mit dir sprechen wollte?«

»Keine Ahnung. Vielleicht wegen meinem Bruder?«

»Wie kommst du darauf?«

Er rupfte ein Brombeerblatt von einer Ranke und fuhr mit dem Finger die Dornen nach. »Na ja, er hat manchmal schon ziemlich krasse Ansichten. Aber er ist trotzdem ein netter Kerl, der beste Bruder, den man sich wünschen kann. Er würde echt alles für mich machen.« Den letzten Satz sagte er mit einer Inbrunst, die Cornelia aufhorchen ließ.

»Alles?«

»Sicher, dafür sind Brüder da, oder nicht? Um zusammenzuhalten.«

»Stimmt schon. Ich habe auch so einen tollen Bruder«, sagte Cornelia. »Wie alt bist du jetzt, Falko?«

»Sechzehn.«

»Elfte Klasse?«

Er nickte. »Ja genau.«

»Und was hast du später mal vor? Bist du gut in der Schule?« Sie versuchte, ihn kennenzulernen und vorerst einfache Fragen zu stellen, bis er nicht mehr so nervös war, denn nervös war Falko auf jeden Fall.

»Ich geb mir Mühe. Beim letzten Zeugnis hatte ich einen

glatten Zweierschnitt, aber bis zum Abi muss das noch viel besser werden.«

Seine Antwort überraschte. So viel Strebsamkeit hatte sie nicht von ihm erwartet. Vor allem nicht, da sie seinen älteren Bruder zuerst kennengelernt hatte.

»Du willst also Abitur machen? Und dann studieren?«

»Ja, ich weiß nur noch nicht genau was. Vielleicht Chemie, das finde ich spannend. Ich mache den Bio-Chemie-Leistungskurs.«

»Und was sagt Torben dazu?«

»Der findet das cool, natürlich.«

»Ihr habt ein sehr enges Verhältnis, wie mir scheint. Nimmt er dich auch manchmal mit, wenn er sich mit Freunden trifft?«

»Eher selten. Ich glaube, seine Kumpels finden das nicht so toll, wenn er mich mitbringt.«

Cornelia registrierte, dass er nicht wirklich enttäuscht darüber war. »Warum ich eigentlich mit dir reden wollte …«

Falko Tell verspannte sich sofort und sah sie mit einem Blick an, der an ein gehetztes Kaninchen erinnerte.

»Majida Esber, war sie in deiner Klasse?«

Er überlegte. Seine Finger suchten nun die Spitzen der Dornen, doch er schien den Schmerz gar nicht zu spüren. »Ich glaube, in der Stufe unter mir.«

»Sicher bist du dir nicht?«

»Doch … schon.«

»Ihr seid doch so was wie Nachbarn gewesen, habt ihr nie miteinander geredet?«

»Torben hätte mir die Hölle heißgemacht.« Falko ließ sein Knie schnell auf und ab wippen. Als er es bemerkte, setzte er sich anders hin und legte eine Hand darauf.

Warum war er nur so nervös? Zwischen ihm und Majida war eindeutig etwas vorgefallen. Etwas, das sein rechter Bruder nicht gutheißen würde. Hatte er sich in sie verliebt, und Torben hatte das Mädchen daraufhin umgebracht, weil er nicht wollte, dass sein kleiner Bruder etwas mit ihr anfing?

So gewalttätig sie den älteren Tell auch einschätzte, das wäre auch für ihn zu extrem. Immerhin hatte er einen Beruf und ein stabiles Umfeld, es gab also viel zu verlieren. Sie für einen Flirt zu bedrohen oder zu verprügeln, ja, aber ein Mord? Ziemlich unwahrscheinlich.

»Ihr habt also nicht gesprochen?«, hakte sie nach.

»Vielleicht ein bisschen«, gestand er ein, die Stimme beinahe zu einem Flüstern gesenkt.

»Falko, kann es sein, dass du dich in sie verliebt hast?«

»Was? In so eine verlauste Schlampe? Niemals!« Er sprang auf und funkelte sie wütend an. »Und außerdem, das geht Sie einen Scheißdreck an. Ich muss nicht mit Ihnen reden, hätte ich doch nur auf Torben gehört!«

Er stürmte davon. Der Rucksack rutschte ihm von der Schulter, er riss ihn wütend wieder hoch und verschwand hinter der nächsten Kurve.

»Die Pubertät kann schrecklich sein«, sagte Cornelia seufzend. Wo war sie nur mit diesem Jungen dran? Waren einfach die Hormone mit ihm durchgebrannt, und er hatte sich in das falsche Mädchen verliebt? Offenbar hing er sehr an seinem Bruder. Eine schreckliche Zwickmühle, falls er sich wirklich in ein Flüchtlingsmädchen verliebt hatte.

Und das Parfum? Cornelia hatte einen Verdacht. Vielleicht hatte er etwas aus dem Flakon seiner Mutter abgefüllt und es Majida geschenkt. Diebstahl, ja, aber nichts, wofür sie den Jungen weiter traktieren musste. Zumindest vorerst nicht.

KAPITEL 12

Majidas Tagebuch

Wir haben es geschafft, wir sind in der Türkei, aber ich will es von vorn aufschreiben.

Es war gestern. Die ganze Nacht lang kreischten Mörsergranaten, und das Licht ihrer Explosionen zuckte über den Himmel wie ein fernes Gewitter. Die Peschmerga griffen die ISIS-Kämpfer unablässig an, und die Gefechte kamen immer näher.

Am Morgen gab es Gerüchte, dass schwarz gekleidete Kämpfer am Rand des Lagers aufgetaucht sind und versuchten, die Flüchtlinge von der Grenze wegzutreiben. Sie wollten nicht, dass die Bürger ihres zukünftigen Kalifats flohen.

Wir nahmen unsere Taschen und rannten wieder zum Grenzposten. Gerade noch rechtzeitig. Hinter uns wurden Schüsse laut. Dann schrien Menschen vor Schmerzen.

Sie schießen auf uns, Hilfe!, riefen wir.

Immer mehr Flüchtlinge drängten sich an dem Übergang, dann brüllte ein Kommandant einen Befehl, und das Tor wurde geöffnet. Ich wollte meinen Augen nicht trauen, aber jetzt sind wir hier, wir haben es geschafft.

Sobald wir drüben waren, haben sie uns Flaschen mit Wasser und Essensrationen zugeworfen. Dann mussten wir laufen. Links und rechts von uns liefen Soldaten, aber sie machten mir keine Angst mehr. Im Gegenteil, ich bin ihnen schrecklich dankbar.

Am Nachmittag kamen wir in ein riesiges Lager. Es sind viele Tausend Zelte hier. Wir teilen uns eines mit zwei anderen Familien. Fünfzehn Menschen auf engstem Raum, aber wir sind in Sicherheit, und das ist das Wichtigste.

Wir kommen langsam zur Ruhe, aber auch dazu, nachzudenken.

Mutter wollte erst gar nicht über Vater und Ahmed reden, aber ich dränge sie dazu. Ich will mich erinnern, an die schönen Sachen und auch an die nicht ganz so schönen.

Der Tagesablauf im Flüchtlingscamp ist immer gleich. Bis auf das Anstehen an den Wasserpumpen und die Essensausgabe gibt es nicht viel. In den ersten Tagen habe ich viel geschlafen. Ohne Träume, wie tot, so erschöpft war ich. Aber jetzt ist wieder Zeit zum Nachdenken. Wie lange wir wohl hierbleiben müssen? Ob wir unser Zuhause wiedererkennen werden? Oder zerstören sie alles? Wir fragen uns durch, suchen Leute, die aus der gleichen Gegend stammen wie wir, aber niemand kann uns Neues berichten.

Cornelias Wohnung

Seit Langem war Cornelia beim Nachhausekommen ihre Wohnung nicht mehr so leer und still vorgekommen wie an diesem Tag. Sie ließ ihre Tasche achtlos auf den Boden fallen und hängte ihre Jacke auf.

Dann ging sie in die Küche und wärmte sich das restliche Essen vom Vortag auf. Reis mit Gemüse, das nun natürlich weich war und sicher nicht mehr ein einziges Vitamin besaß. Schon gestern war der Geschmack eher mittelmäßig gewesen, heute war es nur noch etwas zum Magenfüllen. Das kleine Glas Rotwein verbesserte ihre Mahlzeit erheblich.

Während sie achtlos den Reis löffelte, mit der Gabel zu essen war ihr zu anstrengend, fuhr sie ihr Notebook hoch und sah ihre E-Mails durch. Ihr Bruder hatte geschrieben und ihr ein paar Bildchen gesandt, die wohl nur Informatiker witzig finden konnten. Sie schickte ihm eine kurze Nachricht zurück und klickte sich durch Werbung und Bestellbestätigungen.

Als sie das Postfach gerade schließen wollte, leuchtete das Briefsymbol erneut auf. Eine Weiterleitung von ihrer beruflichen Adresse.

Es war eine Nachricht von Faris Aydin.

Guten Abend,

ich hatte keine Zeit mehr, alles abzutippen, aber ich dachte, du willst trotzdem schon mal einen Teil lesen. Also habe ich meine Notizen abfotografiert. Ich hoffe, es ist lesbar und ich habe noch keine typische Ärzteklaue.

Bis dann, Faris.

Sie klickte die Anhänge auf. Es waren vier Fotos, die je eine Doppelseite zeigten. Faris' Handschrift war eine der schönsten, die sie seit Langem gesehen hatte.

»Vermutlich versaue ich mir jetzt den Abend. Herzlichen Glückwunsch, Frau Arents«, sagte sie leise, zog den Laptop auf den Schoß, trank einen Schluck Wein und kuschelte sich in ihr Sofa.

Eine Katze wäre nicht schlecht, dachte sie kurz und erinnerte sich an die niedlichen Jungtiere bei Frau Wöllke, Faris' Vermieterin. Vielleicht sollte sie doch …

Dann begann sie zu lesen. Majidas Tagebuch fing mit einer kurzen Einleitung an, in der sie ihrem Onkel dafür dankte, ihr dieses Buch aus England mitgebracht zu haben, und ihre Hoffnung zum Ausdruck brachte, alles richtig zu machen, genau wie ein englisches Mädchen. Sie begann mit *Dear Diary*, vielleicht hatte sie die englischen Worte auch beigebracht bekommen. Dann wechselte die Übersetzung wieder ins Deutsche, und im Original wohl in ihre Muttersprache.

Majidas Worte waren nüchtern und klar und berührten daher umso mehr. In kurzen Einträgen beschrieb sie, wie sich ihr normales, recht behütetes Leben immer mehr veränderte. Von der Revolution hatten sie in ihrem kleinen Ort allerdings wenig mitbekommen, der IS hingegen konzentrierte sich mehr auf ländliche Gegenden.

Sie überflog den Text zuerst und las ihn anschließend noch ein zweites Mal langsamer durch. Sich vorzustellen, das Gleiche durchzumachen wie Majida, war beinahe unmöglich. Cornelia fror, doch es war eine Kälte, die sich nicht mit einer kuscheligen Wolldecke bekämpfen ließ. Majida hatte beinahe ein Jahr lang auf der Straße verbracht und war von einem Ort zum anderen gezogen. Ohne ihren Bruder, ohne ihren Vater.

Cornelia stand auf, goss sich noch ein Glas Wein nach und holte ihr Diensthandy aus der Jackentasche im Flur. Es kostete sie nur ein wenig Überwindung, dann wählte sie Aydins Nummer.

Fünfmal klingeln lassen, wenn er nach dem fünften Mal nicht drangeht, lege ich auf, dachte sie.

Er meldete sich nach dem sechsten Klingeln. »Guten Abend.« Seine Stimme klang tief und ein wenig verschlafen.

»Habe ich dich geweckt?«

»Nein, nein. Hatte mich nur ein wenig ausgestreckt. Bin immer noch etwas angeschlagen.«

»Das überrascht mich jetzt nicht. Wie geht es dir?«

»Ganz in Ordnung. Im Krankenhaus haben sie mich ordentlich durchleuchtet. Zwei angeknackste Rippen und viele Prellungen. Den Bericht bekommt ihr geschickt.«

»Gut, vielen Dank.«

»Ich hab auch meine Aussage gemacht, bei einem Kollegen von dir. Schenz, glaube ich, hieß er. Danach haben mich ein paar Typen vom Verfassungsschutz durch die Mangel gedreht. Die können einem ganz schön Angst einjagen. Ich sah mich schon im Knast. Aber dann konnte ich ihnen online ein paar Fotos aus den Krankenhäusern zeigen, wo ich gearbeitet habe. Bin mir aber nicht sicher, ob es ihnen reicht.«

»Ich mir auch nicht«, Cornelia seufzte. »Kämmerer und Rosner habe ich heute Morgen auch zum ersten Mal getroffen.«

»Ich verstehe nicht, warum sie es auf mich abgesehen haben. Und warum so plötzlich. Ich bin doch eindeutig angegriffen worden. Das Video lässt doch sicher keine Fragen offen. Ich habe es zwar nicht gesehen, aber …«

»Sie fragen sich, wo du so kämpfen gelernt hast.«

»Hochschulsport, vom ersten Semester an.«

Cornelia konnte nicht anders, sie musste lachen.

»Was denn?«, fragte Faris verblüfft. »Ist das denn so abwegig?«

Seine Irritation sorgte dafür, dass sie noch mehr lachte, sie musste das Weinglas abstellen, um nichts zu verschütten, und hielt sich dann den Bauch. »Kein Terrorcamp?«, fragte sie atemlos und versuchte, sich zu beruhigen.

Jetzt klang auch er amüsiert. »So kann man die Uni natürlich auch nennen, besonders die praktischen Übungen bei Professor Goldhagen, aber ganz so schlimm habe ich es nicht empfunden.«

»Wie ist er denn so als Dozent?«, fragte Cornelia und kam langsam wieder zu Atem.

»Sehr gut, er ist ein hervorragender Mediziner, aber auch ein wenig schräg. Ich glaube, er macht sich einen Spaß daraus, die Studenten zu schocken. Es würde mich nicht wundern, wenn er Wetten darauf abschließt, wie viele sich schon am ersten Tag übergeben.«

Das klingt genau nach ihm, dachte Cornelia und stellte sich den Kobold vor, wie er seinen Studenten das Fürchten lehrte. »Kann ich mir gut vorstellen.«

Faris schwieg einen Augenblick. Die sich ausbreitende Stille wurde schnell unangenehm, und Cornelia fiel nicht ein, was sie sagen sollte. Jetzt kam ihr die Vorstellung, eben noch aus vollem Hals gelacht zu haben, ziemlich absurd vor.

Auch dem jungen Arzt war der Stimmungswechsel nicht entgangen.

»Du willst wissen, wo ich kämpfen gelernt habe?«, erkundigte er sich kühl.

»Ja.« Cornelia schluckte und bereitete sich innerlich auf eine Antwort vor, die ihr nicht gefallen würde.

»Ich habe in Krankenhäusern gearbeitet, bis es da, wo ich war, keine Krankenhäuser mehr gab und auch die Einwohner geflohen waren. Die Dörfer waren verlassen, zurückgeblieben waren nur Geister und Leichen und magere Hunde, die sich an den Toten satt gefressen haben.

Ich wusste nicht mehr, wo ich hinsollte, was ich tun sollte. Der Daesh hatte mir den Rückweg versperrt, also ging ich mit den Rebellen. Die FSA nahm mich mit. Das entspricht vielleicht eher der Wahrheit, denn ich war nicht mehr ich selbst, hatte kaum noch eigenen Willen.

Sie wussten, dass ich Arzt bin, also setzten sie mich auf einen Transporter mit Verwundeten. Ich funktionierte, rettete manche und sah vielen beim Sterben zu. Es gab Kämpfe und dann wieder lange Tage, manchmal Wochen, in denen nichts geschah. Dann saßen wir fest. Eine Stellung in der Nähe einer Straße, auf der anderen Seite der Daesh.

Checkpoints wurden eingerichtet, und die FSA übernahm den Schutz eines Flüchtlingscamps, das nicht weit von uns entfernt war. Hin und wieder fuhr ich mit und tat, was ich konnte. Die Kinder litten am meisten. Durchfall, Leishmaniose, deren Geschwüre ihre Gesichter entstellten, Verbrennungen.

Die Männer meiner Kampftruppe gewöhnten sich an mich. Manche waren dankbar, weil ich ihnen selbst geholfen oder ihre Kameraden gerettet hatte. Es waren nicht nur desertierte Regierungssoldaten, sondern auch viele Studenten, junge Leute, Arbeiter. Leute wie wir. Ich brachte ihnen bei, wie man Menschen rettet, und sie mir im Gegenzug, wie man sie tötet.« Er atmete heftig. »Ich weiß nicht, warum ich dir das erzähle, meine Eltern wissen nichts davon und meine Freunde verstehen nicht, warum ich überhaupt gefahren bin.«

»Vielleicht gerade deshalb, weil ich eine Außenstehende bin. Da ist es oft einfacher, über solche Dinge zu reden. Familie und Freunde sind zu nah an einem dran.«

»Da könntest du recht haben«, sagte er nachdenklich.

»Musstest du je …«, Cornelia zögerte, »na ja, anwenden, was du von ihnen gelernt hast?«

Faris atmete tief ein und aus, und sie meinte seinen Atem

dabei beben zu hören. Angestrengt lauschte sie. Er setzte oder legte sich hin. Stoff raschelte. »Ja.«

»Möchtest du darüber reden?«

»Eigentlich nicht, aber vielleicht sollte ich es. Vielleicht ist heute einfach der Tag dafür. Du kannst dir denken, dass wir nicht für immer an der Stelle festsaßen. Es war übrigens ein altes Fort, mit dicken Mauern aus sonnengeblichenen Lehmziegeln und einem kleinen Palm- und Orangenhain davor. Von der Zinne aus konnte man Felder sehen. Sie waren unbestellt und mit vergilbten Pflanzen überwuchert. Dahinter lag ein Kanal und hinter dem wiederum eine Straße, die von den Terroristen kontrolliert wurde. Sie haben uns lange in Ruhe gelassen, bestimmt weil sie wussten, dass wir nicht wegkonnten. Zumindest nicht ohne die Autos und das schwere Gerät zurückzulassen.

Ich hatte mir in einer Scheune ein Krankenlager eingerichtet und kam langsam wieder zu mir. Versorgte vom entzündeten Mückenstich bis zu verstauchten Ziegenbeinen alles, nur um die Zeit totzuschlagen.

Dann waren wir den Gotteskriegern irgendwann nicht mehr egal. Wir hatten zuvor vermehrt Flugzeuge gesehen und Bombeneinschläge gehört. Der Daesh kam von einer Seite in Bedrängnis und zog sich zurück, genau in unsere Richtung. Sie mussten an uns vorbei, und sie hatten nicht vor, es heimlich zu versuchen.

Der Angriff kam nachts. Es war ein schreckliches Chaos. Ich dachte, sie schaffen es nicht hinein, aber dann waren die Kämpfer plötzlich drin, und die Hölle brach los. Sie und unsere Gruppe waren ungefähr gleich stark. Beide Seiten haben gefeuert wie die Wahnsinnigen. Ich bin in der Scheune geblieben, bei zwei Schwerverletzten, die nicht transportiert werden konnten. Ich dachte, okay, das ist es jetzt also. Nun sterbe ich. Ich war irgendwie bereit, rekapitulierte, was ich alles in meinem Leben erreicht hatte und was für immer ein Traum bleiben würde.

Sie brachen durch die Tür und erschossen den ersten Verwundeten, einfach so. Da ist etwas in mir ausgetickt. Ich hatte akzeptiert, dass ich sterben würde, aber nicht dass sie den hilflosen Mann neben mir töteten.

In jedem Raum der Festung lehnten immer ein, zwei Gewehre. Eines war direkt neben mir. Ich riss es an mich und schoss und schoss. Die Lehmwände lösten sich im Kugelhagel auf. Überall war Sand, Staub und Schreie. Ich habe einen Munitionsstreifen leer geschossen und dann noch einen.

Niemand war mehr da. Ich konnte nichts sehen, in meinen Ohren dröhnte es, aber ich hatte den Schwerverletzten gerettet, ich konnte seinen warmen Körper neben mir ertasten und auch dass er atmete.«

Cornelia hatte gebannt zugehört. Jetzt war es still am anderen Ende der Leitung. Sie hörte, wie Faris sich über das Kinn strich und der kurze Stoppelbart kratzte. Irgendwie spürte sie, dass er noch nicht fertig war.

»Ich habe stundenlang dagesessen, dann rissen mich vertraute Stimmen aus der Lethargie.

Wir hatten gesiegt. Die anderen hatten es, ich hatte verloren, denn vor mir lagen zwei junge Männer mit verrenkten Gliedern im Staub. In den weiten Gewändern sahen sie aus wie Kreaturen, die ihre Haut abstreiften. Der gelbe Staub hatte sich auf alles gelegt. Ich bin zu ihnen gekrochen und habe sie um Vergebung gebeten. Ihre Gesichter hatten wieder den unschuldigen Ausdruck von Kindern angenommen, der Wahnsinn, der sie in meine Krankenstation getrieben hat, war verschwunden. Aber ich hatte trotzdem getötet. Ich war kein Arzt mehr, ich war ein Mörder wie sie.«

»Nein, nein, das darfst du so nicht sagen.« Cornelia war erschüttert. »Natürlich bist du noch Arzt.«

»Die anderen haben mich behandelt wie einen Helden, aber ich habe mich von ihnen abgewandt. Sie wollten, dass ich die Verwundeten versorge, das habe ich getan. Dann packten sie alles auf die Autos und sind zwei Tage lang gefahren. Die Straßen waren frei. Ich wollte nur noch heim, hierher, nach Deutschland.« Er stockte, seine Stimme war brüchig geworden. »Damit … damit ich mich nicht in eine Kreatur verwandle, die gar nichts mehr mit dem alten Faris gemein hat.«

»Was ist aus dem Mann geworden, dem du das Leben gerettet hast?«

»Er starb auf der Fahrt, er war nicht stabil genug. Also war alles umsonst.«

»Das darfst du nicht sagen, Faris.«

»Doch, darf ich.« Er seufzte. »Was trinkst du?«

»Rotwein«, sagte Cornelia überrascht. »Würde ich dir ja auch empfehlen, wenn du nicht …«

»Nicht so. Ungefähr so, wie die meisten Deutschen Christen sind.« Er lachte trocken auf. »Ich mach mir auch eine Flasche auf.«

Cornelia legte sich auf ihr Sofa und lauschte, wie er durch seine Wohnung lief und eine Weinflasche öffnete. Gluckernd floss der Wein ins Glas, während sie noch versuchte, in Gänze zu erfassen, was Faris durchgemacht hatte. Er war ins Krisengebiet gereist, um Menschen zu helfen, und hatte schließlich zwei erschossen. Eine Situation, in die auch ein Polizist hätte kommen können. Sich blitzschnell entscheiden zu müssen, ob das Leben eines Menschen den Tod eines anderen wert war. Was für ein Albtraum?

Aber Faris war Arzt. Sein Ziel war einzig zu heilen und zu retten.

In den Augen der meisten Menschen war Faris' Tat sicher heldenhaft und er tatsächlich ein Held, aber das sagte sich so leicht, wenn man nicht ständig von Erinnerungen geplagt wurde, die einen verfolgten wie Dämonen. Cornelia musste den Syrer nicht fragen, ob er die Gesichter der Toten jede Nacht aufs Neue vor sich sah, sie wusste es.

»Prost, Frau Kommissarin.«

»Prost«, sagte sie schnell und schnippte mit dem Fingernagel gegen ihr Glas. Ein hoher, beinahe schon sphärischer Ton erklang, und sie nahm einen Schluck. Eigentlich müsste sie etwas von dem Alkohol merken, immerhin trank sie bereits das zweite Glas, oder Faris' Geschichte war zu ernüchternd gewesen.

»Und beim nächsten Mal«, sagte er feierlich.

»Ja?«

Er zögerte kurz. »Beim nächsten Mal erzählst du mir von deinem Schatten. Ich weiß, da ist etwas, das dir folgt und dir keine Ruhe lässt.«

Cornelia merkte, wie sich ihre Hand, die das Glas hielt, verkrampfte. Sie stellte es hastig ab, bevor es Scherben gab, und atmete tief durch.

»Ich weiß nicht …«, sagte sie zögernd.

»Es wäre nur fair.«

Es war erstaunlich, wie schnell er sich wieder gefangen hatte. Wahrscheinlich war es genau das, was einen guten Arzt ausmachte. Fokussieren zu können und das eigene Trauma weit von sich zu schieben. Wer es nicht konnte, machte Fehler, und die konnten bitter enden.

»Ich überlege es mir«, sagte sie ausweichend. Für sie war es leichter, die Schatten mitzuschleppen.

»Na gut.« Sie meinte hören zu können, wie er lächelte.

»Ich fühle mich gerade erst wieder normal, jetzt wieder alles aufzuwühlen …«

»Ich hab gesagt, erzähle es mir, wenn du willst. Wenn nicht, ist es auch in Ordnung.«

»Danke. Ist es okay, wenn ich noch ein Glas Wein trinke?«

»Ein halbes, Frau Kommissarin.«

Lachend goss sie sich ein. »Geht klar, Herr Doktor.«

»Du hast aber sicher nicht angerufen, um mit mir fernzutrinken, und auch nicht, um dir meine Albträume anzuhören.«

»Nein, eigentlich nicht.« Sie nippte ein wenig Rotwein und ließ ihn durch ihren Mund kreisen, versuchte Eiche und Schwarze Johannisbeere herauszuschmecken, wie es auf dem Etikett beschrieben war. »Ich habe gelesen, was du mir gemailt hast, danke. Ich kann mir Majida jetzt viel besser vorstellen. Aber das war es auch nicht. Du kennst ja das ganze Buch. Ist dir gegen Ende etwas aufgefallen, das darauf hindeuten könnte, dass Majida sich verliebt hat und es irgendwie verheimlichen musste?«

»Ich glaube nicht, aber wenn du willst, kann ich es noch mal durchsehen.«

»Das wäre großartig.«

»Morgen früh hast du es.«

»Danke.« Cornelia sah auf ihre Küchenuhr, die sie auch vom Sofa aus sehen konnte. Es war fast schon halb zwölf. Die

Zeit war verflogen. Doch jetzt war ihr Gespräch an einem natürlichen Ende angelangt, was sie insgeheim bedauerte.

»Ich sollte bald mal ins Bett«, sagte sie daher.

»Ich vermutlich auch. Ich fühle mich immer noch, als hätte mich ein LKW überfahren. Dann schlaf gut.«

»Du auch und gute Besserung.«

KAPITEL 13

Majidas Tagebuch

Onkel Said war noch einmal über die Grenze. Wir haben tagelang gebangt, doch er ist zurückgekommen und hat seinen kleinen Laster mitgebracht. Wir müssen hier weg, sagt er. Wenn der Winter kommt, wird es hier unter dünnen Zeltwänden und Plastikplanen unerträglich sein. Er fährt mit seinem Laster Essen durch das Lager und bekommt dafür Sonderrationen, die wir sorgfältig aufsparen. Wir werden sie für unsere Reise brauchen.

Heute kam ein Konvoi mit Hilfslieferungen aus Europa. Ich kann es mir kaum vorstellen, dass Menschen aus Deutschland, England und Frankreich an uns denken und uns ihre Sachen schenken. Ich habe ein Paket bekommen, das von außen mit Sonnenblumen bemalt ist. Das war ein Kind, wahrscheinlich nicht viel älter als Ahmed. Ich umklammerte es ganz fest und lief, so schnell ich konnte, zu unserem Zelt.

Erst drinnen traute ich mich, es aufzumachen. Mutter saß in einer Ecke und wirkte, als sei sie in Gedanken ganz weit weg. So ist es immer.

Das Päckchen ist bis oben hin voll mit Kleidung. Sie ist bunt, sehr bunt. Ich kann mir nicht vorstellen, so etwas hier im Lager zu tragen.

Es gibt ein wenig Kinderkleidung, ich gebe sie Tante.

Zwei Hosen passen mir und auch ein Rock. Ich könnte den

Rock über die Jeans tragen, dann ist es wärmer und ich sehe nicht so seltsam aus. Ich habe noch nie solche Hosen getragen. Aber die Kämpferinnen der Peschmerga trugen welche und auch viele Frauen, die im Lager arbeiten. Vielleicht ziehe ich sie irgendwann ohne den Rock an.

Ich breitete die bunten T-Shirts und Pullover vor mir aus wie einen Schatz. Als ich merkte, dass ich lächelte, erschrak ich und presste eine Hand auf den Mund. Dann musste ich weinen. Vater, Ahmed, ich habe euch nicht vergessen.

Auf den Bergen fällt der erste Schnee. Wir brechen auf. Ich bekomme wieder den Platz auf der Ladefläche, direkt hinter dem Führerhäuschen. Trotzdem ist es zugig und staubig. Wir hüllen uns in die Decken ein, die wir im Camp bekommen haben.

Ich kann nur zurückschauen. Die Grenze zieht sich wie eine lange Narbe über das Land. Dahinter brennt es. Von drei Stellen steigt Rauch auf. Fernen Kampflärm spüre ich mehr, als dass ich ihn höre. Es sind Schwingungen, die die Härchen auf meinen Armen aufstellen.

Wir werden nie wieder zurückgehen, sagt Mutter, und ihre Stimme klingt dabei ganz leer. So weit weg von ihren Gräbern.

Wir haben sie in unserem Herzen, sage ich dann immer, und alles zieht sich in mir zusammen, und ich drücke ihre Hand.

Cornelias Wohnung

Das Telefonklingeln schrillte in ihrem Traum wie Sirenen.

Cornelia setzte sich im Bett auf und war kurz orientierungslos. Sie hatte von schwarz gekleideten Kämpfern geträumt, von Blut in den Gassen und Häusern, die nur noch aus Trümmern bestanden. Die ausgebrannten Dachstühle ragten darüber auf wie schwarze Skelette. Alles war in gelblichen Staub gehüllt, wie sie ihn in den Nachrichten gesehen hatte, wenn Kinder und Erwachsene aus den Trümmern gezogen wurden. Alles hatte dann diese fahle Farbe, die Haut, die Haare, nur das Blut blieb immer rot. Für sie war der Staub ein Synonym geworden – für zerbombte Wohnhäuser und Straßen, Elend und Gewalt.

Im Traum war es eine Sirene gewesen, hier verwandelte sich der schrille Ton in das Klingeln ihres Diensthandys.

Es lag noch immer im Wohnzimmer. Cornelia sprang auf, taumelte bis zur Tür, stieß sich den kleinen Zeh, fluchte herzhaft und hielt dann endlich das Handy in der Hand.

»Arents, ja?«

»Sorry, Cornelia, aber die Nacht ist vorbei«, klang Robins Stimme aus dem Lautsprecher. »Eine Horde Faschos prügelt sich mit den Syrern in der Siedlung.«

»Ich bin da, so schnell ich kann.«

Zehn Minuten später saß Cornelia im Wagen, und weitere zehn Minuten darauf fuhr sie in die Siedlung, wo mehrere Polizeiwagen mit eingeschaltetem Blaulicht die Nacht erhellten. So wie es aussah, waren mindestens zwanzig uniformierte Kollegen vor Ort, aber das schien auch bitter nötig. Alle, die in einem Umkreis von hundert oder zweihundert Metern wohnten, waren auf den Beinen. Manche Anwohner sahen noch recht verschlafen drein, andere standen zusammen und diskutierten lautstark. Ein Mann, etwa Mitte vierzig, hielt einen Spaten in der Hand, als sei es ganz normal, um fünf Uhr morgens den Garten umzugraben.

Cornelia setzte ihr Blaulicht aufs Dach, sonst hätten die Leute wohl keinen Platz gemacht.

Schließlich parkte sie neben einem weiteren Zivilfahrzeug und stieg aus. Robin kam zu ihr gejoggt.

»Schöne Scheiße!«, begrüßte er sie und machte keinen Hehl daraus, wie sehr ihm die Situation missfiel.

»Was ist denn passiert?«

»Offenbar haben die Asylanten eine Gruppe Männer aufgestellt, die hier patrouillieren.«

»Ja, das weiß ich. Sie haben Angst, dass noch ein Kind ermordet wird oder es zu einem weiteren Brandanschlag kommt.«

»Ach, das wusstest du? Schön.«

»Die Zivilstreife auch, Robin. Die Leute haben Angst. Und du weißt genau wie ich, dass es nichts bringt, so was zu untersagen. Zudem sind sie nicht gewohnt, dass die Polizei etwas für sie unternimmt, ohne geschmiert zu sein.«

»Ja, ja.« Er machte eine wegwerfende Handbewegung. »Dann ist dir auch klar, wie ein Trupp Syrer und Albaner, die nachts die Straßen patrouillieren, in einer Siedlung voller besorgter *aufrechter* Bürger wirkt, ja?«

Cornelia wurde es mulmig zumute. »Was ist passiert?«

»Ein paar Männer aus der Nachbarschaft haben sich zusammengetan, um die Bedrohung zu vertreiben. Und weil das nicht reichte, hat irgendwer unsere braunen Freunde gerufen, die gerne und in großer Zahl aufgetaucht sind, um für Recht und Ordnung zu sorgen.

Jetzt haben wir acht Flüchtlinge, denen deshalb womöglich die sofortige Abschiebung droht, drei davon im Krankenhaus.«

»Scheiße«, fluchte nun auch Cornelia.

»Es geht noch weiter. Zwei Rechte sind auch im Krankenhaus, und da vorne steht der Rest vom Mob und wehrt sich gegen die Feststellung der Personalien. Wir sind viel zu wenig Leute. Und eine Hundertschaft hier reinbringen? Vergiss es!«

»Reinle hat das Kommando?«

Er nickte. »Komm, ich bring dich hin, im Moment haben sie Ruhe gegeben.«

Sie lief schweigend hinter ihm her und musterte die Menschen, die sich versammelt hatten. Manche nur, um zu gaffen, andere, um für ihre Meinung einzustehen. Sie sah unverhohlenen Hass in vielen Augen. Und das Erschreckende war, dass es ganz normale Leute waren, die einander sonst freundlich auf der Straße grüßten und Fremde an der Kasse vorließen, wenn sie es eilig hatten.

Dies waren ganz gewöhnliche Bochumer, die auf die braune Hetze einiger Dummköpfe hereingefallen waren.

An einem Wendekreis aus grauen und roten Pflastersteinen, ganz in der Nähe des Spielplatzes, waren die beiden Gruppen aufeinandergetroffen.

Eine Reihe aus Polizisten in Uniformen stand nun zwischen den Rechten und den Asylanten und trennte sie voneinander. Es war ein beängstigender Anblick. Viele der Schläger waren größer und breiter als die Polizisten.

»Morgen, Cornelia«, knurrte Reinle. »Sieht aus, als würde sich das hier langsam zum Krieg auswachsen.«

»Ein Glück, dass sie schnell getrennt werden konnten.«

»Nicht schnell genug.« Reinle wies mit dem Kinn nach links. Dort waren Blutspuren auf dem Pflaster, deutlich zu sehen im gelblichen Licht einer Laterne. Zwei hölzerne Prügel lagen ebenfalls da und eine zerfetzte Jacke.

Die ausländischen Männer, die den verhängnisvollen Wachtrupp gebildet hatten, standen neben einem Bulli, und zwei von ihnen trugen Handschellen. Ihre Personalien wurden aufgenommen, danach würden sie auf die Wache gebracht.

Nur zwei sprachen etwas Englisch und übersetzten für die anderen. Sie würden Dolmetscher brauchen und zwar staatlich geprüfte.

Cornelia war erleichtert, dass Faris damit aus der Sache raus war, auch wenn viele der Initiative *Bochum mit Herz* sofort ihn nennen würden.

Für Zeugenaussagen reichte es dann doch nicht, beide Sprachen zu beherrschen.

»Wir brauchen Übersetzer.«

Reinle brummte zustimmend. »Kümmert sich schon jemand drum.«

»Und was soll ich machen?«

»Sieh dich um. Rede mit den Leuten. Womöglich steht unser Täter hier irgendwo unter den Gaffern. Das wäre nicht ungewöhnlich. Ich vertraue da ganz auf deine Instinkte.«

»Sollte ich nicht besser hierbleiben, bis Verstärkung eintrifft?« Zwar waren zahlenmäßig mehr Polizisten anwesend als Randalierer, aber falls die Rechten sich doch überlegten, plötzlich einen Ausfall zu wagen, würde es nicht gelingen, alle aufzuhalten, da war sie sich sicher.

»Nein, es geht.«

Cornelia ging noch einmal zu ihrem Wagen zurück, um ihr Notizbuch und ein Diktiergerät zu holen. Als sie zurückkehrte, entdeckte sie Falko Tell zwischen den Gaffern. Sie ging zu ihm. Er bemerkte sie erst, als sie schon neben ihm stand.

»Oh, Sie«, sagte er überrascht und klang dabei irgendwie ertappt. Cornelia registrierte, dass er im Gegensatz zu vielen Anwohnern nicht aussah, als sei er aus dem Bett gefallen. Er trug Jeans, Shirt und Hoodie, alles farblich abgestimmt. Sogar die Turnschuhe passten zum grauen Shirt mit rotem Aufdruck. Entweder war Falko wirklich eitel, oder er war längst wach gewesen, bevor der Tumult losbrach.

»Was machst du hier?«

»Das Gleiche wie die anderen auch. Gucken«, sagte er und reckte sich, um besser zu sehen.

Cornelia folgte seinem Blick. Aus Falkos Position gab es einen guten Blick auf die fast zwei Dutzend Rechten. Erst jetzt bemerkte sie, dass auch der ältere Tell darunter war.

»Dein Bruder ist ja auch dabei.«

Falko zuckte mit den Schultern. »Wäre auch ein Wunder, wenn nicht. Die wollen sogar 'ne Bürgerwehr gründen. Torben meint, es sei unsere Pflicht, unsere Nachbarn zu beschützen.«

»Glaubst du das auch?«

»Schon … irgendwie«, sagte er zögernd.

»Aber?«, hakte Cornelia nach.

Falko senkte die Stimme. »Vor den Leuten da vermutlich nicht, sie haben mir doch gesagt, dass sie sich nur um ihre Kinder sorgen. Ich habe versucht, es Torben zu erklären, aber er ist nur laut geworden.«

»Wollte er, dass du ihn begleitest?«

»Nein, bestimmt nicht, aber ich bin ihm hinterher …« Er hielt inne, als die eingekreisten Nazis mit einem Mal lauter wurden. Offenbar fühlten sie sich bestärkt, weil die Syrer und nun einen Bulli besteigen mussten. Es sah aus wie eine Verhaftung.

»Haut ab!« und »Wer Deutschland nicht liebt, soll Deutschland verlassen« begannen sie zu skandieren. Das laute Gejohle schien jetzt auch die Anwohner nervös zu machen. Sie wollten Ruhe und Ordnung in ihrer Siedlung. Jetzt wurde ihnen offenbar langsam klar, dass sie durch ihre verdeckte und teils auch offene Fremdenfeindlichkeit diesen Schlägern den Weg in ihre Mitte bereitet hatten. Das Kind war in den Brunnen gefallen, und sie waren dabei, die einzige Leiter zu zerschlagen.

»Bist du Torben gefolgt?«, fragte Cornelia ruhig, während es in ihr gärte.

»Kurz, aber ich bin umgedreht. Als ich fast zu Hause war, habe ich dann Schreie gehört und mehrere Leute, die rannten.«

»Ich möchte, dass du mir genau beschreibst, was du gesehen hast.«

Falkos Haltung versteifte sich, und er schob die Hände in die Taschen seines Hoodies. »Nein. Das mache ich garantiert nicht.«

»Arents!«, schrie plötzlich jemand. »Arents, lassen Sie meinen Bruder in Ruhe, oder Sie werden es bereuen!«

Es war Torben Tell, der direkt zu ihnen hinübersah und drohend mit dem spitzen Finger auf sie wies. Zwei seiner Kumpel, bullige Typen mit Stiernacken und Schlägervisage, starrten sie ebenfalls an. Cornelia lief es eisig den Rücken hinunter. Etwas in ihr wollte sich nur noch klein machen und ganz schnell davonhuschen. Stattdessen drückte sie den Rücken durch, straffte die Schultern und sah Falko an.

»Dein Bruder macht sich selbst die Zukunft kaputt mit seinem Verhalten«, sagte Cornelia bemüht ruhig und drehte Torben dabei absichtlich den Rücken zu.

»Torben, lass, wir reden nur!«, rief Falko zurück, dann wandte er sich wieder Cornelia zu. »Also von der Arbeit fliegt der nicht, seine Kollegen sind auch so drauf, die kenne ich.«

Cornelia seufzte. »Sieh zu, dass du die Schule anständig zu Ende bringst und studierst, Falko.«

»Hmm, hmm.« Er senkte den Blick, wirkte plötzlich gar nicht mehr so forsch. »Ich geh wohl besser nach Hause. Und schlafe noch ein, zwei Stündchen.«

»Ja, das ist sicher besser so.«

»Nacht dann, Frau Arents«, sagte er und wandte sich ab.

»Warte mal. Ich habe noch eine Frage. Wo warst du am Montag zwischen vierzehn und zweiundzwanzig Uhr?«

»Zu Hause, denke ich. Vielleicht war ich nachmittags auch auf dem Spielplatz mit meinen Leuten, aber mehr nicht.«

»Okay, danke.«

Cornelia sah dem Jungen nach und hoffte, dass es für ihn noch nicht zu spät war und er seinem Bruder nicht auf dessen eingeschlagenem Pfad folgen würde. Er war ein intelligenter, sympathischer Kerl, wenngleich auch von den Launen geplagt, die in diesem Alter üblich waren.

Langsam ging sie zwischen den Gaffern hindurch und blieb in der Nähe von drei Frauen stehen, die sich angeregt unterhielten.

»Also gegen das Flüchtlingsheim sein ist ja eine Sache, aber das? Ich war ja auch dagegen. Man hört so viele, schreckliche Sachen. Diebstahl und so was. Und der ganze Dreck, da wo die herkommen, schmeißen die bestimmt alles auf die Straße …« Die Frau rang japsend nach Atem, ihr üppiger Busen hob und senkte sich unter dem selbst gestrickten Pulli. »Aber diese Kerle da, da hört mir doch alles auf!«

»Hooligans sind das! Hooligans in unserem netten Viertel, Anne, das kann man gar nicht glauben!« Die Empörung der dunkelhaarigen Mittfünfzigerin war echt.

»Die haben mir Werbung von der NPD in den Briefkasten geworfen!«

»Dir auch? Ich fasse es nicht. Die glauben wohl, die haben

hier jetzt leichtes Spiel, aber nicht mit uns«, sagte sie. »Nicht mit uns!«

»Da sind mir diese Asylanten doch tausendmal lieber.«

»Das würde ich jetzt nicht so sagen.«

»Na, wer rennt denn hier nachts mit Baseballschlägern herum und will Menschen verprügeln?«

Cornelia fühlte ihre Hoffnung zurückkehren, dass in der Siedlung doch noch nicht alles verloren war. Sie trat zu den Frauen. »Vielleicht gehen Sie einfach mal zum Heim hin und lernen die Menschen kennen«, sagte sie.

Die korpulente Dame, die sich so vehement gegen die Hooligans ausgesprochen hatte, schnaubte abfällig. »Da hin? Da sind wir nicht willkommen.«

»Glauben Sie das, oder wissen Sie es?«, fragte Cornelia provozierend. »Immerhin sind das jetzt Ihre Nachbarn, ob Sie wollen oder nicht. An der Situation lässt sich nichts ändern.«

Die Freundinnen sahen einander an. Die Dunkelhaarige wirkte regelrecht ertappt. »Seit die da eingezogen sind, hab ich immer einen Bogen drum gemacht, auch wegen meinem Enkel. Die sollen ja alle möglichen Krankheiten haben.«

Cornelia seufzte. »Es gibt vermehrt Windpockenfälle, weil die Kinder aus Syrien oder Afghanistan nicht durchgeimpft sind. Ja.«

»Na, geimpft sind unsere schon. Waren Sie denn schon bei denen?«

»War ich«, sagte Cornelia und rang sich ein aufmunterndes Lächeln ab. »Ich habe dort Menschen getroffen, die im Krieg sehr gelitten haben, die gesehen haben, wie ihre Männer, ihre Kinder gestorben sind. Leute, die ihre Heimat vermissen und doch nicht zurückkönnen. Und sicher auch junge

Männer, die zu viel Zeit haben und nichts mit sich anzufangen wissen. All das, aber keine Monster. Nicht das, was diese Leute«, sie wies auf die Gruppe Rechter, »wollen, das Sie in ihnen sehen.«

»Vielleicht haben wir uns ein bisschen mitziehen lassen. Wissen Sie, die Häuser verlieren ja auch an Wert, und was man in den Medien so mitbekommt …«

»Aber in den Medien haben Sie sicher auch gesehen, dass Flüchtlinge beschimpft und Unterkünfte angezündet werden. Auch hier hat man es schon versucht, aber der Brand wurde rechtzeitig entdeckt.«

Die Dunkelhaarige schlug die Hand vor den Mund. »Wirklich? Ein Feuer? Bei uns in der Siedlung?«

»Ja. Aber es ist noch mal alles gut gegangen. Doch die Flüchtlinge hatten Angst, sich an die Behörden zu wenden.«

»So weit ist es also schon gekommen.«

»Ja, leider. Also verlassen Sie sich nicht auf die Meinung anderer, gehen Sie hin und lernen Sie Ihre neuen Nachbarn kennen. Sie werden überrascht sein.«

Die Freundinnen tauschten einen Blick und flüsterten dann. Cornelia verstand nur einzelne Worte wie *sollen wir* und *vielleicht* und fühlte sich dabei, als hätte sie einen enormen Sieg errungen.

»Wer sind Sie eigentlich?«

»Cornelia Arents, Kriminalpolizei.«

»Oh«, sagte die Dunkelhaarige und reagierte wie die meisten Leute ein wenig nervös, trat von einem Bein auf das andere und überlegte wohl, ob sie in den vergangenen Minuten irgendetwas Falsches gesagt hatte.

»Darf ich Ihnen einige Fragen stellen und unser Gespräch aufzeichnen?«

»Ja, ja, sicher«, sagte sie und blickte Bestätigung suchend zu ihrer Freundin, die ebenfalls zustimmte.

»Zuerst Ihre Namen, ich zeichne unser Gespräch auf, wenn es in Ordnung ist.«

»Anne, Anne Dorner«, stellte sich die Korpulente im Strickpulli vor, »und das ist Dorothea Wetzko, eine gute Freundin.«

»Was sagst du denn da, es interessiert doch keinen, ob wir befreundet sind oder nicht«, zischte sie aufgeregt.

»Also, Frau Wetzko, Frau Dorner, wann ist Ihnen aufgefallen, dass hier draußen etwas passierte?«

»Direkt als es losging, glaube ich«, begann Frau Dorner. »Ich habe keinen guten Schlaf, und als ich Schreie hörte, bin ich sofort ans Fenster. Da hab ich sie schon laufen sehen, diese Asylanten … Männer«, verbesserte sie sich. »Einer ist gefallen, und dann kamen diese Schläger, sie wollten ihn wohl verprügeln, aber er ist wieder aufgesprungen und mit einem Satz über den Gartenzaun, und die hinterher. Ich habe laut gegen die Fensterscheibe geklopft und meinen Mann geweckt. Als er endlich wach war, hatten diese Schläger den armen Kerl schon erwischt, dann konnte man auch schon Polizeisirenen hören.«

»Können Sie die Verfolger identifizieren?«

Sie sah sich unsicher um, als fürchte sie, einer der Angreifer könne direkt neben ihr stehen. Sie beugte sich mit Verschwörermiene näher zu Cornelia. »Einen vielleicht. Der hatte einen schwarzen Pulli mit einem großen roten Aufdruck an und eine schwarz-weiß gefleckte Hose.«

»In Tarnmuster?«

»Ja genau. Und kurze Haare, vielleicht so eins achtzig groß.«

»Vielen Dank, das hilft uns schon mal sehr weiter. Würden Sie später für eine Gegenüberstellung zur Verfügung stehen?«

Sie zuckte mit den Schultern und wirkte unentschlossen.

Ihre Freundin sprang Cornelia bei. »Du hast doch gesagt, dass du nicht willst, dass solche Leute in unserer Siedlung Fuß fassen. Jetzt hast du die Chance, etwas dagegen zu unternehmen.« Sie rieb ihrer Freundin aufmunternd über den Rücken.

»Na gut, ja, ich mache es.«

Cornelia schrieb sich Namen und Telefonnummer auf und reichte ihr ihre Visitenkarte. »Vielen Dank.«

Plötzlich brach Geschrei los, und es war schnell klar, warum. Der Bulli mit den verbliebenen verhafteten Flüchtlingen setzte sich in Bewegung, und die Rechten nahmen es als Anlass, um ihnen Verwünschungen und Hassbotschaften hinterherzubrüllen.

»Das muss aufhören«, sagte Frau Wetzko und zog eingeschüchtert die Schultern hoch. »Sorgen Sie dafür, dass diese Leute hier nie wieder herkommen.«

»Wir werden tun, was wir können«, sagte Cornelia. »Aber das wichtigste Zeichen muss von Ihnen kommen. Von den Anwohnern. Zeigen Sie diesen geistigen Brandstiftern, dass es ihnen nicht gelingen wird, die Bürger auf ihre Seite zu ziehen. Denken Sie an Freital.«

KAPITEL 14

Majidas Tagebuch

Ich dachte schon, ich hätte dich verloren, Tagebuch, aber du warst nur hinter den Sitz gerutscht. In den letzten zwei Wochen sind wir jeden Tag weit gefahren.

Jeder von uns ist wohl erstaunt, wie freundlich die Türken zu uns sind. Wenn sie erfahren, wo wir herkommen, geben sie uns Tee und Essen, und Onkel Said hat sogar ein Ersatzteil für den Laster bekommen.

Das Land ist wunderschön. Anfangs habe ich es kaum wahrgenommen und viele Stunden mit geschlossenen Augen versucht, Erinnerungen heraufzubeschwören. Aber es kann ja nicht immer so weitergehen. Ich kann Ahmed nicht zurückholen. Ich kann nur versuchen, für uns beide weiterzuleben. Und das werde ich, versprochen.

In den Nächten hören wir jetzt nur den Wind, singende Zikaden und manchmal den Verkehr einer nahen Straße. Keine Bomben mehr, keine Schreie, keine Schüsse. Wir schlafen gemeinsam auf der Ladefläche des kleinen Lasters. Dicht gedrängt wärmen wir einander, und ich träume weniger schlimme Sachen, wenn Mutter direkt neben mir liegt.

Über uns gibt es nur die Sterne.

Daheim haben wir im Sommer, wenn es heiß war, manchmal auf dem Dach geschlafen, aber das hier ist anders.

Onkel Said sagt, wir fahren nach Bodrum. Von dort können wir weiter nach Europa.

Bodrum ist der schönste Ort, den ich je gesehen habe. Die Häuser sind alle weiß gestrichen und mit bunten Blumen geschmückt. Es sieht aus wie in einem Märchen.

Onkel Said sucht nach einem Mann, mit dem er telefoniert hat und der uns eine Schiffspassage besorgen wird. Gemeinsam mit meinem Cousin erkunde ich die Stadt. Wir sehen uns die Festung an und klettern am Strand über Steine. Das Meer ist wunderschön, und ich wage mich bis zu den Knien hinein. Den Wellen könnte ich ewig zuhören. Es ist, als könnten an einem Meer keine Bomben fallen, weil sie sonst den Gesang des Wassers stören würden.

Am Strand gibt es viele große Hotels. Auf den Liegen sonnen sich fast vollständig unbekleidete Leute, und niemand stört sich daran.

Sie sehen meinen Cousin und mich seltsam an. Feindselig. Ich glaube, sie wissen, wo wir herkommen. Hier wollen uns die Leute nicht.

Vier Tage lang mussten wir in einem dunklen, stinkenden Zimmer verbringen und dort darauf warten, dass unser Boot kommt. Onkel hat die Passage mit dem Geld bezahlt, das er für den Laster bekommen hat.

Sie weckten uns mitten in der Nacht. Es waren drei Türken, und ich glaube, sie waren bewaffnet. Wir fuhren in einem Transporter, eingequetscht zwischen Orangenkisten. Die Straßen waren kurvig. Mir wurde schlecht. Mutter musste sich übergeben, danach verkrampfte sich mein Magen noch mehr.

Bald fuhren wir über steinige Wege. Wir wurden hin und her geschleudert und hatten wohl noch Glück, dass keine der Kisten auf uns fiel.

Schließlich hielten wir an. Das Heck wurde geöffnet und wir im Dunklen hinausgetrieben wie Tiere. Mir wurde klar, dass wir für diese Leute jetzt genau das waren. Namen und gesichtslose Kreaturen, mit denen sie Geld verdienen konnten. Sie hatten uns zu einer Klippe gebracht. In der Ferne konnte ich noch die Lichter der Stadt sehen.

Es war Neumond und sehr, sehr dunkel. Trotzdem mussten wir die Klippe ohne ein Licht hinunterklettern. Ich half Mutter, so gut es ging.

Am Strand versteckten wir uns zwischen Büschen und Gras und warteten. Erst war es schrecklich aufregend, aber als dann lange nichts geschah, fielen mir doch immer wieder die Augen zu. Es war schon beinahe Dämmerung, als plötzlich ein Segelboot auftauchte. Sollte das etwa für uns sein?

Hauptwache Bochum

Die Entscheidung, die rechte Kneipe *Der Keller* hochzunehmen, kam schneller als erwartet.

Nur Stunden nachdem die Rechten und die Asylanten aufeinandergeprallt waren, stand es fest, da einer der verhafteten Schläger damit geprahlt hatte, Deutschland an vorderster Front zu verteidigen. Und dass sie ihnen nie auf die Schliche kommen würden, weil die Pläne, wie das *Asylschmarotzerpack* loszuwerden sei, schon feststanden.

Eile schien geboten.

Kämmerer und Rosner leisteten dieses Mal gute Dienste. Sie identifizierten einen der Verhafteten als lokale Größe der Naziszene, der bereits fünf Jahre hinter Gittern verbracht hatte und einschlägige Vorstrafen aufwies. Jens Michael Schneider, so hieß er, sagte kein Wort bei der Vernehmung.

Cornelia hatte zugesehen, während die beiden Verfassungsschützer sich ihn vorgenommen hatten. Der Blick des stiernackigen Mannes war unheimlich. Unter seinem weißen Shirt zeichneten sich deutlich Tätowierungen ab. Hakenkreuze zwischen Orden und Adlern. *White Pride* quer über den breiten Rücken.

Als Rosner und Kämmerer schließlich frustriert aufgaben, erhob sich Schneider nach zwei langen Stunden. Und humpelte.

»Siehst du das?«, sagte Cornelia plötzlich aufgeregt.

Robin, der gemeinsam mit Maximilian neben ihr gestanden und auf den Monitor geblickt hatte, nickte.

»Klar, ein fieser Typ, der leider nicht so dumm ist, wie er aussieht. Ich wünschte, er würde reden.«

»Das meine ich nicht.«

»Er denkt sich wahrscheinlich die ganze Zeit, wie lächerlich diese Bullen sind, die ihm nichts nachweisen können. Der eine ein Weichei, der andere Teil der internationalen zionistischen Verschwörung.«

»Das habe ich gehört!«, sagte Rosner, der auf einmal bei ihnen stand und mit beiden Händen einen Becher umklammerte, aus dem es dampfte. Pfefferminzgeruch verbreitete sich im Raum.

»Ich hab das nicht so gemeint«, ruderte Robin zurück.

»Kein Thema. Was ist Ihnen denn aufgefallen, Frau Arents?«

»Schneider humpelt. Er scheint am Bein oder am Knie verletzt zu sein.«

Rosner zuckte mit den Schultern und strich sein anthrazitfarbenes Hemd glatt, das auch heute wieder perfekt saß und ihn eher nach Businessmann aussehen ließ. »Vielleicht hat er sich der Verhaftung widersetzt. Passiert schon mal. Bringen Sie ihn nicht auf die Idee, Anzeige zu erstatten.«

»Sicher nicht«, entgegnete Cornelia, »aber ich glaube, ich weiß, wo er sich die Verletzung geholt hat. Beim Angriff auf Faris Aydin.«

Rosners Miene hellte sich auf, und sein Mund verzog sich zu einem beinahe schon verschlagenen Grinsen. »Das wäre schön, dann hätten wir etwas in der Hand.«

»Auf Aydins Kleidung wurden zwei verschiedene DNA-Spuren festgestellt. Ich würde gerne einen Test machen. Und wir sollten die Tätowierungen überprüfen, vielleicht findet sich eine Übereinstimmung auf den Videos.

»Ich hol dir die Probe von Schneider«, bot Robin an und sah fragend zu Rosner hin.

»Viel Spaß«, entgegnete der nur lapidar. »Machen Sie auch noch ein paar Fotos von seinen Tätowierungen, und wenn er sich widersetzen will, geben Sie mir Bescheid.«

Rosner wandte sich jetzt an alle. »Heute Abend gegen einundzwanzig Uhr nehmen wir uns deren Unterschlupf vor. Wer dabei sein will, nur mit Schutzweste. Für den Fall, dass gestürmt werden muss, steht ein SEK-Team bereit. Es ist alles mit Ihrem Vorgesetzten abgesprochen. Wir haben eine lange Nacht vor uns.«

»Ich bin dabei«, sagte Cornelia sofort, und auch ihre beiden Kollegen ließen es sich nicht nehmen.

»Ich helfe, wo ich kann, aber ich bin nicht mehr der Schnellste«, gestand Maximilian ein und drehte seinen Zigarillo zwischen den Fingern.

»Du bist ja theoretisch auch schon Rentner«, rief Robin über die Schulter hinweg und verließ das Zimmer.

Maximilian schnaubte abfällig. »Er hat das böse Wort gesagt.«

Rosner lachte und schlug ihm auf die Schulter. »Sie gefallen mir. Ich kann mir auch nicht vorstellen, irgendwann vom Dienst verbannt zu werden. Heute Abend zähle ich also auf Sie.«

Diese Worte versöhnten Cornelia wieder mit Rosner, die sich noch sehr genau an seine herablassende Art bei ihrer ersten Begegnung erinnern konnte.

»Ich sehe mir noch einmal das Videomaterial vom Überfall an und schaue, ob ich einen oder mehrere der Verhafteten darauf erkennen kann«, sagte Cornelia und zog sich in ihr Büro zurück, wo sie bis zum Abend Fotos und Videos verglich.

Bei zwei Männern erhärtete sich der Verdacht. Jetzt würde sie auf die Labordaten der DNA-Überprüfung warten müssen, um Gewissheit zu erlangen.

Um zwanzig Uhr saß sie gemeinsam mit Reinle, Robin und Maximilian in einem Zivilfahrzeug, das einem Transporter folgte, in dem die SEKler fuhren.

Ihr Ziel, der rechte Treff *Der Keller*, stand seit dem Morgen unter ständiger Beobachtung. In der Kneipe hielten sich derzeit mindestens zehn Personen auf, obwohl sie an diesem Tag offiziell gar nicht geöffnet hatte. Daher war anzunehmen, dass derzeit ein privates Treffen stattfand.

Reinle, der den Wagen steuerte, hielt in Sichtweite der Kneipe und schaltete den Motor aus.

Jetzt begann das Warten.

Um halb neun meldete der Einsatzleiter des SEK-Teams, dass nun alle ihre Position eingenommen hatten, was Cornelias Puls in die Höhe schnellen ließ. Sie hatte das Gefühl, ihr Herz hämmere direkt gegen die Sicherheitsweste, die sich anfühlte wie eine altertümliche Panzerung, in der sie sich kaum bewegen konnte.

Sie hatte dieses Gefühl immer vor derlei Einsätzen, ganz gleich ob sie an vorderster Front stehen würde, oder wie heute dem Sondereinsatzkommando erst folgen sollte, wenn sie das Gebäude gesichert hatten.

Zehn Minuten später erfolgte der Zugriff. Vier Beamte des Einsatzkommandos hatten sich dem Eingang von beiden Seiten genähert und waren dabei sehr still vorgegangen. Passanten wurden schon in hundert Metern Entfernung von Polizisten in Zivil abgefangen. Dann hallte es durch den Funk: »Zugriff!«

Der Bus der SEKler hielt mit quietschenden Reifen vor dem Lokal. Im gleichen Moment brachen die vier Beamten die Tür auf und verschwanden im Gebäude. Dann knallte es.

Cornelia zuckte zusammen.

»Der Hintereingang«, erklärte Reinle lapidar. »Die Metalltür brauchte wohl etwas Wums.«

»Jetzt sind die Faschos auf jeden Fall wach«, sagte Robin und grinste. Ihm war anzusehen, wie gerne er das Gebäude gemeinsam mit dem Einsatzkommando gestürmt hätte. Robin war nur zwei Jahre im SEK gewesen, dann war ihm klar geworden, dass ihn die Arbeit der Kripo mehr interessierte. Und gleichzeitig konnte er mehr Zeit mit Cornelia verbringen.

So genau hatten sie nie darüber gesprochen, doch wenn sie jetzt Robins Blick sah, wie er den Schwarzgekleideten wehmütig hinterherschaute, wurde sie den Eindruck nicht los, dass sie nicht unwesentlich zu seiner Entscheidung beigetragen hatte. Ob er sich wünschte, die Zeit zurückdrehen zu können?

Aus der Kneipe stieg Rauch auf. »Tränengas oder eine Rauchbombe?«, überlegte sie laut.

»Ich hoffe Rauch«, sagte Max und nuschelte ein wenig, weil er sich seinen Denk-Zigarillo zwischen die Lippen geklemmt hatte. »Ich will nicht die ganze Nacht flennen müssen.«

»Stell dich nicht so an, oder nimm eine Gasmaske, dafür haben wir die schließlich mit«, scherzte Reinle. Max war weit länger im Dienst als er, und es war ein offenes Geheimnis, dass die beiden gut befreundet waren, seit der Ältere den Jüngeren vor vielen Jahren unter seine Fittiche genommen hatte.

Zehn bange Minuten verstrichen, dann wurden in der Gaststätte sämtliche Fenster aufgerissen. Rauch quoll heraus und verflüchtigte sich schnell im steten Westwind, der schon seit dem Morgen turmhohe Kumuluswolken über den strahlend blauen Himmel getrieben hatte.

Der erwartete Funkspruch kam kurz darauf. Das Gebäude war gesichert, alle Personen festgenommen.

»Wir können«, sagte Reinle, startete den Wagen und fuhr sie direkt bis vor die Kneipe. In der einsetzenden Dämmerung sah die Szene gespenstisch aus. Vier SEK-Männer standen neben dem Einsatzfahrzeug und rauchten. Die Gasmasken baumelten ihnen um den Hals, einer hatte sie sich auf die Stirn geschoben.

»... die haben wir ordentlich ausgeräuchert«, lachte einer und schlug seinem Kollegen, der dem Aussehen nach aus der Türkei stammte, auf die Schulter. Der nahm es mit stoischer

Miene hin, zog an seiner Zigarette und wandte sich an Reinle. »Sie können rein. Alle gut verschnürt.«

Als Cornelia und Robin die sperrangelweit geöffnete Eingangstür erreichten, traf auch gerade das Team der Spurensicherung ein. Drei Männer und eine Frau in weißen Overalls, ausgerüstet mit zwei Koffern und Fototaschen.

Das Tränengas war fast vollständig entwichen. Cornelia verzichtete auf die Maske und trat ein.

Alle Lichter in der Kneipe waren eingeschaltet. Die Luft war diesig, und Cornelias Augen brannten ein wenig. Es tat nicht weh, nicht mehr, als würde sie Zwiebeln schneiden.

Die Inneneinrichtung bestand aus dunklen Holzmöbeln und falschem Fachwerk an den Wänden. Deutschlandfahnen und Fotografien aus den Dreißigern schmückten die Wände, aber auf den ersten Blick konnte sie keine rechte Symbolik ausmachen, was sie auf eine merkwürdige Art enttäuschte.

Aber das änderte sich schnell, sobald sie den Schankraum verließ und den namengebenden Keller betrat. Hier war der Tränengasnebel noch dichter. Unter einer Hakenkreuzfahne lagen zehn Neonazis, von den SEK-Beamten mit Kabelbindern zusammengeschnürt, und heulten sich die Augen aus.

Einer, ein bulliger Typ, der vom Äußeren genau auf einen von Faris' Angreifern passte, hatte eine Platzwunde an der Stirn und stöhnte leise.

Auch wenn es falsch war, konnte Cornelia den Gedanken nicht mehr verdrängen. Sie gönnte es ihm von ganzem Herzen, das und noch einiges mehr.

Sie ging an den auf dem Boden Liegenden vorbei zu einem großen Tisch von vier oder fünf Metern Länge, der aus mehreren kleineren zusammengesetzt war, und betrachtete, was die SEK-Männer bei der Verhaftung sichergestellt hatten.

Da lagen drei Schnappmesser, zwei Schlagringe, zwei Dosen Pfefferspray und ein kleines Sortiment Shuriken, die aussahen, als habe sie jemand selber gebaut.

Die Waffen waren jeweils so angeordnet, dass sie den Verhafteten gut zugeordnet werden konnten. Aufgereiht wie die Neonazis auf dem Boden.

Cornelias Augen tränten mittlerweile relativ stark, doch es war immer noch besser, als die Maske zu tragen, die ihr das Gefühl gab zu ersticken.

Unterdessen waren die Männer des SEK-Teams zurück und brachten die Festgenommenen einen nach dem anderen ins Obergeschoss. Dabei mussten sie sich lautstark als Volksverräter und noch schlimmer beschimpfen lassen.

Langsam ging Cornelia im Versammlungsraum umher und verspürte einen tiefen Ekel vor dem, was sie in den Regalen und an den Wänden fand. Auch hier gab es einige historische Fotos, genau wie im Obergeschoss, aber hier waren es sowohl Bilder aus Nazideutschland als auch welche neueren Datums. BDM-Mädchen mit dicken Busen und langen, blonden Zöpfen waren noch das Harmloseste. Neben Fotos von Sportlern, die das ideale Männerbild verkörpern sollten, hingen einige aktuelle, die ganz nach Wehrsportgruppe aussahen. Uniform tragende Männer, einige erkannte sie sogar als Verhaftete wieder, schlammbespritzt und mit stolz geschwellter Brust in irgendeinem abgelegenen Waldstück, wo sie mit Paintball-Waffen Krieg gespielt hatten. Ein Zeltlager, über dem verbotene Fahnen wehten. Eine feuchtfröhliche Feier mit Bier, Schnitzeln und einem goldgerahmten Hitlerbild.

»Ich glaube es nicht«, hörte sie Robin plötzlich aus dem Nebenraum, der durch Fahnen abgetrennt war. »Bingo.«

»Hast du was?«, rief sie.

Robin schob den Kopf zwischen den Fahnen hindurch. »Musst du dir selbst ansehen«, sagte er, und schon war er wieder verschwunden.

Cornelia folgte ihm in eine Art Flur, von dem zwei kleine Räume abzweigten, und musste sich dabei an zwei SpuSis vorbeizwängen, die mit Plastiktütchen und Handschuhen hantierten.

Schließlich kamen sie in eine Art Lagerraum. Die Metalltür davor hing schief in den Angeln. Sie war aufgehebelt, und dabei war nicht zimperlich vorgegangen worden.

»Was ist das? Eine Art geheime Kommandozentrale?«, staunte sie. Es gab einen Schreibtisch, auf dem Tabellen lagen, in die handschriftlich etwas eingetragen worden war.

»Die haben die Zivilstreife beobachtet. Wann sie Kaffee holen, wann sie pinkeln gehen, alles«, sagte Robin ungläubig.

»Sieht aus, als hätten die etwas richtig Großes geplant«, stimmte Cornelia zu. Ihre Antwort war unbewusst leise ausgefallen, als müsse sie befürchten, sonst einen schlafenden Drachen zu wecken.

An der Wand hing ein Plan vom Flüchtlingsheim und den angrenzenden Häusern und Straßen.

Mit Buntstift waren verschiedenfarbige Winkel eingezeichnet, die Robins Aufmerksamkeit auf sich zogen. »Was ist das?«

»Tote Winkel, beziehungsweise Stellen, die schlecht einsehbar sind«, sagte Cornelia sofort. Sie kannte die Gegend besser als ihr Kollege. »Die haben tatsächlich einen Anschlag geplant!«

»Und ich weiß auch, womit.« Robin hob eine graue Decke hoch. Eine verschlissene Umzugsdecke mit verschiedenen Farbflecken. Darunter waren Kanister und Flaschen zu erkennen. Sie hatten vorgehabt, einen zweiten Brand zu legen. Wenn alle Kanister voll waren, würde es reichen, um an mehreren Stellen Feuer zu entzünden und den Menschen so keine Fluchtmöglichkeit mehr zu lassen.

»Grauenhaft.« Cornelia zog ihre Handschuhe an und kniete sich neben die Kanister. Mittlerweile war auch ein Mann der Spurensicherung da, der die Beweismittel fotografierte und ihr dann mit einer Geste zu verstehen gab, dass sie sich nun alles vorsichtig ansehen dürfe.

Sie zog einen Kanister nach vorn. Er war voll und schwer. Dahinter waren Sprühflaschen zu erkennen. Gasbehälter, die ein Feuer durch kleine Explosionen noch zusätzlich anfachen konnten. »Lackentferner«, las Cornelia, »leicht entzündlich.«

»Scheiße«, fluchte Robin inbrünstig.

»Und hier …«, sie zog eine Gasflasche hervor. »Ein Acetylengemisch zum Schweißen, sogar hochentzündlich.«

»Und alles frei verkäuflich. Siehst du Etiketten? Vielleicht lässt sich rückverfolgen, wo sie das Zeug gekauft haben.«

Cornelia nutzte einen Stift, den sie durch eine Aussparung steckte, um das Behältnis zu drehen, ohne dabei mögliche Fingerabdrücke zu verwischen. »Kein Etikett, aber warte, hier ist etwas.« Sie kniete sich hin und nahm dankend die kleine Taschenlampe an, die Robin ihr reichte. »Da ist ein Aufkleber abgerissen worden. Aber nicht gründlich genug.«

Cornelia entzifferte ein K, ein E und ein U und in der nächsten Zeile D und A. Die Schrift war schwarz mit rot. »Irgendwo habe ich das schon mal gesehen.«

»Ein Baustoffhandel?«, fragte Robin und zog die Stirn in Falten.

Bei Cornelia klickte es. »Bau! Danke für das Stichwort. Keutmann Dachdeckereibetriebe! Ich wusste, dass ich es kenne! Das ist die Firma, bei der Torben Tell arbeitet!«

»Er hat das ganze Zeug hier besorgt, da wette ich drauf. Wenn er unser Mann ist und rausbekommt, dass wir den *Keller* hochgenommen haben, ist der bald über alle Berge.«

Das musste er Cornelia nicht zweimal sagen. Sie war sofort auf den Beinen. »Den holen wir uns!«

»War der nicht heute Morgen dabei?«, rief Robin, während er hinter ihr die Treppe hochrannte.

»Ja, aber die haben vor Ort nur die Personalien festgestellt. Er war nicht bewaffnet und schlau genug, nichts Volksverhetzendes zu rufen.«

»Dann ist er einfach arbeiten gefahren?«

»Ja, und wenn ihn keiner gewarnt hat, hockt er zu Hause vorm Rechner.«

Sie hielten sich nicht lange mit Erklärungen auf. Cornelia berichtete ihrem Vorgesetzten, was sie planten. Reinle stimmte sofort zu und versprach, eine Fahndung nach Torben Tell zu veranlassen, falls sie diesen nicht antreffen würden.

»Braucht ihr Unterstützung?«, fragte Reinle.

Cornelia überlegte. Allein hätte sie Bedenken gehabt, aber mit Robin gemeinsam würde sie kein Problem haben, Tell gegenüberzustehen. Auch bei ihrer vorherigen Begegnung war er ruhig geblieben.

Die Fahrt dauerte nur ein paar Minuten.

»Wie sollen wir es angehen?«, fragte Robin.

»Wir gehen rein und stellen ihn vor vollendete Tatsachen, beziehungsweise nach Bauchgefühl, würde ich sagen. Falls du denkst, dass er Probleme machen könnte, behaupten wir, nur mit ihm reden zu wollen.

Er wohnt noch bei seinen Eltern, im Obergeschoss auf der rechten Seite.«

»Kann er aus dem Fenster?«

»Könnte, aber ich glaube kaum, dass er das unbeschadet übersteht. Da vorne, das Haus ist es.«

Robin hielt sich nicht lange mit Parken auf, sondern stellte sich schräg in die Auffahrt zur Garage. Mit dem Wagen würde Tell so nicht mehr abhauen können.

Cornelia war mit wenigen Schritten an der Haustür und klingelte. Sie hörte jemanden fluchen und die Geräusche eines Fernsehers, in dem gerade ein Fußballspiel übertragen wurde.

Ein Mann in Jogginghose öffnete, eine Flasche Bier in der Hand. »Wer stört?«, knurrte er, und Cornelia war sofort klar, wen sie da vor sich hatte. Tell Senior.

Jetzt wunderte sie sich nicht mehr. Torben schien genau nach seinem Vater zu geraten, und es war erstaunlich, dass Falko ein verhältnismäßig normaler Junge geworden war. Herr Tell verströmte eine abweisende, regelrecht gewalttätige Aura. Er gehörte in die bürgerliche Mitte der Gesellschaft, arbeitete und hatte wahrscheinlich einen Meistertitel. Ein Mann, der nicht auffiel und der in seinen eigenen vier Wänden doch uneingeschränkt als König herrschte.

»Polizei«, sagte Cornelia und wies sich aus.

Tell nahm einen Schluck Bier, als müsse er diese Entwicklung seines Fußballabends erst noch verdauen. »Welcher von beiden hat Mist gebaut?«

»Wir wollen zu Torben Tell.« Während Cornelia noch sprach, drückte Robin die Tür auf und trat ein.

»Sie können nicht …«, protestierte der Hausherr und versuchte, größer zu wirken, als er war.

»Doch ich kann«, erwiderte Robin kühl. »Und jetzt machen Sie Platz.« Er schob den Mann einfach zur Seite und marschierte hinein. Cornelia blieb dicht hinter ihm.

Im Wohnzimmer war nur Frau Tell, die sie mit großen Augen anstarrte.

»Wo ist Ihr älterer Sohn?«

»Oben«, antwortete sie resigniert.

»Du kannst doch nicht einfach unseren Jungen verraten«, protestierte ihr Mann.

»Das ändert doch auch nichts mehr«, hörte Cornelia sie sagen, dann brach sie in Tränen aus.

Sie hielten sich nicht länger im Untergeschoss auf. Cornelia übernahm die Führung, die Treppe hinauf und bis zu Torbens Zimmer, der offenbar noch nichts gemerkt hatte, und riss die Tür auf.

Offenbar hatte er sich ebenfalls das Spiel angesehen, war aber darüber eingeschlafen. Jetzt sprang er vom Bett auf, und sein Gesicht spiegelte die ganze Irritation.

»Torben Tell, Sie sind verhaftet«, sagte Cornelia.

Sie sah es an seinem Blick und hatte gerade noch Zeit, sich unter seinem Schlag hinwegzuducken. Torbens Faust krachte gegen die Tür, genau dorthin, wo kurz zuvor noch Cornelias Kopf gewesen war. Sie beendete seine Flucht, bevor sie richtig begonnen hatte, indem sie ihr Bein vorschnellen ließ.

Torben strauchelte aus dem Zimmer heraus, wo Robin schon auf ihn wartete. Er fasste ihn an der Schulter und drehte ihm einen Arm auf den Rücken. »Was war daran so schwer zu verstehen?«

»Lass mich los«, knurrte Torben. »Ihr könnt mir gar nichts!«

»Das glauben Sie!«, erwiderte Cornelia und half Robin, der Tell gegen die Wand des Flurs gedrückt hatte, dessen Arme so in Position zu zerren, dass sie ihm Handschellen anlegen konnten.

Torbens Versuche, sich herauszuwinden, resultierten darin, dass zwei gerahmte Fotos herunterfielen und zu Bruch gingen.

Die Handschellen saßen. Es war vorbei.

Robin schob Tell vorwärts. »Los, wir gehen.«

Jetzt bemerkte Cornelia auch Falko. Er stand hinter der halb geöffneten Tür seines Zimmers und beobachtete alles schweigend.

Cornelia wollte irgendetwas sagen, womit sie ihn trösten konnte. Doch es gab nichts.

»Vorsicht an der Treppe, du könntest fallen«, sagte Robin. So wie er es sagte, klang es nach einer Drohung.

Doch Tell hatte seinen Widerstand mittlerweile aufgegeben und ließ sich ruhig abführen. Im Flur standen seine Eltern, der Vater zornesrot, die Mutter, halb von ihm verdeckt, blass und weinend.

Diesen Tag würde keiner von ihnen je vergessen.

KAPITEL 15

Majidas Tagebuch

Wir hatten schwimmen müssen, durch die Brandung, bis zum Boot. Ich kann nicht gut schwimmen, aber irgendwie hat es doch gereicht. Onkel Said hat Mutter gezogen. Auf dem Schiff mussten wir uns auf den Boden kauern. Erst als wir ein gutes Stück weitergefahren waren, sind wir mit einer Taschenlampe angeleuchtet worden und mussten unsere Pässe vorzeigen. Die Bootsleute waren zu zweit. Sie sagten, sie brauchen eine Familie. Offenbar gefiel ihnen, dass wir alle den gleichen Nachnamen haben.

Wir wurden unter Deck gebracht, wo sie uns aus einem Stapel mit neuer Kleidung auswählen ließen. Jeder bekam zwei Garnituren. Es war Markenkleidung, sie roch noch ganz neu. Dann brachten sie uns in kleine Kammern, wo wir in schönen Betten schlafen sollten.

Sie erklärten uns, dass wir die Tarnung für das Boot sein würden. Eine fröhliche Familie, die so reich war, dass sie mit einem Segelboot Urlaub machen konnte. Wenn wir unsere Rolle nicht gut spielten, würden sie uns wehtun.

In den ersten Tagen auf dem Meer hatte ich oft Angst. Die Seeleute lieferten sich mit Patrouillenbooten der türkischen Regierung ein Katz-und-Maus-Spiel. Es gab unzählige Inseln, zwischen denen sie sich verstecken konnten.

Ich versuchte, meine Rolle so gut wie möglich zu spielen. Viele Stunden verbrachte ich in einem leuchtend blauen Kleid an Deck und tat so, als würde ich mich sonnen. Meinem Cousin fiel es wohl am leichtesten, echte Freude zu empfinden. Die meiste Zeit stand er am Bug und sah den Delfinen zu, die tollkühne Sprünge vollführten. Ich musste an meinen kleinen Bruder Ahmed denken und an seinen Stoffdelfin und wünschte mir, er hätte nur ein einziges Mal die Chance gehabt, sein Lieblingstier in der Natur zu sehen.

Manchmal, in der Nacht, höre ich Stimmen und Klopfzeichen, als sei das Schiff von Geistern bewohnt. Am dritten Tag wird mir klar, woher die Geräusche kommen.

Ein Mann, den ich nie zuvor gesehen habe, betrat das Deck. Er schleppte einen randvollen Eimer, der fürchterlich stank, und leerte ihn ins Meer aus. Dann holte er einen zweiten und einen dritten Eimer voller Fäkalien.

Wir sind nicht die Einzigen auf dem Boot. Dort unten müssen sich Menschen verstecken. Schrecklich viele, eingepfercht in den Bauch des Segelschiffes!

Sie waren es. Sie haben nachts geklopft! Ich kann nicht glauben, was wir für ein Glück hatten.

Cornelias Wagen – Bochum

Den ganzen Tag lang hatten sie die Männer verhört, die tags zuvor in der rechten Kneipe verhaftet worden waren. Doch eines wurde recht schnell klar, diejenigen, die redeten, waren auch diejenigen, die von den Anschlagsplänen nichts wussten.

Drei Hauptverdächtige kristallisierten sich heraus. Das waren Torben Tell und zwei weitere, die allesamt schwiegen.

Und Cornelia wusste nicht, wie sie die Männer zum Reden bringen konnte.

Sie hätte sie gerne mit Fakten konfrontiert, wie etwa Fingerabdrücke auf den Brandbeschleunigern oder Ähnliches, doch noch hatten sie zu wenig, um einem von ihnen einen Deal anzubieten. Vielleicht würden sie in den nächsten Tagen mehr haben. Noch warteten sie auf Laborergebnisse von der Spurensicherung. Hoffentlich würden sie so nicht nur den Terrorverdächtigen, sondern auch Majidas Mördern auf die Schliche kommen.

Wenigstens einen Erfolg konnte sie verbuchen. Zwei der drei Angreifer, die Faris aufgelauert hatten, waren mithilfe einer DNA-Spur und Übereinstimmungen auf den Videoaufnahmen überführt.

Der Anruf kam, als sie die halbe Strecke zu ihrer Wohnung gefahren war, und versetzte ihr wieder einen kleinen Schock. Im nächsten Moment klang auch schon Faris' angenehme Stimme aus der Freisprechanlage.

»Hallo, Frau Polizistin, schon auf dem Heimweg?«

»Ja, woher weißt du das?«, fragte sie erstaunt.

»Nur so eine Ahnung, außerdem kann ich hören, dass du im Auto sitzt. Wäre ein Kollegen dabei, hättest du auch anders gesprochen. Deine Stimme klingt unterschiedlich, je nachdem ob man mit der Polizistin Arents spricht oder mit Cornelia.«

Sie musste lachen. Faris' Beobachtungsgabe war wirklich erstaunlich und auch ein wenig unheimlich. Vielleicht brauchte man diese Fähigkeit, wenn man ein guter Arzt werden wollte. »Das ist mir noch nie aufgefallen. Wie klinge ich denn?«

»Na, offiziell, also, Frau Arents spricht mehr Hochdeutsch und ein wenig härter. Cornelia lässt das Ruhrgebietskind durchscheinen und lacht häufiger.«

»Ist das so? Da muss ich mal darauf achten. Und mit welcher meiner multiplen Persönlichkeiten möchtest du sprechen?« Cornelia sah in den Spiegel, bemerkte den leicht verlaufenen Lidschatten unter ihren Augen und wischte ihn vorsichtig weg. Als ihr bewusst wurde, was sie tat, ärgerte sie sich ein wenig. *Er sieht mich nicht mal, und ich starre in den Spiegel statt auf die Straße.* Dabei störte es sie immer fürchterlich, wenn Frauen im Verkehr den Rückspiegel zum Schminken benutzten.

»Ich würde gerne mit Cornelia sprechen, ist die da?«

Cornelia grinste und fühlte, wie schon jetzt ein großer Teil der Anspannung, der sich bei der Arbeit aufstaute, von ihr abfiel. Faris war wie Medizin.

»Ist hier«, sagte sie daher.

»Schöne Grüße von meiner Nachbarin.«

Wenn sie mit allem gerechnet hatte, aber nicht damit. »Von der alten Dame? Danke, wie komme ich zu der Ehre?«

»Frau Wöllke sagt, du wolltest dir noch mal die Kätzchen anschauen und vielleicht welche adoptieren. Morgen kommen andere Interessenten, also wenn du die Auswahl haben willst, dann heute.«

»Huch.«

»Huch?«

»Ja, ich hab das Ganze noch gar nicht durchdacht. Ich hatte so viel um die Ohren.«

»Ein Leben ohne Katzen ist möglich, aber sinnlos«, sagte Faris prompt.

»Bezieht sich der Spruch nicht eigentlich auf Hunde?«

»Ach, diese treudoofen Viecher … Ich bin kein Hundemensch. Außerdem weißt du doch, was der Prophet von Hunden hält.«

»Ach, jetzt wirst du auf einmal religiös?«, spottete Cornelia und fürchtete einen Moment lang, zu weit gegangen zu sein. Aber dann hörte sie ihn leise lachen. »Verrate mich nicht.«

Faris mit einer Katze auf dem Schoß konnte sie sich gut vorstellen. Faris mit Hund, das passte nicht. Er war doch selbst eine halbe Katze. »Warum nimmst du dann nicht welche?«, fragte sie.

»Ich habe doch Katzen in der Nähe. Meistens stehen die Türen im Haus offen, und sie kommen mich besuchen. Besonders wenn Frau Wöllke wieder im Krankenhaus ist. Also was ist nun, kommst du?«

»Ich … ich. Ach, was soll's.« Cornelia setzte den Blinker und drehte. »Bin gleich da.«

»Ich freue mich. Bin schon unten, du musst also bei Frau Wöllke klingeln.«

Zehn Minuten später stand Cornelia vor dem Wohnhaus und fragte sich, was sie hier eigentlich tat. Wenn man unsicher war, ob man Katzen anschaffen wollte oder nicht, war es die dümmste Idee, sich Jungtiere anzuschauen, denn dann war die Entscheidung eigentlich schon gefallen.

Sie sollte nicht nur Katzenwelpen meiden, sondern auch Faris, wenn sie ihrem Prinzip, das sie sich nach Vincents Tod gesetzt hatte, nicht untreu werden wollte. Nie wieder Privates und Berufliches miteinander vermischen.

Nie wieder!

Faris durfte erst dann eine Chance bekommen, wenn Majidas Fall geklärt war. Und trotzdem stand sie genau hier, vor seiner Tür, und der Fall war weit davon entfernt, gelöst zu sein.

Um sich nicht ganz zu verraten, nahm sie sich vor, wirklich nur in Frau Wöllkes Wohnung die Kätzchen anzusehen und jeder Einladung von Faris zu widerstehen. Und es würde ja nicht so schwer sein, ihm einfach die Wahrheit zu sagen, oder? Jemand wie er würde das verstehen.

Cornelia drückte die Klingel, und der altmodische Ton, der ein wenig an die Pausenglocke in ihrer Grundschule erinnerte, hallte durch das Haus.

Es war Faris, der die Tür öffnete, statt auf den Summer zu drücken. »Hallo«, sagte er schlicht und trat zur Seite, um sie vorbeizulassen. Faris trug verwaschene Jeans und dazu ein dunkelblaues Shirt mit einem aufgedruckten, kahlen Baum und sah damit aus wie ein verschlafener Umweltaktivist. Die Filzschuhe an seinen Füßen perfektionierten das Bild auf eine schräge Art und Weise. Es fehlte nur noch ein Plakat mit der Aufschrift: *Rettet die Bäume* oder *die Orang-Utans* oder *die Wale*, oder alles auf einmal. Und es passte zu ihm, war er doch vor anderthalb Jahren tatsächlich losgezogen, um in Syrien einigen Menschen das Leben und damit auch ihre Welt zu retten.

»Hallo, du Filzpantoffelheld«, sagte Cornelia, weil es ihr einfach in den Sinn kam. »Was machen die Blessuren?«

»Besser, aber immer noch aua. Ärzte sind nicht unbedingt tapfer, eher wehleidig. Ich muss gepflegt werden. Frau Wöllke und die kleinen Biester geben ihr Bestes.«

Er schloss die Tür und strich sich das dunkle Haar aus der Stirn, was ihn offener und sein Gesicht jünger aussehen ließ.

»Wenn du so gut versorgt bist, muss ich mir ja keine Sorgen machen«, sagte Cornelia und stellte ihre Tasche neben der Haustür ab. Der Boden des alten Treppenhauses war mit einem Mosaik bedeckt, das Goldfische und Wasserpflanzen zeigte. Der Läufer, der beim letzten Mal noch hier gelegen hatte und auf den Faris' Blut getropft war, fehlte.

»Viel besser ohne den Teppich …«

»… den habe ich ja auch versaut.«

Er lachte und seine grünen Augen bekamen ein besonderes Funkeln, das sie sofort verzauberte. Sie bekam eine Ahnung davon, wie Faris sein konnte, wenn er nicht von schweren Gedanken und Erinnerungen geplagt wurde. Wie er vor seinem Aufbruch nach Syrien gewesen war, bevor ihm seine selbst erkorene Rettungsmission einen Teil seiner Fröhlichkeit nahm.

»Ist die Frau Kommissarin gekommen?«

»Ja, Frau Wöllke«, rief Faris über die Schulter. »Komm mit, die Flauschmonster warten.«

Zum zweiten Mal betrat Cornelia die Wohnung der älteren Dame, doch dieses Mal fiel ihr die geschmackvolle Einrichtung auf. Viele Möbel waren alt, die meisten sicher auch älter als sie selbst, und Cornelia vermutete, dass sie noch von der letzten und vorletzten Generation Wöllke stammten. Die Wohnung atmete etwas Erhabenes, war in sich stimmig, und in gewisser Weise spiegelte sie auch ihre Bewohnerin wider. Wobei Cornelia sich nicht sicher war, wer wen mehr geprägt hatte.

»Schön, dass Sie kommen konnten«, sagte Frau Wöllke und strahlte über das ganze Gesicht, als begrüße sie eine lang vermisste Freundin. »Ich habe mich an Ihre Worte erinnert, und Herr Aydin war so lieb, Sie anzurufen. Ich hoffe, das kam nicht ungelegen.«

»Nein, ganz und gar nicht. Ich war schon auf dem Weg in den Feierabend«, sagte sie ehrlich.

»Darf ich Ihnen einen Tee anbieten?«

»Machen Sie sich keine Umstände. Vielleicht später.«

»Dann kommen Sie, die Kätzchen schlafen gerade, aber so können Sie sich die Kleinen in Ruhe anschauen.«

Sie führte Cornelia zu einem Körbchen auf der Fensterbank, das von einem großen alten Geldbaum beschattet wurde, an dessen Stamm zahlreiche kleine Krallen ihre Spuren hinterlassen hatten.

»Da sind sie.«

Die fünf Jungtiere waren eng aneinandergekuschelt, das Muttertier nirgendwo zu sehen.

»Na? Welche gefallen dir?«, fragte Faris, der nun so dicht neben ihr stand, dass sie meinte, seine Körperwärme spüren zu können. Es war schwer, sich so zu konzentrieren.

»Ich hatte mal einen roten Kater, als Kind, den habe ich sehr geliebt.«

Faris griff, ohne zu zögern, in den Korb und hob ein Kätzchen mit cremefarbenem Fell heraus. »Ein bisschen rötlich ist der auch und ein Kater, du hast Glück.« Er drückte ihr das Tierchen in die Hand. Der kleine Kater blinzelte müde und gähnte dann ausgiebig. Die Milchzähne blitzten weiß und sahen ungeheuer spitz aus.

Cornelia drückte den Kleinen an ihre Wange. Das Fell war wie Seide, und sein winziges Herz klopfte schnell gegen ihre Haut. Dann gab das Kätzchen ein hohes Piepsen von sich und fing an zu schnurren.

»Meine Güte, hast du einen lauten Motor«, staunte Cornelia. Als sie sich zu der älteren Dame umdrehte, strahlte die genauso wie sie selbst.

»Der passt zu Ihnen, und er tut Ihnen jetzt schon gut, merken Sie es? Herr Aydin sagte, Sie bräuchten dringend Katzen, und wie mir scheint, hat er recht«, sagte sie zufrieden.

Cornelia drehte sich zu Faris um. »Ist das so?«

»Na, merkst du denn noch nicht, wie die Katzenmedizin hilft?«, fragte er leise. »Vielleicht brauchst du dann noch eine, eine allein geht eh nicht. Den Kater nimmst du schon mal. Und als zweites? Ein Mädchen oder einen Bruder?«

Cornelia war völlig überrumpelt. »Zwei Jungs würden sich besser verstehen, denke ich.«

»Mehr Männer im Haus Arents, bitte sehr.« Faris zog einen mausgrauen Katzenwelpen hervor, der sich unter seinen Geschwistern versteckt hatte. »Empfehlung des Hauses, den hier dazu. Ich glaube, der bekommt mal gelbe Augen.«

Vorsichtig nahm Cornelia auch den zweiten Kleinen an.

»Setzt euch doch auf das Sofa, dann können Sie ein bisschen mit den Kätzchen kuscheln und sie kennenlernen«, sagte Frau Wöllke.

Cornelia nahm ihr Angebot gerne an.

In dem alten Ledersofa sank sie tief ein. Die Oberfläche war speckig und an manchen Stellen abgewetzt. Sie hatte nie verstanden, wie jemand Lederoberflächen gemütlich finden konnte, und es oft scherzhaft den geringen Kuschelfaktor toter Kühe genannt. Doch dieses war urgemütlich, weil es einfach hierher passte.

Sie setzte die Kätzchen vorsichtig auf ihrem Schoß ab, und die beiden begannen sofort, einander unbeholfen zu putzen.

Faris strich dem grauen mit dem Zeigefinger über das Köpfchen und ging dabei sehr zärtlich vor. Cornelia malte sich einen Moment lang aus, wie es sein würde, wenn er sie genauso sacht berühren würde.

Er saß so nah bei ihr, und doch lag sein ganzer Fokus auf dem kleinen Kater, oder er war ein sehr guter Schauspieler und wusste genau, wie er sie berühren konnte, ohne es tatsächlich zu tun.

Frau Wöllke war in die Küche gegangen, von wo nun Wasserrauschen erklang und Geschirr klapperte. Sie wusch ab und überließ ihr und Faris das Wohnzimmer.

»Ich kann nachher für Sie abwaschen«, rief Faris.

»Nein, junger Mann, so gebrechlich bin ich auch noch nicht. Es ist mein Abwasch.«

»Na? Wirkt die Kätzchentherapie schon?«, erkundigte sich Faris verschmitzt und kraulte dem grauen Kater den Bauch, bis der sich laut schnurrend räkelte.

Cornelia wusste nicht, was besser wirkte, Faris' Nähe oder die der Tiere oder beides. Auf jeden Fall hatte sie bessere Laune als den ganzen Tag über.

»Ich denke schon, die beiden sind zu goldig. Weißt du, ab wann sie die Kleinen abgeben will? Ich würde dann versuchen, ein paar Tage freizubekommen. Noch sind sie ja zu jung.«

»Du willst sie also?«

»Habe ich denn eine Wahl?«

»Eigentlich nicht. Cornelia, ich fürchte, ich muss etwas beichten.«

Sie sah auf und begegnete seinem grünäugigen Blick. Draußen war es dunkel geworden, und in dem Wohnzimmer herrschte goldenes Zwielicht und malte Reflexe in seine dunklen Locken. Faris sah aus wie ein Mann von einem alten Gemälde, ein Adeliger mit hohem Ansinnen und aristokratischen Zügen. Aber er genierte sich, das merkte sie jetzt, und es wurde deutlicher, je länger sie ihn ansah.

»Was denn?«, erkundigte sie sich und fühlte ihre Kehle eng werden.

»Ich habe dir nicht ganz die Wahrheit gesagt. Die anderen Interessenten kommen gar nicht morgen, sondern erst nächste Woche.«

Cornelia zog fragend die Brauen zusammen. »Aber was, warum ... Ich verstehe nicht ...« Sie hasste sich für ihr dämliches Gestottere, und jetzt konnte sie ihn noch nicht mal mehr ansehen.

»Weil ich dich gerne sehen wollte, und Frau Wöllke, na ja ... Sie ist eine Romantikerin und hat mir ein wenig Schützenhilfe ...«

»Nicht wahr!«, brach es aus ihr heraus.

Er nickte und senkte den Blick. Eine Weile versuchte er, wie ein geprügelter Hund dreinzublicken, doch es gelang ihm nur kurz, und da war es wieder, sein Lächeln, das so eine fürchterliche Macht über sie hatte. Es war ein wenig schief, als sei er immer unsicher, ob es gerade angebracht war oder nicht. Das machte es umso anziehender.

»Ich hoffe, du bist jetzt nicht böse. Wenn ich nicht alles falsch gedeutet habe ...«

Cornelia lief es eisig den Rücken hinunter.

Warum war sie nur hergekommen? Was war so schwer daran, sich an seine eigenen Vorgaben zu halten? Faris' kleiner Trick hatte nur funktioniert, weil sie mit offenen Augen in die Falle gegangen war. Und der Teil von ihr, der sich nur ungern an Regeln hielt, feierte seinen Triumph.

Es stimmte also, auch Faris fand sie sympathisch, wollte sie näher kennenlernen. Das war wunderbar. Aber sie hatte sich etwas geschworen, und sie würde sich daran halten.

Denn es ging schon los. Faris war bereits schlimm verprügelt worden, und das nur, weil sie ihn mit in den Fall hineingezogen und sein Angebot zu übersetzen schamlos ausgenutzt hatte. Die ersten Schritte in Richtung Unheil war er schon gegangen, und es lag an ihr zu verhindern, dass er weiter auf den Abgrund zulief.

»Faris, du darfst mich nicht falsch verstehen …«, begann sie. Die Worte klangen so verkehrt.

Sie sah, wie das Lächeln aus seinem Gesicht schwand und er wieder so kühl wirkte wie bei ihrer ersten Begegnung. »Schon in Ordnung«, murmelte er.

»Nein, lass mich bitte erklären. Du hast mich neulich am Telefon nach meinen Dämonen gefragt.«

Sein Gesicht wurde von einem Augenblick auf den anderen wieder weicher, blieb aber angespannt, als erwarte er jeden Moment einen herben Schlag, der klang wie: *Ich kann dich nicht treffen, weil …*

Doch so schlimm würde es nicht werden. Cornelia nahm seiner Befürchtung den Wind aus den Segeln, als sie sagte: »Ich würde dich gerne besser kennenlernen, und unter anderen Umständen hätte der Trick mit den Kätzchen perfekt funktioniert, hat er ja eigentlich auch, denn hier sitzen wir nun … Ich bitte dich nur zu warten.«

Er hob eine Braue. »Zu warten?«

»Bis der Fall gelöst ist.«

»Ah«, sagte er und lehnte sich auf dem Sofa zurück. »Warum? Gibt es nicht immer irgendeinen Fall zu klären?«

»Natürlich, aber keinen, bei dem du involviert bist.«

Cornelia blickte in Richtung Küche, dort war es jetzt ruhig geworden, doch eigentlich war es ihr egal, ob die alte Dame lauschte. »Letztes Jahr im Februar habe ich einen Menschen verloren, der mir sehr nahestand. Und ich bin schuld, ich habe zugelassen, dass er zu einem der Täter eine gefährliche Nähe aufbaute, weil es bei den Ermittlungen sehr hilfreich war. Ich habe ihn ausgenutzt, weil ich unbedingt den Fall klären wollte, und dann hat er ihn erschossen.«

»Der Täter hat deinen Freund erschossen?«, fragte Faris mitfühlend.

»Nein, mein Kollege. Robin hat ihn erschossen, weil er dachte, dass Vincent gefährlich wäre, und vielleicht auch aus Eifersucht. Robin ist mein Ex.«

»Und deshalb ziehst du dich vor mir zurück?«

Cornelia nickte. Sie war traurig, weil ihre Courage dieses Mal dafür ausreichte, einen Mann von sich zu stoßen, zugleich aber auch erleichtert. »Es ist nicht einfach für mich, darüber zu reden. Aber ich hoffe, du kannst es verstehen und bist mir nicht böse. Ich habe mir geschworen, nie wieder so fahrlässig ein Menschenleben zu riskieren.«

»Diese Schuld, das ist dein Dämon, dein Schatten?«, fragte er leise.

»Nur die eine Hälfte. Meine junge Kollegin starb ebenfalls, aber sie hätte wissen müssen, was sie tat. Sie ist ein Risiko eingegangen …« Cornelia rieb sich über die Stirn. »Ich war nicht schnell genug, ich wollte ihr helfen …«

Faris legte ihr einen Arm um die Schulter und schwieg. Seine Nähe tat gut. Er saß einfach nur da, hielt sie im Arm und schwieg wie ein guter Freund. In diesem Moment war sie dankbar dafür, dass er verstand, dankbar, dass er ihren Augenblick der Schwäche nicht ausnutzte.

Denn sie hätte ihn geküsst, wenn auch nur um den Schmerz loszuwerden, der in ihr tobte und alles in ihr krampfen ließ.

Nach einer Weile hatte sie sich wieder gefangen, und Faris zog seinen Arm zurück, als sei er wirklich nicht mehr als ein verständnisvoller Freund. »Wenn Majidas Mörder gefasst ist, dann gehst du mit mir aus?«

»Wenn du das dann noch möchtest?«

»Natürlich. Das bisschen Warten schaffe ich noch.«

»Es könnte Wochen dauern.«

»Ist telefonieren denn erlaubt?«, fragte er spitzbübisch.

Langsam verschwand die Schwere aus ihrem Gespräch, und Cornelias Herzklopfen kam zurück. »Telefonieren ist erlaubt, ja.«

»Dann schaffe ich es, irgendwie. Aber wenn ihr einen Übersetzer braucht?«

»Dann suchen wir uns einen richtigen. Jemanden, den ich nicht kenne und der für seine Arbeit auch bezahlt wird.«

»Ich könnte dir versprechen, dem Flüchtlingsheim nicht zu nahe zu kommen. Die Arbeit dort werde ich ohnehin beenden oder stark einschränken müssen, sobald ich meine Stelle antrete.«

Cornelia sah ihn bittend an. Er durfte jetzt nicht versuchen, ihr Vorhaben zu untergraben. Sie wusste nicht, wie lange sie ihren Schutzwall noch aufrecht halten konnte. Und Faris? Er brauchte den Wall eigentlich gar nicht zu überwinden, er hatte auf irgendeine Weise den Schlüssel zur Tür gefunden.

Doch er schien sie zu verstehen und respektierte ihre Entscheidung. »Lass es nur nicht zu lange werden.«

»Läufst du sonst weg?«, fragte sie nur halb im Scherz.

»Das nicht, aber ich wäre traurig.«

In diesem Moment regten sich die Kätzchen auf ihrem Schoß und begannen, noch ein wenig verschlafen, zu balgen. Die kleinen Tiere waren eine willkommene Ablenkung, und sie beobachteten eine Weile gemeinsam, wie sie einander bissen und ungeschickt mit den Pfoten schlugen.

Dann wurde es wilder, und die Kätzchen purzelten plötzlich vom Schoß. Der Sturz bremste ihr Toben überhaupt nicht, und so begann ein wildes Rennen durch die Wohnung, über den Esstisch, Stühle und Sofa und den gemarterten Geldbaum hinauf und wieder hinunter.

»Da muss ich wohl noch einiges umbauen und wegräumen, bevor die zwei einziehen.«

»Also nehmen Sie die beiden?« Frau Wöllke war aus der Küche getreten und rieb sich mit einem Handtuch die Finger trocken.

»Ja, gerne. Wenn Sie sich denn trennen können?«

»Ich muss, ich bin einundachtzig Jahre alt, ich werde mich nicht für immer um sie kümmern können.«

»Eine vernünftige Entscheidung.«

Sie nickte ein wenig traurig. »Ich werde die kleinen Ungeheuer trotzdem sehr vermissen. Aber nun zu etwas Erfreulicherem. Ich hoffe doch, dass Sie zum Abendessen bleiben?«

Und ihr Blick ließ keine andere Antwort gelten als Zustimmung.

Und so fand sich Cornelia kurz darauf mit Faris und Frau Wöllke am Küchentisch wieder, wo ein deftiger Eintopf auf sie wartete.

Es wurde ein schöner Abend, sie sprachen über Tiere und Kindheitserinnerungen, und als sie schließlich nach Hause fuhr, fühlte Cornelia sich leicht und glücklich.

KAPITEL 16

Majidas Tagebuch

Wir kreuzen vor Italien, und ich muss die ganze Zeit an die eingesperrten Menschen unter Deck denken.

Es ist sonnig und sehr warm. Ich glaube, letzte Nacht haben sie eine Leiche über Bord geworfen. Etwas großes Schweres ist an meinem winzigen Fenster vorbeigefallen und laut ins Wasser geklatscht. Ganz leise konnte ich jemanden weinen hören. Mutter war es nicht, es kam von weiter unten.

Ich wundere mich, das nicht noch mehr gestorben sind.

Die Seeleute haben kurz mit uns gesprochen. Sie warten darauf, dass die Polizei die Bucht nicht mehr bewacht, wo wir an Land gehen sollen.

Ich bete, dass es bald geschieht.

Jetzt sind wir ganz allein. Mutter, Tante und ich. Eingehüllt in warme Decken sitzen wir zusammen mit fünf anderen an Bord eines Polizeibootes. Nur fünf, die es aus dem Rumpf des Bootes geschafft haben.

Ich bin so taub vor Schmerz, dass ich mich fühle, als würde mein Körper gar nicht mehr mir gehören.

Tante will nicht wahrhaben, was passiert ist. Sie glaubt fest daran, dass die anderen es auch geschafft haben und von einem anderen Boot aufgenommen wurden. Vielleicht sind sie auch an

Land geschwommen, ihr Mann Said und ihr Sohn sind gute Schwimmer.

Ich würde mir so sehr wünschen, dass ihre Hoffnungen wahr sind und wir die beiden bald wiedersehen.

Die italienischen Soldaten behandeln uns, als wären wir gar nicht da. Sie geben uns Wasserflaschen und etwas zu trinken, aber sie sehen uns nie ins Gesicht.

Es ist ein Gefängnis. Sie haben uns in eine Lagerhalle am Hafen gebracht, um die zwei hohe Zäune gezogen sind. Zwischen den Zäunen laufen Männer mit Hunden und Maschinengewehren.

Onkel Said und mein Cousin sind nicht hier. Wir haben nach ihnen gesucht, aber nein, nichts. Vielleicht haben sie es wirklich geschafft.

Ich stehe lange am Zaun und sehe hindurch. Im Hafen legen riesige Kreuzfahrtschiffe an. Sie sehen aus wie aus Marmor, so weiß und glänzend. Auch Frachter sind dabei und viele Segelboote. Unseres ist bei dem Versuch, im Dunklen an den Strand zu gelangen, auf einen Felsen gefahren und zerbrochen. Ich kralle meine Finger in den Draht des Zauns, wenn ich mir vorstelle, wie das Wasser in den Schiffsbauch geflutet ist, wo die vielen Leute versteckt waren. Sie hatten fast keine Chance hinauszukommen. Es ging so schrecklich schnell.

Wir wussten, dass sie anlegen wollten, Onkel Said hat den Schleppern sogar geholfen.

Schon Stunden vorher hatten wir all unsere Sachen in Plastiktüten eingeknotet, um sie trocken zu halten. Mein Tagebuch trug ich wieder an den Bauch gebunden, in mehrere Tüten verpackt. Es ist das Einzige, was ich noch habe. Meine Kleidung ist davongeschwommen. Die Brandung war so stark, ich konnte die Sachen nicht festhalten und gleichzeitig schwimmen.

In der Dunkelheit hinter meinen geschlossenen Augen lauert die stürmische Nacht und die Schreie der Ertrinkenden, die immer leiser und weniger werden.

Deshalb reiße ich die Augen weit auf und starre in den grellen Himmel. Ob sie uns wohl jetzt wieder in den Krieg zurückschicken?

Hauptwache Bochum

Dort standen sie, die ungleichen Brüder, Torben und Falko Tell. Der ältere stoisch und in Handschellen, der jüngere nervös und mit dem Blick eines geprügelten Hundes.

Cornelia konnte nicht anders, als dieses ungleiche Paar zu beobachten.

Torben Tell war überführt, das war sicher. Majidas DNA war eindeutig in seinem Kofferraum gefunden worden, und sein Alibi für die Tatzeit hatte sich in Luft aufgelöst. Doch irgendetwas störte Cornelia, sie hatte etwas übersehen. Wenn sie nur eine Ahnung hätte, in welche Richtung sie suchen sollte!

Torben Tell wartete im kleinen Besprechungsraum auf seinen Anwalt, noch immer schien er auf seinen jüngeren Bruder ohne Unterlass einzureden.

Cornelia hätte so gerne gewusst, über was sie sprachen. Aber was hinderte sie eigentlich? Der Besprechungsraum war immerhin nicht schalldicht, sondern eigentlich sogar recht hellhörig. Er war abgeschlossen worden, damit Tell nicht türmte, aber der Beamte, der ihn beaufsichtigen sollte, saß an einem Schreibtisch in der Nähe und aß Pommes.

Es hatte noch nie jemand versucht abzuhauen, immerhin saßen in dem Büro drum herum Dutzende Polizisten.

Tell war vielleicht ein Mörder, aber nicht dumm. Er wusste, wenn er sich seiner Verhaftung widersetzte oder Beamte bedrohte, machte er alles nur noch schlimmer.

Bewaffnet mit ihrem leeren Kaffeebecher ging Cornelia erst am Besprechungsraum vorbei in Richtung Küche und blieb dann neben einer Wand mit ausgedruckten Fahndungsaufrufen stehen.

Aus diesem Winkel konnte sie weder die Brüder Tell sehen noch diese sie.

»Aber das kannst du nicht bringen, Torben«, protestierte der Jüngere soeben und war mehr als deutlich zu hören.

»Leise, Falko, sonst war das alles umsonst.«

»Ich kann damit nicht umgehen, das ist dein Scheißleben.«

»Wäre es dir lieber, wenn es dein eigenes Scheißleben wäre? Mutter hat dich sowieso lieber als mich, und ich verüble ihr das nicht mal. Ich habe es von Anfang an verbockt. Ich glaube, ich habe es schon verbockt, als ich auf die Welt gekommen bin und sie dabei fast unter die Erde gebracht habe. So wie es jetzt läuft, ist es gut, ich steh den Knast durch, ich hab schon Heftigeres hinter mir. Mich macht da so schnell keiner fertig, aber dich? Du packst das nicht so einfach.«

»Jetzt tu nicht, als sei ich der totale Schwächling.«

»Komm her, lass dich von deinem ollen Bruder drücken.«

Cornelia wollte nicht glauben, was sie da hörte. Verhandelten die beiden tatsächlich gerade darüber, wer den Mord an Majida Esber auf seine Kappe nehmen sollte? Hatten sie den Mord etwa gemeinsam begangen? Oder vielleicht keiner von beiden, und nun schützten sie einen Dritten?

»Wenn ich aus dem Knast komme, dann hast du fertig

studiert, Mann. Dann gucken wir uns zusammen die Welt an, versprochen.«

»Ist doch Scheiße, Torben. Das muss noch irgendwie anders gehen. Such dir einen besseren Anwalt, die haben doch fast nichts in der Hand. Die DNA-Spuren könnten sonst wie in den Kofferraum gekommen sein. Der muss dich raushauen.«

Drinnen erklangen Schritte. »Jetzt hör mal zu«, sagte Torben lauter. »Ich will nicht, dass der mich raushaut. Die sollen mich verurteilen, mit möglichst kurzer Zeit im Knast, und dann bin ich mit guter Führung ruckzuck wieder draußen.«

Cornelia stellte sich vor, wie Torben den jüngeren Bruder an den Schultern fasste und kräftig schüttelte.

»Ich glaube, ich komme damit nicht klar«, sagte Falko kleinlaut. »Wenn du weg bist, kann ich mit keinem mehr reden.«

»Und du meinst, es wäre besser, wenn du hinter Gittern landest? Da irrst du dich gewaltig, da gibt es erst recht keinen zum Reden.«

Falko sagte nichts mehr. Flüsterten sie? Cornelia lauschte konzentriert, doch im Großraumbüro war es einfach zu laut. Zwar waren es nur Telefonate und ruhige Gespräche, aber das reichte, um die geflüsterten Worte aus dem abgetrennten Zimmer zu übertönen. Dann musste sie es auf anderem Wege herausbekommen.

»Wir sehen uns bald wieder«, klang Torben Tells Stimme nun wieder heraus. Offenbar waren sie mit ihren geheimen Absprachen fertig.

»Ich komme dich besuchen, und ich bringe dir alles mit, was du brauchst. Versprochen.«

»Ja, und jetzt geh.«

»Soll ich Mutter und Vater etwas ausrichten?«

»Nein. Die wollen sicher nichts mehr mit mir zu tun haben.«

Jetzt würde Falko jeden Moment rauskommen. Er durfte sie nicht vor der Tür antreffen. Cornelia ging eilig weiter in Richtung Küche, wo sie ihre Tasse in die Spülmaschine räumte und dann abwartete, bis sie in einer Fensterspiegelung sehen konnte, wie ein Kollege aufstand, die Tür des Besprechungsraums entriegelte und sie langsam öffnete.

Jetzt kam es ganz auf ihr schauspielerisches Talent an, von dem sie, laut ihrem Exfreund Robin, eine gute Portion besaß.

In flottem Tempo verließ sie die Küche und lief an Falko Tell vorbei, der ihr auf dem Weg zum Ausgang langsam folgte. Sobald sie sich außerhalb von Torben Tells Sichtweite befanden, drehte sie sich um, blieb stehen und lächelte.

»Habe ich mich doch nicht geirrt«, sagte sie. »Ich war etwas in Gedanken und habe dich nicht sofort erkannt.«

Er musterte sie erschrocken. »Hallo, Frau Arents.«

»Warst du bei deinem Bruder? Er ist ja noch hier, nicht wahr?«

Er sah zu Boden, nickte. »Scheiße ist das.«

»Ja, es muss schlimm für dich sein, immerhin steht ihr euch sehr nahe. Und dann erfahren zu müssen, dass der eigene Bruder ein Mörder ist …«

Falko schwieg.

»Fährst du jetzt nach Hause?«, erkundigte sich Cornelia ganz beiläufig. Jetzt würde sich zeigen, ob ihr Plan aufging.

»Ja, muss nur noch rausfinden, welcher Bus …«

»Wenn du willst, nehme ich dich mit. Ich muss eh noch zum Heim.«

»Nee, danke, ich setz mich nicht in einen Polizeiwagen.«

»Keine Sorge, der Dienstwagen ist zivil. Es wird keiner merken.«

Er zuckte mit den Schultern. »Ach, ist doch eh alles egal. Dann fahre ich eben mit, danke.«

Cornelia bat ihn, sie zu ihrem Schreibtisch zu begleiten, um die Schlüssel zu holen, und er merkte nicht, dass es eine völlig andere Richtung war als jene, die sie zuvor eingeschlagen hatte.

Scheinbar auf der Suche nach dem Schlüssel schob sie einige Aktenmappen hin und her. Darunter lagen noch Fotos, das wusste sie. Eines war von Majida. Sie deckte es auf und beobachtete aus dem Augenwinkel, wie Falko regelrecht zurückzuckte und sich dann vorbeugte, um es unauffällig genauer zu betrachten. Er presste die Lippen aufeinander, seine Kiefermuskeln zuckten nervös.

Cornelia ließ sich Zeit, wartete, bis das Foto seine volle Wirkung entfaltet hatte. Das hübsche Gesicht mit den offenen Augen, in der die Leere des Todes wohnte. Die deutlichen Druckmale am Hals, wo die Hände des Täters gelegen hatten.

Falko richtete sich schließlich auf und blickte in die Ferne, durch die Fensterscheibe in das geschäftige Großraumbüro.

Cornelia zog die oberste Schublade ihres Schreibtischs auf, schob Papier zur Seite und nahm den Autoschlüssel heraus, von dem sie schon die ganze Zeit über gewusst hatte, wo er lag. Sie steckte noch schnell ihr Diktiergerät ein und schaltete es an, dann nahm sie die Jacke vom Stuhl. »Ich bin so weit, entschuldige, dass es so lange gedauert hat.«

Wieder keine Antwort von Falko. Er nahm seine Kappe ab, strich die Haare glatt und setzte sie wieder auf, dann schob er die Hände in die Hosentaschen.

Vornübergebeugt ging er hinter Cornelia her, die Treppe hinunter zum Parkplatz der Dienstfahrzeuge. Er schien seine Umwelt gar nicht wahrzunehmen, zumindest kam es ihr so vor.

Sie schloss den Wagen auf und setzte sich hinters Steuer.

»Muss ich hinten sitzen?«, fragte Falko.

»Nein, nein, natürlich nicht, oder hast du dir etwas vorzuwerfen?«

»Weiß nicht, eigentlich nicht.«

Cornelia startete den Wagen und ließ ihn langsam vom Parkplatz rollen. Es war kurz nach vier. Hauptverkehrszeit. Ihr würden mindestens dreißig Minuten bleiben, um Falko sein Geheimnis zu entlocken. Nicht viel, aber auch nicht wenig. Vielleicht waren es sogar vierzig Minuten, aber das wäre Glück. Sie setzte den Blinker und bog nach rechts ab, dabei streifte ihr Blick wieder ihren Beifahrer.

Falko saß mit verschränkten Armen da. Die Finger seiner rechten Hand spielten mit einigen Fäden, die aus seinem Shirt ragten. Er riss sie ab und vergrößerte das Loch immer weiter. Etwas stimmte bei ihm so ganz und gar nicht, aber bewegte ihn mehr als Torbens Verhaftung?

»Wie haben denn deine Eltern reagiert, als sie davon erfahren haben?«

»Na, wie schon, die Hölle war los, das ist passiert. Vater hat die ganze Zeit rumgebrüllt, und ich glaube, er hätte Torben so richtig krass verkloppt, aber der war ja nicht mehr da. Mutter hat geheult, aber das ist nichts Neues, macht sie immer.«

Genau so hatte Cornelia Frau Tell kennengelernt. Hilflos angesichts des dominanten Mannes und der Söhne, die sich an ihm ein Beispiel nahmen. »Und du? Was hast du gemacht?«

»Ich hatte keinen Bock, mir das alles anzutun, und bin in mein Zimmer zurück. Aber er hat nicht aufgehört zu brüllen, die ganze Nacht lang, nachdem sie Torben geholt hatten. Ich hab Musik angemacht. Kopfhörer auf und gut.«

»Aber Gedanken lassen sich nicht so einfach aussperren wie brüllende Väter. Wie ging es dir dabei?«

»Na, wie schon? Torben ist mein Bruder, und jetzt soll er für zig Jahre in den Knast, das ist nicht fair!«

»Nicht? Immerhin hat er ein junges Mädchen erwürgt, oder glaubst du, er ist unschuldig?«

»Weiß nicht.«

»Du kennst ihn doch schon dein ganzes Leben lang. Meinst du nicht, dass du erkennen würdest, ob er lügt?«

Falko zuckte mit den Schultern und wandte sich von ihr ab. Gut, sie würde ihn in Ruhe lassen, aber nicht sehr lange.

Am Rückstau der nächsten roten Ampel brach er das Schweigen von alleine.

»Torben meint, Sie hätten die DNA von diesem Mädchen in seinem Kofferraum gefunden, stimmt das?«

»Ja, das ist richtig.«

»Kann die nicht irgendwie anders da hingekommen sein?«

»Na, das wäre schon ein ganz gewaltiger Zufall.«

Plötzlich war wieder Hoffnung in seinem Blick, und er wirkte sofort weniger verschlossen. »Aber es könnte möglich sein, ja?«

Cornelia fragte sich, worauf er hinauswollte. Seinem Bruder ein Alibi verschaffen? Die Beweise untergraben?

»Ja, könnte es«, gestand sie ungern ein.

»Diese Majida wohnte ja nur zwei Straßen von uns, da kann das ja überall dran gewesen sein.«

»Du meinst wie bei Straßenlaternen und Türgriffen?«,

fragte sie und bemühte sich, nicht spöttisch zu klingen. Falko konnte nicht ahnen, wo im Kofferraum sie die DNA gefunden hatten. Nicht an dem Griff oder auf der Ablagefläche. Nein. Unter der Matte und an einem Scharnier, mit dem die Sitze nach vorne geklappt worden waren. Die Tote war eindeutig mit diesem Auto transportiert worden.

»Du willst Torben helfen, nicht wahr? Es ist schlimm, sich vorzustellen, dass er die beste Zeit seines Lebens hinter Gittern verbringen muss, aber so ist das nun mal.«

»Und die anderen Straftaten, falls sie ihm auch das aufbrummen?«

»Vorausgesetzt, er wird in allem schuldig gesprochen, werden die Gefängniszeiten aufaddiert. Meinst du das?«

»Ja. Dann ist er ja alt, wenn er rauskommt.«

Dieses Mal schwieg Cornelia. Und sie schwieg, bis sie schließlich vor dem Wohnhaus der Tells anhielt. Dann wagte sie einen letzten Vorstoß. »Falko, wenn du das Gefühl hast, dein Bruder würde lügen und vielleicht jemanden schützen, würdest du mir das doch sagen, oder? Ganz gleich, wie sehr er dich darum gebeten hat zu schweigen. Rede mit uns.

Versucht er einen seiner rechten Kameraden aus dem *Keller* zu schützen? Hat einer von denen den Mord begangen und Torben deckt ihn?

Eine Falschaussage ist eine Sache, aber gleich sein ganzes Leben wegschmeißen, während der wahre Täter frei herumläuft, das ist …«

»Warum behaupten Sie so etwas?«, erwiderte Falko mit plötzlicher Heftigkeit.

»Weil ihr beide etwas verheimlicht, und ich möchte nicht, dass der Falsche verurteilt wird. Nach so vielen Jahren im Beruf bekommt man ein Gespür dafür, wann Leute die Wahrheit sagen und wann nicht. Und bei euch beiden bin ich mir sicher, dass an der Sache etwas faul ist. Wurdet ihr bedroht? Nimmt Torben die Sache auf seine Kappe, um euch damit zu schützen? Will der wahre Täter sonst dir oder euren Eltern etwas antun?«

Falko fasste nach dem Türgriff, aber Cornelia hatte die Verriegelung betätigt. »Rede mit mir, Falko! Sobald Torben ein Geständnis abgeliefert hat, kann ich euch nicht mehr helfen!«

Er schwieg beharrlich und wandte ihr den Rücken zu. So würde Cornelia nicht zu ihrem Ziel kommen.

Sie betätigte die Entriegelung, und Falko stürzte beinahe hinaus, als die Tür plötzlich aufging. Er lief einige Meter, dann legte er das letzte Stück bis zur Wohnungstür gemessenen Schrittes zurück.

Cornelia sah ihm nach, bis sich die Haustür hinter ihm geschlossen hatte, und fühlte sich, als sei sie eine halbe Stunde lang gegen eine Wand angerannt.

Aber vielleicht auch nicht, vielleicht hatte diese Wand Risse bekommen. Genug, um diese zum Einsturz zu bringen?

Sie hielt es mittlerweile nicht mehr für unwahrscheinlich, dass die Brüder ein höheres Tier aus der rechten Szene deckten. Bei Torben konnte sie es verstehen. Er machte den Eindruck, loyal bis in die Zehenspitzen zu sein, aber Falko? Wie passte Falko ins Bild?

Torben hätte ihn sicher nicht ins Vertrauen gezogen, wenn es nicht unbedingt notwendig gewesen wäre. Wenn sie eins wusste, dann dass die Brüder wie Pech und Schwefel zusammenhielten und der ältere den jüngeren mit aller Macht beschützen wollte.

Aber vielleicht lag auch gerade dort die Ursache des Problems, und Falko war zufällig Zeuge von etwas geworden, das er nie hätte sehen sollen. Entweder hatte er den Mord selbst beobachtet oder gehört, wie Torben und der Täter sich darüber unterhielten. Deshalb war er ins Vertrauen gezogen worden.

Und Falko war nicht so abgebrüht wie sein Bruder. Wer Flüchtlingsheime anzündete, besaß ausreichend kriminelle Energie und Willensstärke, um nicht nach ein paar Fragen einzubrechen. Der schwache Punkt in diesem Rätsel war eindeutig Falko.

Das Licht im Zimmer des Jungen war angegangen. Vorerst würde er wohl nicht mehr mit ihr reden wollen. Enttäuscht startete Cornelia den Wagen.

KAPITEL 17

Majidas Tagebuch

Die Menschen hier kommen von überall her. Es gibt viele Syrer, aber auch Afrikaner, Inder und Chinesen. Jeder Mensch scheint eine andere Sprache zu sprechen.

Wir sind alle unterschiedlich, und doch ist der Ausdruck in den Gesichtern gleich. Wir sind in der Leere gestrandet, wir vermissen unsere Heimat, und doch will wohl keiner dahin zurück. Nicht jetzt.

Ich fühle mich zerrissen. Werde ich wohl je wieder ganz? Wenn ich mir Mutter ansehe, wird mir klar, dass ich vielleicht Risse habe, aber sie ist zerbrochen. Mutter kann nicht mehr heilen. Ich glaube, wenn ich nicht wäre, hätte sie diese Reise nicht gemacht. Sie ist bei mir, auch wenn sie es nicht zeigen kann. Ich versuche stark zu sein für uns beide.

Wir haben keine Pässe mehr, nur unsere Namen, die wir in unsere Schuhe schreiben mussten. Jetzt weiß ich auch, warum.

Männer in Uniformen stellen uns Fragen und schreiben alles in ihre Computer. Ein Dolmetscher von der syrischen Botschaft erkundigt sich genau über unsere Flucht und scheint dem italienischen Beamten zu sagen, ob die Daten über die Angriffe auf unser Zuhause stimmen. Ich hoffe, ich mache alles richtig, ich bete darum.

Drei Wochen sind wir jetzt hier. Einige der Afrikaner sind krank geworden, seitdem trennt uns ein Zaun mit einer weißen Plane von ihnen. Jetzt sind viele Ärzte hier. Sie sagen uns nicht, was es für eine Krankheit ist. Nur dass es keinen Grund zur Sorge gibt.

Wir sollen unsere Sachen packen. Das ist schnell geschehen, wir haben ja nichts. Am liebsten würde ich die Kleidung und die Decken verbrennen. Im Lager gibt es Ungeziefer. Ich wasche mich jeden Tag, aber nachts hält mich der Juckreiz wach.

Wir hocken mit unseren Bündeln in der Morgensonne und warten darauf, dass man uns irgendwohin bringt. Mutter, Tante und mich.

Wir sitzen in einem richtig großen Flugzeug. Ich glaube, es sind alles Leute aus meiner Heimat und eine Familie aus Mali. Ich habe einen Platz am Fenster bekommen. Der Start war aufregend. Es hat sich angefühlt, als halte eine Kraft meinen Körper am Erdboden fest und wolle sie nicht loslassen. Ganz fest wurde ich in den Sitz gepresst. Am liebsten hätte ich die Augen zugemacht wie Mutter. Aber ich konnte nicht, ich musste es sehen.

Draußen raste die Welt vorbei. Der Flughafen wurde immer kleiner unter uns. Das Meer glitzerte in der Ferne und sah spiegelglatt und fest aus. Freundlich, als könnten darin keine Menschen ertrinken.

Das Land unter uns war grün und voller Bäume und Felder. Bald schon konnten wir erste Hügel sehen und dann Berge, gewaltige Berge mit Schnee und Eis und blau glitzernden Gletschern.

Jetzt gibt es weit und breit nur noch Wolken. Sie sehen weich aus. Ein dichter Teppich.

Ich schreibe ein wenig, während Mutter mit geschlossenen Augen an meiner Schulter lehnt. Ich glaube nicht, dass sie schläft.

Falkos Zimmer

Sie verfolgte ihn.

Warum nur verfolgte sie ihn? Sie war doch tot! Ob er wach war oder schlief, ob er joggen ging oder las oder fernsah. Sie war immer da.

Majida, das Mädchen mit dem Feengesicht.

Er hatte sich im ersten Moment, als er sie sah, in sie verliebt, und das war schrecklich. Er wollte sie wiederfinden, was aber unmöglich war. Dafür hatte er selbst gesorgt.

Falko lag auf dem Bett seines Bruders und starrte auf die Fahne, die darüber hing und sich im Luftzug des offen stehenden Fensters sacht bewegte. In dem Zimmer war es schrecklich leer und still. Es sah aus, als sei Torben nur kurz fort, auf der Arbeit oder im *Keller*.

Doch er würde nicht mehr wiederkommen, die Scheißbullen hatten dafür gesorgt. Und Torben ließ das einfach mit sich machen, ließ sich für etwas einbuchten, was er nicht getan hatte, nur um Falko zu schützen.

Und was machte ich? Ich trauere einer Schlampe hinterher, der ich nicht gut genug gewesen bin.

Falko fühlte sich so schrecklich hilflos. Wütend hämmerte er mit der Faust ins Kopfkissen. Er kniff die Augen zusammen, aber die Tränen ließen sich nicht so einfach aufhalten. Er heulte wie ein Baby, und schon wieder sah er sie vor sich. Majida.

Eine blonde Frau brachte sie zur Schule. Sie war vom Sozialamt oder so.

Majida ging als Letzte, vor ihr zwei Kinder, richtige Kinder. Sie sahen aus wie Zigeuner, oder zumindest, wie Falko sich die vorstellte. In kunterbunten Klamotten und mit einem Blick, als würden sie es nur darauf anlegen, Deutschen das Geld aus der Tasche zu betteln. Das hatte Torben zumindest immer gesagt.

Majida trug ein schlichtes blaues Kleid, einen weißen Beutel mit ihren Schulsachen darin und eine Handtasche, die sie so fest an sich drückte, als verberge sie einen Schatz darin. Damals, am ersten Schultag, trug sie ihr Haar offen, und es wallte wie eine glänzende schwarze Flut über ihren Rücken.

Schon damals war er hinter ihr hergegangen, hatte ihr dunkles Haar bewundert, das so schwer und schön war, dass selbst der Wind nicht wagte, es durcheinanderzubringen. Ihre Hüfte schwang mit jedem Schritt sacht hin und her, und der Anblick ließ seinen Schwanz hart werden.

Eigentlich war es da schon passiert. Damals hatte er beschlossen, dass er sie kennenlernen musste, egal wie. Falko war noch nie mit einem Mädchen zusammen gewesen, peinlich, immerhin war er schon sechzehn.

Seit jenem ersten Tag hatte er sie beobachtet, sogar heimlich Fotos von ihr gemacht und sich zu Hause einen runtergeholt und dabei an sie gedacht.

Torben durfte nicht wissen, dass ihn ausgerechnet ein Asylantenmädchen scharfmachte.

Leider hatten nach einer Weile auch die anderen Jungs bemerkt, wie heiß Majida war, und versucht, sich an sie ranzumachen. Falko hätte sie gerne beschützt, doch dann hätte jeder mitbekommen, dass er sie wollte.

Kurz nachdem die anderen begannen, ihr anzügliche Sprüche nachzurufen, hatte sie angefangen, mit diesem dämlichen Lappen auf dem Kopf rumzulaufen.

Merkwürdigerweise turnte es Falko nicht ab, sondern machte ihn nur noch geiler, denn er wusste, wie sie ohne aussah, und das wollte er wieder sehen.

Die anderen Jungs ließen sie seit der Kopftuchsache in Ruhe, und Falko fühlte sich endlich wieder unbeobachtet. Es fühlte sich an, als sei sie fast schon sein Mädchen, als gäbe es eine unsichtbare Verbindung zwischen ihnen.

Vor zwei Wochen hatte er dann seinen ganzen Mut zusammengenommen und sie auf dem Heimweg angesprochen, ganz freundlich, nicht so dämlich wie die anderen. Er hatte sich mit Namen vorgestellt und angeboten, sie zu begleiten, damit die Jungs sie nicht mehr belästigten.

Majida hatte den Kopf geschüttelt und gelächelt.

Ihre Schüchternheit gefiel ihm, das zeigte, dass sie nicht mit jedem rummachte, wie viele von den Mädchen in seiner Stufe, die jede Woche einen anderen hatten.

Majida flüsterte immer ein wenig, wenn sie sprach, als sei es ihr peinlich, dass sie erst überlegen musste, um die richtigen Worte zu finden.

Ihm gefiel auch das.

Zwei Tage lang tat er so, als begegnete er ihr zufällig. Dass Majida lächelte, wenn sie ihn sah, nahm er als Einladung. Sie wollte ihn, so wie er sie wollte, da war Falko sich sicher.

Wer hätte denn ahnen können, dass sie nur mit ihm spielte und seine Gutmütigkeit ausnutzte. Er hätte auf Torben hören sollen, doch er stand schon unter Majidas Einfluss und konnte sich alleine nicht daraus befreien.

Es war wie ein Zwang. Er musste sie beobachten und ihr, sooft es ging, nahe sein. Meistens ohne dass sie es merkte, denn er hatte Angst, zum Gespött der Nachbarschaft zu werden.

Sie sollten in ihm nicht den Jungen sehen, der einem Asylantenmädchen hinterherlief, als gäbe es keine netten deutschen Mädchen.

Jeden Tag fiel es ihm schwerer, sich zurückzuhalten. Er wollte sie berühren, ihre Haut, ihr Haar, und er wollte, dass sie auch ihn berührte, dort, wo er es am meisten wollte.

Mittlerweile wusste er, dass sie die Nachmittage oft in einem Gemeindehaus verbrachte und dann erst abends, manchmal schon im Dunkeln, heimkehrte. Es war eine riskante Zeit. Dann waren viele der Nachbarn zu Hause, die ihn sehen und sich über ihn lustig machen könnten, und auch Torben kehrte von der Arbeit zurück.

An dem Tag, als sie starb, war er ihr nach der Schule gefolgt und hatte sie vor der Siedlung eingeholt. Sie ging ungewöhnlich schnell, als habe sie es eilig.

»Hallo Majida«, begrüßte er sie.

Sie sah über die Schulter zurück und schenkte ihm dieses zauberhafte Lächeln, das scheinbar nur für ihn reserviert war. »Hallo Falko.«

»Wo willst du denn so schnell hin?«

»Vergessen, Buch«, erklärte sie.

»Für deinen Deutschkurs? Aber da musst du doch nicht immer hin.«

»Zu spät«, sagte sie und sah ein wenig traurig aus.

Er wagte einen Vorstoß. »Weißt du was? Ich helfe dir heute, du musst nicht zu dem Kurs.«

Sie lächelte, sah sich dann unsicher um und lächelte wieder. Majida schien nicht zu wissen, was sie tun sollte.

»Ich passe auf dich auf, du musst keine Angst haben«, sagte Falko und sah ihr dabei tief in die Augen. Sie sollte sehen, dass er es ehrlich meinte. Er würde aufpassen, dass sich keiner an sie ranmachte. Sie gehörte ihm, und in einiger Zeit würde sie das auch wissen.

»Wir gehen nicht weit, irgendwohin, wo wir unsere Ruhe haben, aber nicht weit. Okay?«

»Okay«, sagte sie leise und legte den Kopf schief.

»Komm mit«, forderte er sie auf.

Majida nickte und gab ihm mit einem Handzeichen zu verstehen vorauszugehen.

Er ging los, und tatsächlich folgte sie ihm mit einigen Metern Abstand. Offenbar wollte sie nicht mit ihm gesehen werden. Das kränkte ihn ein wenig, andererseits war er aber auch erleichtert, denn so sah es aus, als würden sie nur zufällig in die gleiche Richtung gehen.

Aufregung ließ seinen Nacken unangenehm spannen. Er würde tatsächlich mit ihr alleine sein, genau wie er es ersehnt hatte. Ob sie ihm auch seine anderen Träume erfüllen würde?

Erschrocken schob Falko die Gedanken weit von sich, denn sie ließen sein Glied prall werden. Majida sollte nicht sehen, was er wollte, welche Macht sie über seinen Körper hatte.

Falko ging zum Spielplatz. Die anderen trafen sich dort frühestens um fünf, meistens erst gegen sechs zum Quatschen und Abhängen. Sie würden einige Stunden für sich haben.

Majidas leise Schritte, die im Gleichklang über den Asphalt huschten, waren wie eine Melodie.

Ein Versprechen.

Er ging durch den Sand am verlassenen Klettergerüst vorbei, wo sie sonst immer saßen, zu dem umgefallenen Baumstamm.

Falko setzte sich und klopfte dann auf den Platz an seiner Seite. Anstatt über den Stamm zu klettern oder zu springen, ging Majida langsam außen herum und setzte sich dann mit etwas Abstand neben ihn.

Sie war wirklich ein ganz besonderes Mädchen. Sie sah sich um, betrachtete alles ganz genau. Den alten, toten Baum, die Brennnesseln und die vereinzelt dazwischen wachsenden Wildblumen. Falko kannte von keiner den Namen.

Von beiden Seiten wölbten sich Brombeerranken über sie. Hellrosa Blüten zogen sich dicht an dicht die Äste entlang. Es waren keine Rosen. *Aber hey, besser als nichts*, dachte er in einem Anflug von Stolz. Jetzt verstand er, warum die anderen Jungs ihre Freundinnen zum Knutschen immer genau hierher brachten.

Es war nett. Hübsch.

»Gefällt es dir, Majida?«, fragte er freundlich.

»Ja … schön.« Sie wies mit dem Finger auf die Bögen von Brombeerblüten. »Wie heißen?«

»Was? Die Pflanze? Brombeere, Brombeerstrauch.«

»Bromb…«, sagte Majida und kicherte.

Er sagte es ihr vor, immer wieder, bis ihr hübscher kleiner Mund sich perfekt bewegte und das schwierige Wort aussprach.

Falko musste daran denken, wie es sich wohl anfühlte, wenn dieser Mund mit seinem Schwanz das anstellen würde, was die Nutten in den Pornos immer machten.

Er erschrak vor seiner eigenen Fantasie. Majida war nicht so ein Mädchen! Aber doch, es war ein schöner Gedanke, bei dem es ihm in die Lenden biss und er sich ein wenig von ihr wegdrehen musste, damit sie nichts bemerkte.

»Was möchtest du noch wissen?«

Sie wies auf verschiedene Dinge, sogar den Himmel, machte Gesten und lachte bald immer mehr.

Geduldig sprach er ihr alles vor, übte und merkte, dass es ihm sogar tatsächlich Spaß bereitete. Er nutzte ihr wachsendes Vertrauen, um näher an sie heranzurutschen. Berührte sie bald ganz beiläufig, und sie zuckte nicht zurück.

»Du hast so schöne Haare«, sagte er irgendwann. »Warum versteckst du die? Wegen deinem Glauben?«

Sie verneinte und senkte errötend den Blick. Dann zupfte sie vorsichtig zwei Nadeln aus dem Tuch und schob es ein wenig zurück. Schwarzblau und glänzend lockte es ihn. Er wollte mit beiden Händen hineinfassen, aber noch konnte er sich beherrschen.

»Mit dir lernen … schön«, sagte sie nach einem Moment des Schweigens. Auf ihren Wangen erschien eine zarte Röte.

Sie mochte ihn, wurde Falko klar, und er fühlte sich innerlich ein wenig wachsen. Dieses hübsche Mädchen mochte ihn. Kurz erlag er der Wunschvorstellung, sie stolz überall mit hinzunehmen, mit ihr Eis essen zu gehen oder vielleicht mal tanzen. Und seine Kumpels könnten sie dann angaffen und ihn beneiden.

Dann wurde ihm wieder klar, mit was für einem Mädchen er hier einen auf Romantiker machte. Keiner würde ihn beneiden, sie würden ihn auslachen und sich über ihn lustig machen. Torben würde ihm eine knallen und sich für seinen kleinen Bruder schämen, als sei er aussätzig.

Es machte Falko zornig. Die Wut gärte in ihm, wie früher, als er noch kleiner und schmächtiger gewesen war und die anderen ihn deshalb gehänselt hatten. Dann war er zuerst ganz ruhig geblieben und hatte immer weniger gesagt, bis nur noch ein einziger dummer Spruch genügte, um den Damm zum Brechen zu bringen.

Bei einer dieser Aktionen war er beinahe von der Schule

geflogen, weil er einem anderen Jungen fast die Nase gebrochen hatte. Aber da der schon vorher als Schläger bekannt gewesen war und Falko bis dahin immer nur der liebe Junge, hatten sie ihn mit einer Verwarnung davonkommen lassen.

Im Jahr darauf war er ein ordentliches Stück gewachsen, und die anderen hatten ihn von da an in Ruhe gelassen.

Wenn sie ihn jetzt mit einem Mädchen wie Majida sehen würden, ginge das sicher alles wieder von vorne los.

»Du traurig?«, fragte sie plötzlich und betrachtete ihn eingehend. Ihre Augen waren wie ein Sog, und er fühlte die Wut schwächer werden. Fühlte, wie sie ihn zu sich hinzog. Majida hatte Macht über ihn. Er wusste nicht, ob ihm das gefiel oder zuwider war.

Was er wusste, war, dass er sie wollte, wie er noch nie etwas in seinem Leben gewollt hatte.

Er beugte sich zu ihr, und als sie erschrocken zurückwich, fasste er blitzschnell in ihren Nacken und hielt sie fest, sanft nur, aber sie hielt erstarrt inne, wie ein panisches Tier.

»Keine Angst, Majida, ich mag dich doch«, sagte er und gab ihr einen flüchtigen Kuss auf die Wange.

Dann ließ er sie wieder los und ging auf Abstand.

Majida sah ihn an und berührte ungläubig ihre Wange. An ihrer Kehlgrube klopfte flatternd der Puls, genauso schnell und aufgeregt wie seiner.

»Ich, ich habe dir etwas mitgebracht«, stotterte er und wühlte in der Tasche seiner Baggy Jeans.

Majida hockte derweil angespannt neben ihm und wirkte, als wolle sie jeden Moment die Flucht ergreifen. Das durfte sie nicht!

Falko hielt ihr einen kleinen Flakon hin, der wie ein Edelstein glitzerte. Er hatte das Parfum von seiner Mutter geklaut, sie benutzte es eh nur selten. Die Flasche war noch fast voll. Im Notfall würde er eben sagen, dass sie kaputtgegangen war. Oder gar nichts. Gar nichts war noch besser, denn er war kein guter Lügner.

»Was ist das?«, fragte Majida und entspannte sich sichtlich.

»Ein Geschenk für dich, ein Parfum.« Falko hielt es an die Nase und schnüffelte laut, um ihr zu zeigen, wofür es da war, dann reichte er es ihr. Sie nahm es an, und ihre Hände berührten sich leicht.

Vorsichtig besah sie sich das Fläschchen von allen Seiten und wollte es ihm dann zurückgeben. »Zu teuer, nicht nehmen.«

Er nahm seinen Mut zusammen und umschloss ihre Hand, die das Parfum hielt, mit seinen beiden. »Behalte es, bitte.«

Jetzt beschwor er sie schon, etwas zu nehmen, das er für sie geklaut hatte, das war doch absurd! Doch wenn er sah, wie sie nun strahlte, war es schnell vergessen.

Vorsichtig zog sie den Deckel ab und hielt den Flakon unter ihre Nase.

Gefiel es ihr?

Auf jeden Fall lächelte sie.

»Na los, benutz es«, sagte er und machte eine entsprechende Geste. Majida schüttelte den Kopf. Verstand sie ihn nicht? Was war daran nicht zu verstehen?

»Nein«, erwiderte sie nun ganz deutlich und brachte damit Falkos Zorn zurück, und diesmal richtete er sich auf sie.

Tagelang hatte er sich ausgemalt, wie sie ihn zum Dank küssen würde und er dann die Hand unter ihr Oberteil schieben und ihre pfirsichweiche Haut berühren würde.

Und nun?

Nun wies sie ihn gleich zweimal hintereinander ab.

»Wie kannst du es wagen«, zischte er leise und erschrak selbst über den Klang seiner Stimme.

Majida wollte vor ihm zurückweichen, doch er war schneller, fasste sie an den Schultern und zog sie mit einem Ruck zu sich.

Sie wehrte sich nicht, als er seinen Mund auf ihren drückte und vom Geschmack ihrer weichen Lippen überwältigt wurde. Begierig grub er seine Finger in ihr Haar, das sich überraschend fest anfühlte. Der Duft ihrer Haut war betörend, sein Schwanz war nun ganz hart und rieb von innen gegen die Hose.

Der Wunsch, ihre Lippen auf seiner Erektion zu spüren, wurde übermächtig. Ihm fiel kaum auf, dass Majidas Arme reglos herunterhingen, wie bei einer Puppe.

Er küsste sie auf Mund, Wangen und Hals und erwartete, dass sie bald ebenso leidenschaftlich zurückküssen würde, doch Majida blieb reglos. Atmete nur, atmete ganz flach und schnell gegen ihre Angst an.

Und dann schrie sie plötzlich.

Falko erschrak und presste ihr die Hand auf den Mund. Sofort war sie wieder still, doch jetzt wehrte sie sich. Versuchte, ihn von sich zu stoßen und ihn zu treten.

Aber sie war unbeholfen. Majidas Gegenwehr war nichts gegen die Prügel, die er auf dem Schulhof eingesteckt hatte oder die gelegentlichen Rangeleien mit Torben.

Sie stachelte ihn eher noch an herauszufinden, ob Majida wirklich nicht mehr Kampf in sich hatte.

Sie ballte ihre Hände zur Faust, wie eine kleine Ringerin, und drosch auf ihn ein. Als sie sein Schlüsselbein schmerzhaft traf, war er so überrascht, dass er sie beinahe losgelassen hätte.

Sie sprang auf und versuchte wegzulaufen, doch er riss sie zurück. Majida fiel auf den Boden, und er stürzte sich auf sie, drückte sie herunter, mit dem Knie direkt auf die Brust.

»Falko, bitte, bitte, nein«, wimmerte sie.

Er hörte Majida gar nicht mehr richtig. Es war, als habe sie ihre schöne Maske fallen lassen und zeigte nun ihr wahres Aussehen.

Ihr Gesicht war zur Fratze verzerrt. Ganz rot und verheult, der Mund aufgerissen und voll mit Erde. Sie war dreckig. Torben hatte recht gehabt. Sie hatte ihn verführt und sogar so weit gebracht, seine eigene Mutter zu bestehlen.

Er ekelte sich vor sich selbst, und er ekelte sich vor ihr, diesem Mädchen und ihrem heißen Atem, der über seine Hand strich.

Er wollte, dass es aufhörte, dass *sie* aufhörte.

Falko fühlte sich wie ein Zuschauer. Er beobachtete, wie sich zwei Hände um Majidas schmalen Hals legten. Es waren keine besonders großen oder starken Hände, es waren womöglich nicht mal seine Hände.

Sie drückten zu. Das Flattern unter der Haut wurde schneller, als sei dort ein Falter gefangen, der hinauswollte. Er ekelte sich vor Faltern, drückte fester zu, legte sein ganzes Körpergewicht in das Knie, das auf den krampfenden Brustkorb drückte.

Dann war es plötzlich vorbei.

Kein Zucken und kein Flattern mehr, kein Stöhnen, Weinen und Schlagen mit den Händen mehr. Nichts.

Er lehnte sich zurück. Zog die verschwitzten, klebrigen Hände von ihrem Hals und rieb sie an der Hose ab, bis sie sich wieder trockener anfühlten und nicht mehr kribbelten.

Falko fühlte sich, als erwache er aus einem Rausch. Fest drückte er den Rücken gegen den Baumstamm und ließ den Blick schweifen.

Hatte er das wirklich getan?

»Hey, hey, Majida«, flüsterte er, fasste an ihr Bein und gab ihr einen Stoß. Nichts. Ihr Körper bewegte sich kurz und lag wieder still. Auf Atemgeräusche hoffte er vergebens.

Das war ich nicht, das kann ich nicht gewesen sein.

Er rappelte sich auf, kniete sich neben sie und fühlte ihren Puls.

»Nichts«, flüsterte er.

Die Kehle wurde ihm eng. Was sollte er jetzt tun? Er konnte doch nicht neben ihrer Leiche sitzen bleiben, bis ihn jemand entdeckte. Dann würde er für zig Jahre in den Knast müssen.

Falko wollte aufstehen, doch seine Beine versagten den Dienst und die Hände zitterten wieder wie verrückt.

Er wollte Majida nicht ansehen, und doch tat er es. Ihr zartes Gesicht sah jetzt wieder friedlich aus. Ihr Mund glänzte, die Lippen standen ein wenig offen, als wolle sie gerade etwas sagen und wisse nicht genau, was.

Er rutschte näher, musste sie unablässig ansehen, um wirklich zu verstehen, was passiert war. Auf ihren Wangen hatten Tränen Spuren hinterlassen, die nun langsam trockneten. Auch in den dunklen Bögen ihrer Wimpern glitzerten sie. Ihre Augen standen halb offen, ihre wunderschönen Augen, aus denen das Leben so schnell wich, dass er meinte, dabei zusehen zu können. Er nahm ihre Hand in seine.

»Warum konntest du nicht nett zu mir sein, Majida? Warum?«

Seine Stimme klang kläglich. Er wollte nicht heulen und schlug mit der Faust auf den Boden.

Dann wurde Falko ruhiger. Er durfte jetzt nicht durchdrehen. Vorsichtig wandte er sich um. Der Spielplatz war noch immer genauso verlassen wie an allen anderen Tagen um diese Zeit.

Er würde es niemals schaffen, sie quer über den Sandkasten an der Rutsche und dem Gerüst vorbeizutragen, ohne gesehen zu werden. Und wohin überhaupt? Überall waren Häuser. Er konnte nicht einfach eine Leiche durch die Gegend schleppen, ohne gesehen zu werden.

Er brauchte ein Auto, aber er hatte keins und auch keinen Führerschein. *Torben.*

Sein Bruder würde ihm helfen, er war immer für ihn da, hatte es geschworen! Er musste kommen, sofort.

Das Handy war schnell gezückt, doch es kostete ihn verdammt viel Überwindung, Torben anzurufen. Er war bestimmt gerade auf dem Heimweg, und Falko hatte eine Ahnung davon, wie wütend er sein würde.

Es klingelte nur zweimal, dann meldete er sich.

»Torben, wo bist du?«

»Im Auto«, kam die mürrische Antwort. »Wie klingst du denn, hast du geheult?«

»Weiß nicht. Bist du allein?«, erkundigte er sich. Manchmal nahm Torben einen Kollegen mit und setzte ihn an dessen Wohnung ab.

»Klar bin ich allein, was gibt es, das nicht warten kann, bis ich zu Hause bin?« Er klang genervt, und das würde nicht besser werden, sobald er wusste, weshalb Falko anrief.

»Es ist etwas passiert, ich habe etwas Schreckliches getan. Ich kann hier nicht weg, Torben, du musst mir helfen.« Die würgende Enge in seinem Hals drückte ihm die Luft ab. Er musste um jedes Wort kämpfen.

»Wo bist du, ich komme sofort!«, erwiderte Torben alarmiert. Falko beschrieb ihm, wo er war, und sein Bruder stellte zum Glück keine Fragen mehr, denn er konnte die Tat nicht in Worte fassen.

Als er das Handy wieder einsteckte, war er deutlich ruhiger. Seltsam, wie sehr Torbens Kommen ihm vermittelte, dass doch noch alles gut werden würde. Falkos Knie waren nicht mehr weich, und nachdem er sich einmal umgesehen hatte, erhob er sich und klopfte den Dreck von der Jeans, bis fast nichts mehr zu sehen war.

Er musste dafür sorgen, dass dieser Platz aussah wie immer, sobald die Tote verschwunden war.

Er zögerte nur kurz, dann fasste er Majida an den Schultern, zog sie ein Stückchen vom Baumstamm weg und vermied dabei, ihr ins Gesicht zu sehen.

Die Schleifspuren auf dem Boden verwischte er mit seinen Schuhen.

»Keine Spuren, keine Spuren«, sagte er leise vor sich hin, wiederholte die Worte wie ein beruhigendes Mantra, als würden sie wahr, wenn er sie nur oft genug aussprach.

Ein Armband von Majida war gerissen, die Perlen lagen überall verstreut zwischen Ästen, Steinchen und jungen Brennnesseln.

Falko sammelte sie alle ein und verstaute sie in der Reißverschlusstasche seiner Jeans. Da war auch noch das Parfum, der Deckel des Flakons musste auch irgendwo sein.

Er fand ihn unter einer Astgabel des umgestürzten Baums und wollte ihn gerade auf den Flakon drücken, als er innehielt.

Falko roch an dem Duft. Blumig und schwer. Er hatte ihr nicht gefallen. Vielleicht passte er nicht zu ihr, na und? Es war ein Geschenk, sie hätte es annehmen sollen. Wegen ihrer Sturheit und Undankbarkeit war sie nun tot.

Die Zähne aufeinandergepresst, trat Falko zu der Toten und sah auf sie herab. Dann sprühte er sie mit dem Parfum ein.

»Siehst du? War gar nicht so schlimm.«

Der Geruch wurde von einem Windstoß zu ihm getragen und ließ ihn irritiert zurücktreten. Es roch wie zu Hause im Bad, wie Mutter.

»Falko?« Torbens Stimme.

»Hier, nicht so laut«, antwortete er.

Sein Bruder kam über den Spielplatz auf ihn zugerannt und wurde erst auf den letzten Metern langsamer. Er war verschwitzt, noch in Arbeitskleidung und eindeutig genervt vom Hilferuf seines kleinen Bruders.

Dann sah er Majida und blieb wie angewurzelt stehen.

»Ich, ich habe …«, stotterte Falko.

»Ist sie verletzt?«

»Ich wollte das nicht.«

Torbens Blick blieb auf Majidas Leiche gerichtet, als warte er verzweifelt auf ein Lebenszeichen. »Was ist das, Falko?«, fragte er schließlich beinahe tonlos, doch der antwortete nicht.

Torben ging langsam, beinahe wie in Trance zu ihr. Die Zeit schien sich zur Unendlichkeit zu dehnen, bevor er sich wieder regte. Jetzt lag etwas Flehendes im Blick seines Bruders. »Sag, dass du die hier schon so gefunden hast, sag es!«

Falko schüttelte den Kopf. Schüttelte und schüttelte, schneller und schneller, bis plötzlich eine Ohrfeige auf seinem Gesicht brannte und Torben ihn wütend an den Schultern packte.

»Warum, Falko?«

»Ich, ich mochte sie«, keuchte er. Er heulte, wieso verdammt heulte er wie ein dummes Kind?

»Oh Gott!« Torben stieß ihn von sich, ging einige Schritte und drehte ihm den Rücken zu. Seine Schultern waren breit, einschüchternd für Fremde. Wie oft hatte Falko sich als Kind hinter seinem älteren, stärkeren Bruder versteckt. Andere hatten Angst vor Torben, vor ihm hatte niemand Angst.

»Sie werden mich ins Gefängnis stecken!«

»Nein, Falko, werden sie nicht. Du musst jetzt ganz ruhig bleiben, hörst du? Ich kümmere mich darum, gemeinsam bekommen wir das hin.«

»Okay«, sagte Falko, noch nicht ganz überzeugt, aber schon mit etwas mehr Hoffnung. »Was soll ich machen?«

»Du bleibst hier. Erinnerst du dich an den Schotterweg, der vor dem Pfingststurm von hier zum Parkplatz geführt hat?«

»Ja klar, der geht da vorne durchs Gebüsch.«

»Genau. Ich fahre da jetzt runter und mit dem Heck ganz dicht dran. Wir müssen warten, bis die Luft rein ist, dann tragen wir sie gemeinsam runter. Aber wenn es dauert, dauert es. Ich warte, bis ich wirklich keinen mehr sehe.«

»In Ordnung.«

Falko sah Torben nach, der vorsichtig und nach allen Seiten schauend zu seinem Auto zurückging. Als der Motor gestartet wurde, fühlte Falko sich schlagartig schrecklich allein.

Majidas Leiche zu sehen machte ihm mit jeder verstreichenden Minute mehr zu schaffen. Er wollte nicht wahrhaben, dass er sie tatsächlich erwürgt hatte.

Es dauerte nicht lange, und er konnte wieder Torbens

Auto hören, nun auf der anderen Seite von ihm, ein Stück abwärts, hinter einem zweiten, umgestürzten Baum. Das hatte also schon mal geklappt.

Falko zupfte Majidas Kopftuch über ihr Gesicht, damit er es nicht mehr ansehen musste.

Sein Zorn auf sie war verflogen. Er hätte sie wirklich sehr gerne als Freundin gehabt.

Falko setzte sich neben ihren Körper auf den Baumstamm und lauschte den Geräuschen der Siedlung. Es war friedlich hier, deshalb mochte er diese Stelle.

Irgendwo lachten Kinder, wahrscheinlich die von den Brinkmanns, und ahnten nicht, was hier geschehen war.

Eine Autotür wurde geöffnet und schlug leise wieder zu. Es raschelte auf dem zugewachsenen Weg.

»Torben?«

»Ja, alles okay bei dir?«

»Ja, alles ruhig.«

»Gut, bin gleich da.«

Gleich darauf raschelte und knackte es, als Torben sich einen Weg durch das trockene Unterholz bahnte. Seit dem Sturm waren die Überreste des Baums morsch geworden und die dünneren Äste leicht zu beseitigen.

Torben trug Arbeitshandschuhe und eine dicke Plane unter dem Arm, die sonst immer im Kofferraum lag.

»Da, für dich«, er warf Falko ebenfalls Handschuhe zu. »Zieh die an, und dann packen wir sie ein.«

»Torben, ich …«

»Nicht reden, machen. Los jetzt.« Der befehlsartige Ton sorgte dafür, dass Falko nicht weiter über seine Tat nachdachte. Er befolgte Torbens Anweisungen, und nach wenigen Minuten war Majidas Leiche verpackt und auf dem Boden fast keine Spur mehr zu sehen, nur ein wenig Gras war noch heruntergedrückt.

»Wenigstens kein Blut«, brummte Torben, als hätte er schon zigmal eine Leiche verschwinden lassen.

Gemeinsam trugen sie die Tote durch das dichte Gestrüpp, dann übernahm Torben die Leiche. »Geh vor und schau, ob wir ungestört sind, und wenn ja, mach den Kofferraum auf.«

Falko stieg von dem überwachsenen Pfad auf den Parkplatz.

Torbens Wagen parkte nur einen halben Schritt entfernt, auf der anderen Seite standen zwei weitere Autos, aber sie waren leer. Er konnte einen alten Mann sehen, der gerade Müll in eine Tonne warf und dann, schwer auf seinen Stock gestützt, wieder zum Haus ging.

Falko drückte auf den elektrischen Schlüssel und öffnete die Heckklappe von Torbens Kombi.

»Jetzt«, rief er seinem Bruder zu.

Der trat, verdeckt von der Heckklappe, aus dem Gebüsch und lud die Tote ein, dann legte er eine zweite Decke über sie und beschwerte alles mit Werkzeug und einem Ersatzreifen.

Majida war fort, als hätte es sie nie gegeben.

»Sie stinkt«, sagte Torben ungerührt. »Ein bisschen wie Mutter. Du hast doch keinen Mutterknall, oder?«

Meinte er einen Ödipuskomplex, dachte Falko und erinnerte sich an den Deutschunterricht. »Nee«, antwortete er nur.

»Was machen wir jetzt?«

»Wir? *Wir* machen überhaupt nichts. Du gehst zurück und guckst, ob irgendwas da oben noch komisch aussieht, dann hockst du dich auf das Gerüst und wartest auf deine Freunde, wie immer.«

»Es ist noch zu früh«, protestierte er.

»Mir doch egal, spiel ein bisschen mit deinem Handy, telefonier, was weiß ich. Hauptsache, die Leute sehen, dass alles cool mit dir ist.«

»Und du? Was ist mit der …«

»Ich fahr nach Hause und esse was. Auch wie immer. Um die kümmere ich mich später. Du vergisst das einfach alles. Vergiss es, hörst du? Wir leben ganz normal weiter.«

»Meinst du …?«

»Nie wieder ein Wort! Schwöre es.«

»Ich schwör's.«

»Gut.« Torben gab ihm einen Klaps auf den Kopf und stieg in den Wagen. Noch ehe er losgefahren war, kehrte Falko auf dem Pfad zum Spielplatz zurück.

Jenen Nachmittag verbrachte er auf dem Gerüst, seine Freunde kamen eine halbe Stunde später. Keiner merkte, dass Falko nicht so gesprächig war wie sonst.

Als er am Abend heimkam, war Torben angeblich gerade noch einmal mit dem Auto losgefahren, um bei Bekannten etwas abzuholen.

KAPITEL 18

Majidas Tagebuch

Wieder eine Art Lager, aber es ist kleiner und besteht aus einem großen, alten Haus. Es ist kalt hier in Deutschland. Die Heizungen pfeifen Tag und Nacht. Die Fenster sind vergittert. Wenn ich hinausschaue, kann ich Bäume sehen. Ihre Blätter sind verfärbt, und mit jedem Windstoß trudeln welche zu Boden. Wird es wirklich schon Winter? Es war doch gerade erst Frühling, als Vater und Ahmed erschossen wurden. Es kommt mir vor wie eine Ewigkeit und zugleich, als sei es erst gestern geschehen.

Hier ist alles so anders. Wie eine andere Welt, ein anderes Universum.

Ganz nackt ausziehen sollte ich mich. Es war mir peinlich. Ich war mit zwei Ärztinnen und einem Arzt allein, und sie wollten, dass ich mich ausziehe. Ich war wie versteinert.

Sie erklären, dass sie nur meine Gesundheit untersuchen und herausfinden wollen, wie alt ich bin. Warum glauben sie mir nicht? Ich kann ihnen doch meinen Geburtstag sagen.

Schließlich geht der Arzt, und ich bin allein mit seinen Kolleginnen. Da kann ich mich doch überwinden. Sie untersuchen meine Brüste und sehen unter meinen Armen und zwischen meinen Beinen nach, dann soll ich noch mal sagen, wann ich geboren bin.

Ich zittere, als ich mich anziehe. Endlich habe ich es hinter mir, aber das fürchterliche Gefühl will nicht verschwinden. Die Ärztin merkt wohl, wie verstört ich bin. Sie ruft eine Übersetzerin, die mir erklären soll, warum das alles geschieht. Sie ist nett und auch aus Syrien.

Sie sagt, dass viele Kinder und besonders Jugendliche, die als Flüchtlinge nach Deutschland kommen und keinen Pass haben, bei der Angabe ihres Alters lügen.

Ich frage, warum.

Kinder sind in Deutschland besonders geschützt und dürfen, wenn sie ohne Familie sind, nicht abgeschoben werden. Das finde ich gut. Ich sage, dass ich nicht alleine gekommen bin, sondern mit Mutter und Tante, und das alles dann nicht nötig gewesen wäre. Sie nickt. Aber so ist das hier nun mal.

Bochum

Nach einer verwirrenden Nacht, in der Cornelia von Frau Wöllke geträumt hatte, die plötzlich mit ihren Katzen im Flüchtlingsheim wohnte, und von Faris, der mit einer Kalaschnikow auf unsichtbare Gegner schoss, wachte sie dennoch erstaunlich erholt auf.

Und sie hatte einen festen Plan, sie musste mit ihrem Vorgesetzten sprechen.

Als sie auf die Wache kam, saß Reinle bereits in seinem Büro. Sie fragte sich, wann dieser Mann überhaupt schlief. Es sollte ja Menschen geben, die nur vier Stunden Schlaf brauchten. Cornelia fühlte sich erst richtig erholt, wenn sie doppelt so viel bekam.

»Guten Morgen«, sagte sie durch die offen stehende Tür.

Reinle blickte mit Grüblermiene auf. »Guten Morgen! Du

siehst ja richtig gut gelaunt aus, aber das hast du dir auch verdient. Ich bin froh, dass wir den Fall lösen konnten und es nicht ein paar Externen überlassen mussten.«

»Genau deshalb würde ich gerne mit dir sprechen. Hast du einen Moment?«

»Klar, komm rein.«

Cornelia setzte sich auf den angebotenen Stuhl. Reinle schob Akten hin und her, bis auf der Mitte des Schreibtischs wieder etwas Holz zu sehen war, so als müsse er einen Pfad zwischen ihnen bahnen, bevor sie sich unterhalten konnten.

»Du schaust, als wärst du mit dem Ergebnis nicht ganz so zufrieden wie ich.«

»Stimmt«, sagte sie. »Gestern habe ich ein Gespräch zwischen den Tell-Brüdern mit angehört. Der ältere war es nicht.«

Reinle setzte sich kerzengerade auf. »Er war es nicht?«

»Nein, er deckt jemanden und ist offenbar bereit, dafür in den Knast zu gehen. Er will sogar ein Geständnis ablegen.«

Reinle fluchte herzhaft und bat sie, alles zu erzählen. Als sie geendet hatte, sah sie, wie sich auf seinem Gesicht rote Flecken ausbreiteten. Er sah aus, als würde er jeden Moment losbrüllen, doch sie kannte ihn gut und wusste, dass er noch ein ganzes Stück von einem seiner legendären Wutanfälle entfernt war.

Die meisten Kollegen fürchteten ihn dennoch. Cornelia, die selbst ein sehr ruhiger Mensch war, kam hingegen gut mit ihm klar.

»Was machen wir jetzt?«, fragte sie.

»Wir können uns seine Freunde und die Familie noch einmal vornehmen. Sein Wagen ist zur Beweissicherung ja bereits konfisziert worden.«

»Aber dass wir Haare und Hautschuppen von Majida Esber darin gefunden haben, heißt nur, dass sie lebend oder tot im Wagen gewesen ist. Vielleicht hat er sie zum Täter gebracht oder geholfen, die Leiche wegzuschaffen.«

»Mitschuld ja, Mord großes Fragezeichen«, brummte Reinle.

»Hausdurchsuchung?«

Cornelia nickte. »Gute Gelegenheit, mir noch einmal seinen Bruder vorzuknöpfen. Aus dem bekommen wir eher etwas raus als aus Torben Tell. Vielleicht hilft die Stresssituation ja, immerhin ist er erst sechzehn.«

»Ich veranlasse alles. Die Mutter wollte heute übrigens zur Zeugenaussage herkommen und müsste gleich da sein. Vielleicht kannst du das übernehmen. Du kennst sie ja bereits.«

Kurz darauf saß Cornelia in ihrem Büro. Sie hatte die Tür geschlossen, und die Geräusche der anderen Kollegen und das Rauschen des Verkehrs vor den Fenstern drangen nur gedämpft zu ihr herein.

Der Rechner fuhr hoch, führte offenbar aber einige Aktualisierungen durch, und es dauerte und dauerte.

Einen Moment lang erlaubte sie sich, nicht an den Fall zu denken. Der vorgestrige Abend war wirklich sehr nett verlaufen. Sie hätte nicht gedacht, dass Faris es so leicht nehmen würde, dass er noch warten musste und vorerst von ihrem Leben ausgeschlossen blieb.

Sie sah auf ihr Handy und klickte auf *Eigene Bilder*.

Gleich am ersten blieb sie hängen. Es zeigte Faris und die beiden Kätzchen, die sie sich ausgesucht hatte. Er hielt sie sich von beiden Seiten an die Wangen und grinste breit.

Seine Zähne waren blendend weiß, seine Haut sah auf dem Bild dagegen ungewöhnlich dunkel aus, und die Blutergüsse auf der Stirn und über seinem linken Auge waren nicht zu erkennen.

Die Kätzchen schliefen halb, ihre Körper hingen herunter wie Stoffpuppen, die dicken Babybäuche gut gefüllt. Ihre Augen waren halb geschlossen, und es sah aus, als würden sie lächeln.

Diese drei wollten sich also alle gleichzeitig in ihr Leben schleichen. Ein wenig überrumpelt fühlte sie sich schon, aber auf eine angenehme Art.

Seit der Trennung von Robin und dem Auszug aus der gemeinsamen Wohnung, die sie fast sechs Jahre lang zusammen bewohnt hatten, fehlte ihr etwas. Sie konnte nicht gut alleine sein, auch wenn ihr die Ruhe ihrer neuen Wohnung eigentlich gefiel.

Die beiden Kater würden Leben hineinbringen, ihr Einzug war beschlossene Sache. Und Faris? Faris war wie ein großes Rätsel, das es zu lösen galt. Oder ein Buch, in das sie an einigen Stellen hineingelesen hatte. Ob es ihr am Ende gefallen würde?

Das kleine Display wurde dunkel.

Genug herumgeschmachtet, dachte sie amüsiert und legte das Handy auf den Schreibtisch. Dann wackelte sie die Maus hin und her, bis der Computerbildschirm erwachte, und gab ihr Passwort ein.

Routiniert klickte sie sich durch die eingegangenen Mails, ein Drittel davon Internes, nichts Neues zu einer der laufenden Ermittlungen. Noch einmal nahm sie sich alle bisherigen Verdächtigen vor, die beiden Tells und einen der Neonazis aus dem *Keller*, der auch an den Demos teilgenommen hatte und einer der Hauptverdächtigen für den geplanten Brandanschlag war. Er besaß kein Alibi für den Tatzeitpunkt.

Und sie öffnete Goldhagens Obduktionsbericht. »Vermuteter Todeszeitpunkt bei einer konstanten Außentemperatur von 17 bis 20 Grad circa 15 Uhr +/- einer Stunde. Abweichungen von bis zu 2 Stunden möglich, falls die Tote kühler gelagert worden war. Das ergab ein weites Zeitfenster.

Torben Tell war um 16 Uhr 30 nach Hause gekommen, seine Mutter und eine Nachbarin bezeugten es. Genug Zeit, um Majida Esber zu ermorden, aber nicht, um die Leiche zu reinigen und am Fundort zu deponieren.

Sein Bruder war bis 14 Uhr in der Schule, dann kurz zu Hause gewesen und hatte sich um 17 Uhr mit Freunden auf dem Spielplatz getroffen, wo sie ihm selbst bereits begegnet war. Zwischen seinen Alibis klaffte eine große Lücke, aber er hatte unmöglich Majidas Leiche in das Wäldchen transportieren können. Dass der Fundort nicht der Tatort war, war sicher. Denn es gab keinerlei Anzeichen eines Kampfes. Aber wenn sie nun ganz in der Nähe erwürgt worden war?

»Nein«, sagte Cornelia laut. Jemand hatte eindeutig ihren Körper gewaschen und auch die Finger und unter den Nägeln gründlich gereinigt. Schaute wahrscheinlich gerne *Dexter*, dachte sie und überlegte, wie viel genauer die SpuSis suchen mussten, seitdem Hinz und Kunz im Fernsehen lernten, wie man einen Mord vertuschte.

Jemand klopfte zaghaft an der Bürotür. Es war Frau Tell, den Kopf leicht schief gelegt, um zu sehen, wer im Raum saß.

Cornelia stand auf und ließ sie ein. »Guten Morgen, Frau Tell, vielen Dank, dass Sie sich Zeit genommen haben«, spulte sie herunter und bot ihr einen Sitzplatz an.

Die Mutter des Mordverdächtigen klammerte sich an ihrer Handtasche fest. Sie trug Schwarz, was ihr überhaupt nicht stand und wirkte, als ginge sie zu einer Beerdigung. Falls ihr Ältester den Mord gestand, würde es für sie vielleicht auch eine ähnliche Bedeutung haben.

Sie hatte sich geschminkt, konnte aber nicht verbergen, dass sie viel geweint hatte. »Ich verstehe das alles nicht«, sagte sie mit bebender Stimme.

»Das ist immer schwer«, erwiderte Cornelia und versuchte, die Worte mit Mitgefühl zu färben, aber innerlich hatte sie sich bereits so weit von dieser Frau distanziert, dass es ihr schwerfiel.

»Ich möchte dieses Gespräch gerne aufzeichnen, wenn das für Sie in Ordnung ist?«

»Ja.« Frau Tell sank auf dem Stuhl immer mehr in sich zusammen. Weil sie glaubte, dass sie als Mutter versagt hatte oder weil sie wie die meisten Menschen eingeschüchtert von der Polizei war?

Cornelia schenkte ihr ein Glas Wasser ein, legte ein Päckchen Taschentücher auf den Tisch und begann mit der Befragung, indem sie Frau Tells persönliche Daten aufnahm. Ihr Gegenüber wurde nach und nach ruhiger, die einfachen Fragen gaben ihr das Gefühl, alles unter Kontrolle zu haben.

»Erzählen Sie mir von Torben, Frau Tell. Seit wann hat er so extreme Ansichten?«

Sie zitterte kurz, dann drückte sie den Rücken gegen die Stuhllehne. »Mit fünfzehn, sechzehn hat es angefangen. Zuerst war es nur die Musik. Ich habe mir nicht viel dabei gedacht, er war in der Pubertät, da ist Musik mit wütenden Texten das geringste Problem. Ich dachte, solange er zur Schule geht und sich gut beträgt, lassen wir ihn am besten in Ruhe. Er hat seinen Realschulabschluss gemacht, sogar mit einem guten Schnitt. Wir wollten, dass er weitermacht, aber er hatte keine Lust mehr, wollte Geld verdienen. Er begann die Ausbildung bei dem Betrieb, wo er auch jetzt noch ist. Dann fuhr er plötzlich immer häufiger weg und kam oft mit einigen Blessuren wieder. Die Interessen Deutschlands vertreten, nannte er das.«

»Er ist auf Demos gefahren, ihr Sohn war polizeilich bekannt, Frau Tell. Hat Ihr Mann denn auch nie etwas gesagt? Ich meine, wenn ein Kind in die rechte Szene abrutscht, das geht doch nicht von heute auf morgen.«

»Ach, mein Mann …«, sagte sie nur und schniefte.

Cornelia wartete darauf, dass sie weitersprach, aber für Frau Tell gab es offenbar nicht mehr zu dem Mann zu sagen, mit dem sie vermutlich die vergangenen Jahrzehnte ihres Lebens verbracht hatte.

Schließlich sagte sie doch etwas. »Ihn habe ich schon lange verloren, dann Torben, und jetzt ist auch noch Falko weg.«

Cornelia wurde hellhörig. »Was heißt weg? Ist er nicht in der Schule?«

»Nein.«

»Nein?« Musste sie dieser Frau denn jedes einzelne Wort aus der Nase ziehen?

»Er hat ganz normal um Viertel nach sieben das Haus verlassen, nachdem er mit uns gefrühstückt hat. Dann bin ich hoch, um sein Bett zu machen, und habe gemerkt, dass Sachen fehlen. Sein großer Rucksack, sein Schlafsack, Kleidung.«

»Er ist abgehauen?«

»Wegen Torben, er leidet sehr darunter. Die Sachen hat er wohl einfach aus dem Fenster geworfen, damit wir es nicht merken.«

Cornelia war schon aufgesprungen. »Warten Sie hier.« Sie lief zu Reinles Büro und riss, ohne anzuklopfen, die Tür auf.

»Falko Tell ist getürmt!«

Ihr Chef legte in diesem Moment den Telefonhörer zurück auf die Station und stieß sich mit dem Bürostuhl nach hinten.

»Wann?«

»Nicht mehr als zwei Stunden.«

»Ich bekomme so eine Ahnung, wen Torben Tell schützen wollte!«

»Ich auch. Und ich war so dumm, es nicht zu merken.«

»Mach dir jetzt keine Vorwürfe. Gerade kam die Bewilligung für die Durchsuchung und Beweissicherung bei den Tells. Ich schick die Spurensicherung los, du schnappst dir Robin und fährst auch mit.«

»Und Frau Tell? Die sitzt noch in meinem Büro.«

»Wenn sie nicht will, dass wir ihr die Tür auftreten, beeilt sie sich besser, und jetzt hopp, hopp! Schnappen wir uns den Kleinen.«

»Geht klar, Chef.«

»Und Conny, das mit der Tür war ein Scherz.«

Sie grinste und machte sich auf den Weg. Reinle und sie verstanden sich.

Falko zerrte den Rucksack gerade und marschierte weiter. Er genoss es zu gehen, einfach die Straßen entlang, wohin er wollte.

Frei. Einfach frei sein.

Er stellte sich vor, Torben gehe wie ein großer Schatten neben ihm her. Ein unsichtbarer Held und Beschützer. Aber nun war es an Falko, ihn zu beschützen. Er würde nicht zulassen, dass sein großer Bruder seine Schuld auf sich nahm.

Falko fühlte sich wie ein Charakter aus den Videospielen, die sie immer zusammen gespielt hatten, oder wie ein Krieger in einem Roman, der eine Aufgabe bekommen hatte.

In der Nacht war ihm klar geworden, was er tun musste. Er musste noch eine Majida finden, ein Mädchen, das ihr glich, und mit ihr dasselbe machen. Dann würden die Bullen nicht behaupten können, Torben sei es gewesen. Ganz gleich, was er auch gestand. Ein Serientäter war ein Serientäter.

Falko fühlte, wie sich sein Mund zu einem Lächeln verzog, es war grimmig, und es fühlte sich gut an.

Aus dem Internet hatte er sich die Standorte für weitere Übergangsheime aus der Region gezogen und auch die Adressen einiger Einrichtungen, die Hilfsprogramme anboten. Dort würde er sich nach einem Mädchen umsehen. Eine mit schwarzen, langen Haaren und diesem besonderen Etwas im Blick, das ihn beim ersten Mal hatte schwach werden lassen.

Doch heute würde er anders vorgehen.

In einem Baumarkt hatte er sich mit Handschuhen und einem Maler-Overall ausgerüstet, auch zwei Packungen Folie lagen jetzt in seinem Rucksack. Er würde keine Spur hinterlassen, nicht ein einziges Haar.

Frau Tell war vor ihnen hergefahren, langsam und jedes Verkehrszeichen genau beachtend.

Robin saß auf dem Beifahrersitz und fluchte ohne Unterlass.

»Mein Gott! Das regt mich auf!«

»Aber es ändert nichts«, sagte Cornelia, der das Fahrverhalten genauso auf die Nerven ging. So waren ihre gemeinsamen Fahrten schon früher verlaufen, und auch in vielen anderen Situationen blieb sie immer ruhig, und er wurde laut.

»Was meinst du, warum ist Falko abgehauen?«, fragte Cornelia schließlich, weil sie genug von Robins Gebrüll hatte. Gemeinsam Fälle durchzuspielen hatte schon oft zu guten Ergebnissen geführt.

»Angst vielleicht, dass es ihn auch noch erwischt, oder er hält es nicht mehr zu Hause aus, weil sein älterer Bruder für ihn das Ein und Alles gewesen ist. Das passiert oft, dass Kinder abhauen, wenn die Familie zerbricht, aber meistens passiert das nach Trennungen oder Todesfällen.«

»Denkst du nicht, er könnte selbst der Täter sein?«

Robin sah Cornelia überrascht an. »Der Junge?«

»Ja, warum nicht? Das würde erklären, warum Torben Tell sich so bereitwillig der Verhaftung gefügt hat.«

»Aber dann hätte der Jüngere keinen Grund mehr abzuhauen. Er ist sicher. Sicherer geht es nicht.«

Cornelia trat auf die Bremse, weil Frau Tell vor ihnen bei rechts vor links wieder übereifrig in die Eisen ging. »Vielleicht ist es auch, wie du sagst, Robin. Seit Torben weg ist, hält er es bei seinen Eltern nicht mehr aus. Sie standen sich sehr nahe.«

Sie bogen in die Zufahrtstraße zur Siedlung ein, und Frau Tell wurde noch viel langsamer, als wolle sie das Unvermeidliche herauszögern. Es war für jeden Menschen schlimm, einen derartigen Eingriff in die Privatsphäre hinnehmen zu müssen.

»Hoffentlich sind die SpuSis schon da, und wir können direkt loslegen«, sagte Cornelia. Sie hatte kein gutes Gefühl bei der Sache, so als wäre Eile geboten.

Als sie vor dem Haus hielten, fuhr hinter ihnen gerade die Spurensicherung in die Siedlung ein.

Kurz darauf trug Cornelia Handschuhe und betrat mit mehreren Plastiktüten zur Beweissicherung das Haus.

»Ich möchte mir zuerst Falko Tells Zimmer ansehen.«

»Gut, ich übernehme das von Torben.«

Von der Spurensicherung waren zwei Leute gekommen, und sie teilten sich so auf, dass je einer mit Robin und Cornelia arbeiteten.

Cornelia kannte den Kollegen von der anderen Abteilung, der von allen nur Ken genannt wurde, schon seit einigen Jahren. Es war seine Frisur und das ebenmäßige Gesicht, das ihm diesen Spitznamen eingebracht hatte. Dass er mittlerweile einige Falten bekommen hatte, reichte nicht aus, um den Namen abzulegen.

Im Zimmer war deutlich zu sehen, dass Falko in aller Eile gepackt hatte. Schubladen und Schrank standen offen, auf dem Boden lag Kleidung, das Bett war sorgfältig gemacht, wohl von seiner Mutter, die trotz allem ihre Routine beibehalten hatte. Cornelia wurde aus dieser Frau nicht schlau, eigentlich aus der ganzen Familie nicht.

Während Ken sich den Schreibtisch vornahm und jede einzelne Schublade durchsuchte, widmete sich Cornelia dem Nachttischschränkchen.

Es gab viele Taschentuchpäckchen. Sie ahnte, warum. Nach einer Weile hatte sie ein wildes Sammelsurium zutage gefördert: Schrauben, ein altes Handy und eine Zeitschrift, bei der sie froh war, Handschuhe zu tragen.

»Bestimmt ein Geschenk von seinem großen Bruder«, sagte sie und hielt sie hoch.

Ken lachte. »So eine ähnliche hatte ich in dem Alter auch.«

»Ihr Männer seid doch alle Ferkel!«

»Frauen auch.«

»Das hättet ihr wohl gerne«, gab sie forsch zurück. Früher wäre sie in einer solchen Situation krebsrot angelaufen, aber die Jahre, die sie fast nur mit Männern zusammenarbeitete, hatten ihre Spuren hinterlassen.

Ken erwiderte nichts mehr, und so nahm sie sich einen Stapel Kleidung vor. Sie erkannte das System sofort. Wie ihr älterer Bruder, der es auch heute noch anwendete, war dies der Stapel der getragenen Sachen, die aber noch nicht so dreckig waren, dass sie in die Wäsche mussten.

Womöglich würden sie auf allen nach DNA-Spuren suchen müssen, eine Arbeit, um die sie die SpuSis nicht beneidete.

Cornelia warf Socken und Shirts achtlos zur Seite, fühlte bei einem Hoodie in die Taschen und inspizierte jedes Stück auf Blutflecke oder Risse, die auf einen Kampf hindeuten würden.

Eine Jeans wies schwache Erdspuren auf, so als habe er auf dem Boden gesessen, der noch ein wenig feucht gewesen war. Oder auf dem Klettergerüst, wo sich die Jugendlichen abends oft trafen. Cornelia wollte die Hose eben zur Seite legen, als ein flüsterleises Geräusch sie aufhorchen ließ.

Da war etwas in der Tasche. Sie öffnete den Reißverschluss, schob die Hand hinein und wusste im Bruchteil einer Sekunde, was es war.

»Perlen«, sagte sie laut, und Ken sah sie fragend an.

Cornelia sah auf ihre Beute. Ein Dutzend bunte Holzperlen, und in der Tasche befanden sich genug für ein ganzes Armband.

»Ich wette, die gehörten Majida.«

»Bingo!«, rief Ken.

Kurz darauf streckte Robin den Kopf zur Tür herein. »Hab ich Jubelschreie gehört?«

Cornelia hob ein Plastiktütchen mit den gefundenen Perlen hoch, während Ken gerade dabei war, die Hose einzupacken und einen Vermerk zu schreiben. »Das hier. Auf Majidas Handtasche waren die gleichen Perlen, nachträglich aufgebracht.«

»Passt dann besser zu deiner Theorie, dass er es war.«

Cornelia nickte. »Umso wichtiger wäre es, dass wir ihn finden.«

KAPITEL 19

Majidas Tagebuch

Wieder ziehen wir um. Jetzt angeblich in unser endgültiges Heim für die nächsten Monate, vielleicht Jahre.

Ich bin traurig. Nicht weil wir schon wieder woandershin müssen, sondern weil es so endgültig ist.

Draußen regnet es, auch Schnee ist dabei. Die Autobahn ist grau, die Bäume auch irgendwie. Ich vermisse die glühenden Gassen und die Sonnenwärme, die alles durchdringt. Selbst den Staub und den Geruch von Abgasen und überreifen Orangen auf dem Marktplatz, die schrillen Zikaden in der Nacht und die Stimme meines Vaters, wenn er wütend ist und flüstert, statt zu schreien, weil er uns nicht erschrecken will.

Seine Umarmungen fehlen mir und der Duft von Mehl und Brot, wenn er von der Arbeit kam. Ahmed dürfte mich an den Haaren ziehen und schlechte Sachen über meine Freundinnen sagen, wenn ich ihn dafür nur noch einmal wiedersehen dürfte. Um mich zu verabschieden.

Wir haben uns nicht verabschiedet.

Bochum. Ich hoffe, ich schreibe den Ort richtig. Wir sind da. Das Haus ist groß und ganz neu, die Wände riechen noch nach Farbe. Ich habe alles erwartet, aber kein neues Haus nur für Menschen, die wie wir vor dem Krieg geflohen sind.

Es sind viele Leute hier, aber wir haben ein eigenes kleines Zimmer und ein eigenes Bad. Und eine Tür, die wir abschließen können.

Draußen regnet es in Strömen. Ich sehe immer wieder hinaus. An der Straße steht ein Polizeiauto, und ich frage mich, ob die Männer uns beschützen oder bewachen.

Ständig kommen Leute, einige sind von der Stadt, sie sollen uns alles erklären, geben uns Listen mit Telefonnummern und Adressen. Kaum jemand spricht unsere Sprache.

Ich will Deutsch lernen, und wie es scheint, darf ich das. Es wird Unterricht für uns geben. Ein wenig freue ich mich darauf. Ich vermisse unsere Schule.

Seit heute Morgen stehen draußen Leute mit Transparenten und einem Megafon. Sie schreien und recken ihre Fäuste in unsere Richtung. Ich glaube, sie hassen uns. Aber ich verstehe nicht, warum. Vielleicht weil wir in so einem schönen, neuen Haus wohnen und sie nicht.

Wir haben nicht um ein neues Haus gebeten, nur um einen Ort, wo wir bleiben können, bis der Krieg daheim zu Ende ist und wir keine Angst mehr um unser Leben haben müssen. Ich würde es ihnen gerne sagen, aber ich verstehe ihre Sprache nicht. Die Polizei ist auch da und passt auf, dass sie uns nicht zu nahe kommen.

Vom Fenster aus beobachte ich sie stundenlang. Ihre Gesichter sind von Hass verzerrt. Sie erinnern mich auf erschreckende Weise an die ISIS-Kämpfer, vor denen wir hierher geflohen sind.

Am Mittag gehen sie endlich. Ich bin sehr erleichtert.

Stunden später kommen zwei ältere Damen. Sie bringen uns Kuchen und Süßigkeiten. Ich glaube, sie wollen sich für die anderen entschuldigen. Sie sitzen dabei, während wir ihren Kuchen essen und nicken und lächeln.

Dann kommt eine Lehrerin, und alle Kinder müssen in den Gemeinschaftsraum kommen.

Jetzt liege ich im Bett und lerne die neuen deutschen Worte.

Bochum Erstaufnahmelager

Vor der baufälligen Turnhalle standen unter einem schlichten Zelt Biertischgarnituren und Klappstühle. In einem anderen waren Herde und Arbeitsplatten aufgebockt.

Zwei Johanniter verteilten abgetragene Kleidung aus Säcken.

Falko saß etwas entfernt unter einem Baum und beobachtete das Übergangslager ganz genau. Der Gestank der beiden Toilettencontainer, die auf dem ehemaligen Parkplatz standen und aufgrund des Gefälles offenbar Probleme mit dem Abwasser hatten, wehte bis zu ihm hin.

Ob sie hier hauste, seine neue Majida? Das Mädchen, das seinen Bruder aus dem Gefängnis befreien sollte?

Er konnte es sich nicht vorstellen, hier war alles so dreckig.

Aber er war ja auch nicht hergekommen, um sich noch einmal unglücklich in jemanden zu vergucken, sondern um seine Mordtat zu kopieren.

Da! Jetzt kamen ein paar Mädchen aus der Turnhalle, um sich die gespendete Kleidung anzusehen. Sie waren zu viert. Zwei waren offenbar Freundinnen, die beiden anderen hielten jeweils etwas Abstand und lachten nicht.

Mit einem Duo konnte er es ohnehin nicht aufnehmen. Er musste sich auf eine Einzelgängerin konzentrieren.

Noch eine kam heraus. Nicht viel älter als vierzehn, das Haar dunkelbraun. Sie hatte große Augen, die umso stärker wirkten, weil sie wirklich dünn war, mit einer hohen Stirn und beinahe dreieckiger Gesichtsform. *Mit etwas mehr auf den Rippen würde sie wirklich schön sein*, dachte Falko. Jetzt hing die Kleidung allerdings flatternd an ihr herab, und ihr Busen verdiente die Bezeichnung nicht.

Der schwarze Samtrock passte besser in irgendeine Gothic-Disko als zu ihr, und das cremefarbene Oberteil war einfach nur peinlich.

Trotzdem, irgendetwas an ihr lockte ihn. Seine Entscheidung war eigentlich schon gefallen, bevor er sie bewusst getroffen hatte.

Er beobachtete, wie sie bei den Klamotten anstand und dann ein Bündel in die Hand gedrückt bekam. Ganz offensichtlich schämte sie sich, den Müll von anderen zu tragen, dabei sollte sie dankbar sein.

Sie verschwand wieder im Gebäude, und für Falko begann das Warten. Er hatte noch keinen genauen Plan, wie er vorgehen wollte. Irgendwie musste er sie von den anderen weglocken. Perfektion war wichtig, und dafür musste er Zeit haben und ungestört sein.

Er hatte Glück, denn schon bald kam sie wieder heraus, trug eine Plastiktüte und ein rosa Kinderportemonnaie, das sie fest umklammerte.

Sie zögerte kurz, bevor sie das gesicherte Gelände des Übergangsheims durch eine Öffnung im Zaun verließ.

Sofort war Falko auf den Beinen. Der Rucksack drückte ihm mittlerweile ordentlich auf den Schultern. Er war es nicht gewohnt, lange mit so viel Gepäck zu laufen.

Das Mädchen lief langsam, schlendernd. Eine Mischung aus Schüchternheit und Neugier. Sie sah sich alles genau an, blieb vor Fenstern und kleinen Läden stehen, sah hässlichen

Stadttauben nach und roch an Stockrosen, die scheinbar wild an einer verklinkerten Häuserwand wucherten.

Falko kannte sich hier nicht gut aus, aber auch er betrachtete die Gegend mit besonderem Interesse, den Park, der bei diesem schönen Wetter zu voll war, und das heruntergekommene Haus mit den zerschlagenen Fensterscheiben und der offen stehenden Tür ein Stückchen weiter. Das Gebäude wäre gut geeignet. Wenn er sie auf dem Rückweg nur dahin locken könnte … Aber wie?

Hoffentlich würde ihm schnell etwas einfallen.

Zwei Straßen weiter folgte er ihr noch immer. Die Gegend hier war wirklich nicht schön. Es gab immer mehr verfallene Häuser, überall waren Graffiti zu sehen, was Falko eigentlich nicht störte, wenn die Sachen nur nicht so grottenschlecht gewesen wären. Meist waren es nur Tags, die einander überlagerten wie die Urinflecken streunender Köter.

Wahrscheinlich wollte das Mädchen zum Supermarkt. Falko konnte das Schild des Lebensmittelladens schon seit einer Weile sehen, als ihm der Geruch überreifer Erdbeeren in die Nase stieg.

Falko blieb stehen und sah sich um. Der Duft kam von einem Grundstück, einer Brache. Das Haus, das dort gestanden hatte, war wohl vor einiger Zeit abgerissen worden, aber dann hatte sich scheinbar kein Käufer gefunden und der Baugrund war überwuchert. Der intensive Erdbeerduft kam aus dem verwilderten Garten.

Eiben und junge Tannen bildeten ein dichtes, dunkelgrünes Dickicht. Die Zweige waren eng verflochten mit Haselsträuchern und Kletterrosen, deren Blüten sich in den nächsten Tagen öffnen würden.

Die Brache erinnerte ihn ein wenig an den heimeligen Ort

am Spielplatz, wo Majida ihr Ende gefunden hatte. Wenn er sie durch die große Lücke im Zaun locken könnte …

Falko musste ein Stück joggen, um das Mädchen kurz vor dem Lebensmittelgeschäft einzuholen.

Wohnhaus der Tells

Cornelias Handy klingelte. Auf dem Display leuchtete der Name ihres Vorgesetzten auf. »Arents«, meldete sie sich knapp. Wenn Reinle persönlich anrief, war selten Zeit für ausführliche Begrüßungen.

»Cornelia, eine Streife hat Falko Tell gesehen, sie vermuten es zumindest. Wie es aussah, war er mit einem dunkelhaarigen Mädchen zusammen, südländischer Typ.«

»Wo, wann?« In Cornelias Brust begann es wild zu pochen.

Reinle gab ihr die Adresse durch.

»Sie sollen ihn nicht aus den Augen lassen.«

»Zu spät. Sie haben nicht richtig geschaltet und erst diskutiert. In der Zwischenzeit haben sie ihn verloren. Vielleicht war er es auch gar nicht. Gibt einige Jungs in dem Alter, die mit Rucksack herumlaufen.«

»Wir fahren trotzdem sofort hin.«

Als Cornelia auflegte, stand Robin bereits im Flur. »Haben sie ihn?«

»Nein, aber komm, wenn er es war, schnappen wir ihn uns.«

Sie rannten die Treppe so schnell hinunter, dass Cornelia es für ein Wunder hielt, nicht zu fallen. Vor der Tür warf sie Robin die Schlüssel zu.

»Wir fahren Kamikaze, dein Job.«

Robin grinste teuflisch, schwang sich auf den Fahrersitz und klemmte das Blaulicht aufs Dach. Mit quietschenden Reifen jagten sie aus der Siedlung. Sobald sie die Hauptstraße erreichten, heulte die Sirene los.

»Jihaaa!«, brüllte Robin, und Cornelia widerstand dem Drang, sich am Sitz festzuhalten, nur unter Aufbietung einer gehörigen Portion Willenskraft. Doch Adrenalin raste durch ihren Körper und ließ ihre Muskeln summen wie unter Strom. Hoffentlich schafften sie es noch rechtzeitig, hoffentlich hatten die Kollegen ihn tatsächlich gesehen und nicht irgendeinen Jungen, der Falko Tell ähnlich sah.

Nach fünf Minuten wilder Fahrt schaltete Cornelia die Sirene aus, und Robin ging automatisch etwas vom Gas. Blaulicht ohne Sirene war nur noch halb so wirksam.

»Er soll nicht wissen, dass er bemerkt wurde.«

»Was hat Reinle überhaupt gesagt?«, erkundigte sich Robin endlich. Er hatte von Cornelia nur die Adresse bekommen.

»Eine Streife meint, Falko gesehen zu haben, und er war nicht allein.«

»Einer der Faschofreunde von Torben Tell?«

»Nein, ein Mädchen, der Kurzbeschreibung nach ähnelt sie Majida. Zwei Streifen sind für den Zugriff in der Nähe. Ich hoffe nur, wir können sie bald lokalisieren.«

»Da ist doch auch das Übergangsheim, das sie letzte Woche in der Turnhalle eingerichtet haben.«

»Ein paar Straßen weiter.«

»Oh verdammt, lass das nicht wahr sein!«, fluchte Robin und krampfte die Hände ums Lenkrad, bis die Knöchel weiß hervortraten.

»Wir müssen sie schnell finden«, sagte Cornelia. Ihre Nerven lagen mittlerweile blank. Und sie verfluchte sich selbst. Wie hatte sie Falko nur so unterschätzen können? Er war kein harmloser Junge, er war ein Mörder, und wenn sie ihn nicht schnell genug fanden, würde er bald ein weiteres Mädchen auf dem Gewissen haben.

Robin ließ das Fenster herunter und nahm das abgeschaltete Blaulicht vom Dach. »Hier irgendwo müssen sie sein.«

Falko hatte sie beim Einkaufen wie zufällig angerempelt und ihr dann geholfen, die heruntergefallenen Sachen aufzuheben. Dabei hatte er sich vorgestellt, sie sei die tollste Frau auf Erden, und sie dann auch so angesehen. Er war dabei überaus freundlich gewesen, ohne aufdringlich zu wirken, und es hatte funktioniert.

Nun gingen sie nebeneinanderher und aßen das Eis, das er für sie gekauft hatte. Er trug ihren Einkauf und eine Glasflasche mit einem Mixgetränk in der Tasche seines Hoodies.

Ihr Name war Dinka, und sie kam aus Serbien.

»Warum sprichst du so gut deutsch?«, fragte er.

»Ich war hier in der Schule, zwei Jahre. Dann wieder Heim. Abgeschoben«, erklärte sie.

»Und jetzt versucht ihr es noch einmal?«

»Ja. Mutter hat eine Ausbildung gemacht, Krankenschwester, und deutsch gelernt. Jetzt bleiben wir.«

Das glaubst auch nur du, dachte Falko und sperrte sich innerlich dagegen, Dinka als nettes Mädchen zu sehen. Stattdessen war sie die Lösung für ein Problem, wenn er es fertigbringen würde, sein Vorhaben durchzuziehen. Es war eine Sache, jemanden zu würgen, weil man wütend war. Eine andere, einen Mord zu planen wie ein verrückter Psychopath.

Dinka hatte hübsche Sommersprossen auf ihren Wangen und leuchtend grüne Augen, die ganz schmal wurden, wenn sie lächelte, und das tat sie viel.

Dort vorne war die Brache mit dem verwilderten Garten.

Falkos Schultern verspannten sich unter dem Rucksack, jeder Schritt wurde schwer, als bewege er sich gegen einen unsichtbaren Widerstand. Er wusste, es war falsch, was er plante, doch die Weichen für diesen Weg hatte er gestellt, als er Majida versehentlich erwürgte.

Dann war es so weit, sie erreichten den Zaun. »Riechst du das?«

»Ja, schon auf dem Hinweg. Erdbeeren? So nennt man sie doch.« Dinkas Magen knurrte leise. Sie lachte, er lachte mit, und das Eis schien gebrochen.

»Sollen wir uns welche holen? Der Geruch kommt von da vorne. Guck, da ist eine große Lücke im Zaun.«

»Aber das ist sicher verboten. Ich darf nichts riskieren …«

»Da steigen doch ständig welche ein, sogar kleine Kinder. Ich kann vorgehen, wenn du willst.«

Sie sagte nichts, aber er konnte ihr ansehen, wie sehr sie dieses kleine Abenteuer wollte. Sein Angebot vorzugehen schien ihr zu zeigen, dass sie von ihm nichts zu befürchten hatte. »Passt du kurz auf meinen Rucksack auf?«

»Ja, klar.«

Er sah sich um. Der Bürgersteig war leer, die Jalousien an den Fenstern des Nachbarhauses wegen der Sonne heruntergelassen.

»Hier merkt keiner was, und sobald wir drinnen sind, sieht uns eh keiner«, verkündete er und stieg durch den grünen Maschenzaun. Ein schmaler Trampelpfad führte durch das

Gestrüpp, er folgte ihm einige Meter und drehte dann wieder um. »Die Luft ist rein, komm, Dinka.«

Kichernd reichte sie ihm den Rucksack durch die Öffnung und stieg dann hinterher.

Gemeinsam folgten sie dem Trampelpfad, der sich durch die dichte Vegetation in den hinteren Bereich des Gartens schlängelte, wo der Erdbeergeruch überwältigend war. Auf dem Boden wuchsen die Beerenpflanzen mit Lauch und Minze wild durcheinander.

Dinka stellte ihre Tasche ab und begann sofort, die dunkelroten Früchte zu pflücken. Auch Falko aß einige, während er seinen ganzen Mut zusammennehmen musste, um zu tun, was zu tun war.

Sein Puls rauschte so laut, dass er weder die nahe Straße noch das Gezwitscher der Gartenvögel hörte. Nichts als dieses irre Pulsieren in seinem Kopf, das hämmerte und hämmerte und hämmerte.

Langsam schob er die rechte Hand in die Tasche seines Hoodies und umschloss den Flaschenhals ganz fest.

Dinka war in einem regelrechten Pflückrausch und reichte ihm, ohne aufzusehen, eine besonders dicke Frucht.

»Danke«, sagte Falko, dann zog er die Flasche heraus und schlug sie Dinka mit aller Kraft gegen die Schläfe.

»Er ist unbewaffnet?«, fragte Robin noch einmal, bevor er ausstieg.

»Ich denke, ja. Wir haben bei Torben auch keine Waffe gefunden. Höchstens ein Messer, denke ich. Mehr wird er nicht bei sich haben.«

Cornelia gab den wartenden Kollegen von der Streife ihre Position durch. Sie war sich relativ sicher, dass es Falko Tell gewesen war, der eben mit einem unbekannten Mädchen in den Garten eingestiegen war. Sie planten sich der Stelle von zwei Seiten zu nähern.

Robin und sie würden reingehen, die Kollegen auf der anderen Seite Position beziehen, falls der Junge versuchte zu flüchten.

»Wir müssen uns beeilen, Robin, ich hab ein schlimmes Gefühl bei der Sache. Wenn es Falko ist, geht der bestimmt nicht zum Knutschen mit ihr da hin.«

Robin nickte nur, überprüfte mit einer flüchtigen Bewegung den Sitz seiner Waffe, und schon waren sie unterwegs. Schnell überquerten sie die Straße, nutzten das benachbarte Wohnhaus so lange wie möglich als Deckung und näherten sich dann dem Loch im Zaun.

Robin ging voraus, hielt inne und legte einen Finger an die Lippen. Sie lauschten, doch im Garten war es bis auf einige Vögel still.

Zu still. Wenn sie zu zweit dort waren, warum redeten sie dann nicht? Cornelia befürchtete Schlimmstes. Waren sie etwa schon zu spät?

Jetzt nur nicht hektisch werden! In solchen Situationen wurden schnell Fehler gemacht, die im äußersten Fall Leben kosten konnten. Cornelia wollte nie wieder so einen Fehler machen. Sie gab Robin ein Zeichen, und langsam, ganz langsam näherten sie sich dem Zaun.

Cornelia stieg als Erste durch die Öffnung. Robin würde mit seinem breiten Kreuz Schwierigkeiten bekommen. Sie sicherte und hielt mit der anderen Hand den Zaun auseinander. Robin wartete ab, bis auf der Straße ein Lkw vorbeifuhr, und quetschte sich in dem Moment durch die Lücke. Trotzdem wackelte der Zaun, als er anstieß.

Robin ging weiter, die Hand an der Waffe. Er blieb in der Nähe des Zauns, während Cornelia dem anderen Trampelpfad folgte. Bald schloss sich dichtes Blattwerk über ihrem Kopf zu einem Tunnel. Auf dem etwas matschigen Untergrund zeigten sich frische Abdrücke von zwei verschiedenen Paar Schuhen.

Cornelia hörte ein Rascheln und hielt inne.

War das Robin?

Nein, es klang eher wie eine Folie, wie Plastik.

»Komm schon, du blödes Ding«, fluchte jemand, und Cornelia war sich plötzlich sicher, dass es Falko Tell war.

Sie wusste nicht, wie weit sich Robin durch den Garten vorgearbeitet hatte, vermutlich war er ungefähr auf gleicher Höhe wie sie.

Cornelia schlich vorsichtig noch ein Stückchen näher, sorgfältig darauf bedacht, nicht in Brombeerranken und Gestrüpp hängen zu bleiben und sich durch ein Geräusch zu verraten.

Dann sah sie etwas. Im ersten Moment konnte sie sich keinen Reim darauf machen. Vor ihr erstreckte sich ein verwildertes Beet, in dem Lauch und Arnika wucherten. In der Luft hing intensiver Erbeergeruch. Der schwache Windzug raschelte in einer dünnen Folie und legte sie in Wellen.

Darunter war etwas.

Nein, nicht etwas, jemand!

Unter der Folie lag das Mädchen! Cornelia schlich noch etwas näher. Schlief sie, oder war sie schon tot? Sie sah aus wie eine Ertrunkene, die Folie wie die wellige Oberfläche eines Sees.

Schritte. Dort kam Falko Tell, das Gesicht wie eine einzige Maske, so sehr war er angespannt. Noch verstand sie nicht, was er vorhatte, aber das musste sie auch nicht, denn ganz gleich, was es war, es war nichts Gutes.

Cornelia griff nach ihrer Waffe und zog sie langsam, während sie den jungen Mann beobachtete, den sie so lange unterschätzt hatte. Er trug Handschuhe aus Gummi, die fast bis zu den Ellenbogen reichten. War er bewaffnet? Soweit sie sehen konnte, nicht.

Als er sich neben das ohnmächtige Mädchen kniete und gerade die Hände auf ihren Hals legen wollte, um zuzudrücken, trat Cornelia aus der Deckung.

»Falko Tell, Sie sind verhaftet, Hände hoch und weg von dem Mädchen!«

»Hände hoch, Tell!«, rief jetzt auch Robin. Sie konnte ihn aus ihrer Position nicht sehen, aber er war da, und das war gut so.

Falko starrte sie an, als erwache er soeben aus einem Albtraum. Er sah beinahe erleichtert aus, dass es jetzt vorbei war. Aber er machte keine Anstalten, ihrem Befehl Folge zu leisten. Er tat gar nichts.

»Falko, es ist vorbei, steh auf«, sagte Cornelia nun ruhiger und versuchte, so zu ihm durchzudringen. Und tatsächlich, er stand auf und hob die Hände mit den langen, gelben Gummihandschuhen langsam in die Höhe. Dabei blieb er ganz ruhig, doch Cornelia bemerkte das wilde Pulsieren seiner Halsschlagader.

Er sah unheimlich aus, dieser Junge, ganz still und fokussiert, mit dem Schatten seines mörderischen Plans, der in den Augen flackerte.

»Ihr durftet mich nicht finden«, sagte er, als hätten Cornelia und Robin gegen die Regeln eines Spiels verstoßen.

Unter der Folie erklang ein leises Stöhnen, abgelenkt

wandte Cornelia den Kopf. Im gleichen Moment schoss Falko los, direkt auf sie zu.

Cornelia wich aus, der Stoß gegen ihre Schulter ging ins Leere. »Er haut ab!«, schrie sie und nahm sofort die Verfolgung auf. Falko huschte durch die Lücke im Zaun, Cornelia war nur wenige Meter hinter ihm. Sie hörte auch Robin rennen, doch der würde seine Probleme bekommen.

Falko rannte auf die Straße, wich einem Auto aus, das ihn knapp streifte, stolperte kurz, fing sich aber wieder und rannte weiter.

Cornelia überquerte die Straße und provozierte ein wildes Hupkonzert. Auf der anderen Seite mobilisierte sie all ihre Kräfte und rannte, wie sie seit über einem Jahr nicht mehr gerannt war. Falko konnte den Abstand nicht vergrößern, sie ihn auch nicht verringern.

»Bleib stehen, verdammt!«, schrie sie ihm hinterher. »Bleib stehen, oder ich mache von der Waffe Gebrauch!«

Falko wurde kurz langsamer, aber womöglich ahnte er, dass Cornelia nicht der Typ war, der wild um sich schoss.

Sie konnte hören, wie er schwerer und schwerer atmete. Seine Kondition war nicht besser als ihre. Und das spornte Cornelia nur noch mehr an. Was für ein Triumph wäre es, wenn sie trotz ihres lädierten Beins einen Siebzehnjährigen einholte.

Den Schmerz ignorierend kämpfte sie sich näher heran. Falko musste einer alten Frau ausweichen, stieß ihren Handkarren zur Seite und verlor so kostbare Sekundenbruchteile.

Plötzlich schlug er einen Haken nach rechts in eine schmale Straße. Um nicht vor einen Stromkasten zu laufen, bremste er ab. Cornelia tat das nicht. Sie ließ sich mit voller Wucht gegen Falko fallen und rammte ihm dabei ihren linken Ellenbogen in die Rippen.

Der Aufprall war heftig. Sie fühlte die Erschütterung im ganzen Körper, doch Falko musste es noch übler gehen. Er blutete an der Stirn und gab ein gequältes Keuchen von sich. Ihr Ellenbogen hatte gut getroffen.

»Ende der Reise«, keuchte sie. »Hände auf den Rücken.«

Klackend schloss sich die Handschelle erst um Falkos linkes, dann um das rechte Handgelenk.

Sie hatte es geschafft. Cornelia steckte ihre Waffe ein und rieb sich den Schweiß von der Stirn. Haare hatten sich aus ihrem Zopf gelöst und klebten in ihrem Gesicht.

»Komm, Falko«, sagte sie, fasste ihn an einem Arm und zog ihn mit sich. Als sie um die Ecke bog, kam Robin mit hochrotem Gesicht auf sie zugerannt.

Cornelia konnte sich das triumphierende Grinsen nicht verkneifen. Daran konnte auch der höllische Schmerz in ihrer Wade nichts ändern. Sie hinkte, aber das war ihr in diesem Moment völlig egal.

»Na, Herr Tell? Schluss mit lustig?«, spottete Robin und fasste ihn wesentlich unsanfter unter dem Arm als zuvor Cornelia. Die war erleichtert, Falko ihrem Kollegen überlassen zu können, und stützte sich nun beim Gehen an der Hauswand ab.

Falko lief mit hoch erhobenem Kopf, aber er heulte.

»Was hattest du mit dem Mädchen vor, Tell? Ermorden wie Majida? Du bist so ein krankes Arschloch.«

Falko biss sich auf die Unterlippe und schwieg.

Zwei Kollegen von der Streife kamen ihnen entgegengelaufen. Einer gab bereits über Funk durch, dass Falko Tell gefunden und verhaftet worden war.

»Glückwunsch, Kollegen«, sagte der junge Polizist und ließ den Blick von Cornelias rotem Gesicht zu Robin gleiten, der nicht viel besser aussah.

»Ganz allein ihr Verdienst«, sagte Robin. »Sie hat ihn eingeholt und besitzt offenbar Superkräfte.«

»Dann wird es Zeit, dass du mich nicht mehr Hinkebein nennst«, keuchte Cornelia.

»Wieso, du hinkst doch.«

Am liebsten hätte sie Robin einen ordentlichen Stoß verpasst, doch das ginge zu weit. Auch wenn die Erleichterung sich in Scherzen Luft machte, sie hatten immerhin den Verhafteten dabei, und noch war nicht klar, wie es seinem Opfer ging.

»Was ist mit dem Mädchen?«, erkundigte sie sich daher.

Der junge Kollege meldete sich zu Wort. »Als wir aufgebrochen sind, konnte sie bereits wieder sitzen. Die anderen sind bei ihr geblieben. Krankenwagen ist sicher schon unterwegs.«

»Ein Glück«, sagte Cornelia und beobachtete, wie Falko diese Neuigkeit aufnahm. Sein Blick blieb starr geradeaus gerichtet, und mittlerweile biss er sich so sehr auf die Unterlippe, dass sie blutete. Aber auch das schien er nicht wahrzunehmen.

Sie erreichten die Hauptstraße. Auf der anderen Seite war die Brache mit dem verwilderten Garten.

»Sollen wir ihn übernehmen und zur Wache fahren?«, meldete sich nun auch der ältere Streifenpolizist zu Wort. Graser, hieß er, fiel Cornelia jetzt wieder ein.

»Ja, gerne, dann können wir uns hier um alles kümmern.«

Cornelia kramte den Schlüssel ihrer Handschellen hervor und gab sie Graser. »Will ich wiederhaben.«

»Lege ich auf Ihren Schreibtisch, Frau Arents.«

»Wir sehen uns«, sagte Cornelia zu Falko, der plötzlich aus seiner Resignation aufzuwachen schien.

»Ich glaube nicht.«

»Was soll das heißen?«

»Sagen Sie meinem Bruder, es tut mir leid.«

Falko stieß den jungen Polizisten neben sich zur Seite und rannte plötzlich los. Genau auf die Straße.

»Nein!«, brüllte Cornelia.

Eine Mercedesfahrerin riss das Lenkrad zur Seite, versuchte, Falko auszuweichen, doch der korrigierte seinen Kurs im letzten Moment, und der Wagen erwischte ihn an den Beinen. Er wurde hochgeschleudert und flog über das Autodach.

Mehr Bremsen kreischten.

Cornelia hatte das Gefühl, nicht mehr atmen zu können. Dann brandete eine neue Woge Adrenalin durch ihre Adern. Die anderen waren bereits auf der Straße, sie ging langsam hinterher, fassungslos.

Sie hätte nie geglaubt, dass Falko versuchen würde, sich umzubringen. Die Fahrerin des Mercedes sah sie zuerst. Sie saß hinter ihrem schlaffen Airbag und weinte.

Auf der Motorhaube war Blut und ein Fetzen von Falkos Jeans.

Mehr Blut auf dem Asphalt hinter dem Wagen.

Und da lag er, die Beine in einem merkwürdigen Winkel abgeknickt. Noch mehr Blut.

Robin band ihm beide Beine ab. Er ging auch in dieser Situation routiniert vor, das schätzte sie so an ihm. Ihm zuzusehen brachte auch ihr die nötige Fassung zurück.

Als der Notarzt kam, führte Cornelia ihn sofort zu Falko, der ohne Bewusstsein war, dann ging sie zu seinem Opfer. Das Mädchen saß auf den Treppenstufen des Nachbarhauses und hielt sich einen Beutel Tiefkühlerbsen an die Schläfe. Eine Anwohnerin strich ihr langsam über den Rücken und sprach freundlich auf sie ein. Das Mädchen war gerettet.

Alles war gut ausgegangen, irgendwie.

Falko wurde auf eine Trage gelegt. »Er wird es schaffen«, rief Robin, und Cornelia war froh, dass es ihm nicht gelungen war, sich der Strafe durch Selbstmord zu entziehen.

KAPITEL 20

Majidas Tagebuch

Schule, endlich wieder Schule.

Ich fürchte mich ein wenig vor dem ersten Tag. Eine Sozialarbeiterin begleitet mich und drei andere Kinder zu Fuß zur Schule. Wir sollen einfach im Unterricht sitzen und mitmachen, so gut es geht, auch wenn es mit der Sprache noch nicht so klappt. Dazu gibt es noch extra Deutschunterricht. Ich hoffe, die Kinder in den Klassen hassen uns nicht. Die anderen Flüchtlingskinder sind jünger, ich werde also alleine in die neue Klasse müssen.

Ich glaube, die Lehrerin hat den anderen erzählt, wo ich herkomme, und dass in meiner Heimat Krieg ist. Vielleicht wissen sie auch von Vater und Ahmed. Ich habe noch niemandem von ihnen erzählt.

Nein, das stimmt nicht. Aminata weiß davon. Ich denke, ich habe eine Freundin gefunden. Aminata kommt aus Mali und hat schwarze Haut, sie fällt hier noch mehr auf als ich. Aber sie ist schon länger hier, fast zwei Jahre. Wir unterhalten uns mit Zeichen.

Aminata kennt sich hier gut aus. Wir waren zusammen spazieren und sie hat mir einen Ort gezeigt, wo sie nachmittags oft hingeht. Es ist eine Kirche, die Leute dort sind Christen. Erst wollte ich nicht in das Haus gehen, ich dachte, sie wollten mich dort nicht, weil ich nicht an ihren Gott glaube. Aber das stimmt nicht. Sie sind nett da. Ich glaube, ihr Gott will, dass sie Gutes tun, ein bisschen so wie der Gott der netten Muslime, die nicht so sind wie der ISIS.

Dort, in diesem Haus, geben zwei ältere Damen Flüchtlingskindern Unterricht in Deutsch. Genau das brauche ich. Ich darf auch kommen, sagen sie. Das ist schön.

Später bin ich alleine heimgegangen. Ich hatte Angst, dass wieder Leute vor dem Heim stehen und gegen uns demonstrieren. Aber da waren nur ein paar Jugendliche, sie haben mich angestarrt, und ich glaube, sie haben sich auch über mich lustig gemacht. Am liebsten hätte ich sofort kehrtgemacht. Aber ich bin weitergegangen, fast gerannt. Meine Knie waren ganz weich.

Ich verkrieche mich in meinen Büchern und lerne jeden Tag ganz viele neue deutsche Worte. Ich fühle mich schlecht, weil ich mich so wenig um Mutter kümmere, aber Tante ist bei ihr. Sie sind immer zusammen, reden leise, und wenn ich mich nähere, schweigen sie. Ich habe das Gefühl, dass ich Mutter an Ahmed erinnere. Wenn sie mich sieht, denkt sie vielleicht immer an ihn, weil er nicht mehr da ist und ich schon. Aber ich vermisse ihn doch auch!

Auf jeden Fall will ich ganz schnell Deutsch lernen, damit ich besser in der Schule mitmachen kann. Ich vermisse es, Bücher zu lesen. Hier gibt es keine in unserer Sprache, glaube ich. Aminata hat mir Kinderbücher gegeben, sie sind eigentlich für ganz kleine Kinder, damit übe ich.

Wenn einfach nichts mehr in meinen Kopf hineinwill, setze ich mich ans Fenster und sehe dem Regen zu oder beobachte die Nachbarn. Oft bleiben sie an der Einfahrt zum Flüchtlingsheim stehen und starren herüber. Dann sind ihre Gesichter wütend. Sie tragen ihre voll beladenen Einkaufskörbe in ihre riesigen Häuser und sehen dabei aus, als würde es ihnen nicht reichen.

Als seien sie zornig, dass sie das wenige, was wir bekommen haben, nicht auch noch besitzen können.

Manchmal wünsche ich mir, sie hätten auch nur einen einzigen Tag auf dem Feld vor dem Grenzübergang ausharren müssen, die Bomben hinter ihnen und vor sich Stacheldraht. Aber nein, ich sollte dankbar sein, dass ich hier sein darf.

Ich bin mit Herzrasen aufgewacht, dann habe ich es auch schon gerochen, das Feuer. Sofort bin ich aufgesprungen und habe Mutter und Tante geweckt. Unten wurden Stimmen laut. Männer riefen durcheinander. Ihre Schritte donnerten über die Treppenstufen, dann hörte ich sie auch schon an die Wohnungstüren hämmern.

Mein Herz klopfte bis in die Kehle. Ich brachte kein Wort heraus, dabei wollte ich Mutter so gerne sagen, dass alles gut werden würde. Wir drängten uns ans Fenster, die Augen aufgerissen. Wie Kaninchen in der Falle, so fühlten wir uns.

Das Treppenhaus war bereits voller Rauch.

Die Männer riefen, wir sollten drinnen bleiben, es wäre fast gelöscht, aber ich konnte es nicht glauben. Dann sah ich, wie sie mit langen Stangen eine große Mülltonne in den Hof schoben. Flammen schlugen heraus und überall war schwarzer Rauch. Offenbar hatte die Tonne genau im Eingang gestanden. Ich wagte nicht, weiter zu denken. Ich will nicht wahrhaben, dass jemand versuchen könnte, uns alle umzubringen.

Erleichtert sahen wir zu, wie die Männer das Feuer mit Eimern voller Wasser löschten.

Es dauerte, bis uns klar war, dass wir noch einmal Glück gehabt hatten. Wir umarmten einander und rissen Fenster und Tür auf, um den Rauch hinauszulassen. Bis zum Morgen machte keiner im Heim mehr ein Auge zu.

Niemand hat etwas gesagt.

Die Männer haben die ausgebrannte Mülltonne einfach in ein Gebüsch geschoben, wo sie nicht so leicht von der Straße gesehen wird. Zwei Tage später kamen die Leute vom Sozialamt, aber da war der Rauchgeruch schon fast verschwunden und auch der große Rußfleck im Eingang kaum noch zu sehen. Sie merkten nichts. Was hätten sie auch tun sollen? Wir wussten ja nicht, wer das Feuer gelegt hatte.

Wir wollen nur in Ruhe hier ausharren, bis der Krieg vorüber ist. Wenn die Polizei anfangen würde, nach Schuldigen zu suchen, würde es für uns nicht leichter werden, sondern nur noch schwerer.

Ich frage mich, ob es diese Jungs waren, die mir manchmal auf dem Heimweg böse Sachen nachrufen. Sie wohnen auch hier in der Siedlung.

Wenn ich nur mit ihnen reden könnte, würden sie vielleicht anders denken. Dann könnte ich es ihnen erklären.

Andererseits kann ich mir überhaupt nicht vorstellen, dass irgendjemand dazu in der Lage ist, ein Haus voller Männer, Frauen und Kinder anzuzünden, nur weil sie in sein Land gekommen sind. Ich sollte es besser wissen. Der Gedanke an Ahmed und Vater treibt mir wieder die Tränen in die Augen. Besser, ich höre auf zu schreiben.

Bochum Knappstraße

Die Sonne schien, und der leichte Wind trug den Duft von Frühsommer mit sich.

Die letzten Tage hatte Cornelia gehofft, dass nicht doch noch etwas passieren und ein neuer Fall ihr die Chance auf einen freien Samstag zunichtemachen würde. Sie hatte Glück, ausnahmsweise.

In den vergangenen Tagen hatte Cornelia den Mord an Majida Esber aufgearbeitet und ihren Bericht geschrieben.

Majidas Mörder Falko Tell lag noch immer im Alfried Krupp Krankenhaus in Essen Steele, wo die Ärzte versuchten, seine Beine zu retten. Sein Selbstmordversuch würde ihn womöglich zum Krüppel machen, doch Cornelia fiel es schwer Mitleid aufzubringen. Obwohl Falko Tell in seiner jetzigen körperlichen Verfassung nicht zu einer Flucht in der Lage war, wurde er rund um die Uhr von einem Beamten bewacht.

Sein Bruder Torben war in Haft. Er würde sich für Beihilfe zum Mord verantworten müssen, sowie für seine Anschlagspläne auf die bewohnte Flüchtlingsunterkunft. Wie dies zu bewerten war, würde der Richter entscheiden müssen. Im Gegensatz zu Falko würde er die volle Härte der Rechtsprechung zu spüren bekommen.

Majidas Mörder hingegen war noch minderjährig und fiel unters Jugendstrafrecht. Wenn er sich gut anstellte, wäre er nach fünf, spätestens aber nach zehn Jahren wieder auf freiem Fuß. Dass er versucht hatte ein weiteres Mädchen sehr geplant und kaltblütig zu ermorden, würde den Richter hoffentlich dazu bewegen, von einer verfrühten Haftentlassung abzusehen.

Cornelia seufzte. Eigentlich wollte sie jetzt nicht mehr über die beiden Tells nachdenken. Es war Samstag, Wochenende und zudem ein ganz besonderer Tag, den sie schon seit Wochen herbeigesehnt hatte.

Ihr Herz klopfte schon seit dem Aufstehen ein wenig

schneller. Jetzt, da sie ihr neues Sommerkleid anzog, das sie extra für diesen Anlass gekauft hatte, raste es beinahe. Der weiße Stoff mit einem Print dunkler und hellgrüner Farne schmiegte sich an ihren Oberkörper und fiel dann luftig und weit bis kurz über die Knie. Cornelia drehte sich und fühlte sich ein bisschen wie früher, als kleines Mädchen.

Doch seitdem hatte sich viel verändert.

Es war eine gewagte Rocklänge. Ihre Wade glich einer Kraterlandschaft, aber immerhin waren die Narben nicht mehr feuerrot, sondern weiß und glänzend und ein wenig wie Papier.

Sie hatte sich daran gewöhnt, aber würde der Anblick Faris abschrecken? Ihre Gedanken schlugen Purzelbaum. Ein wenig hoffte sie, dass er sich davon vertreiben ließe, dann würde sie sich ihm nicht öffnen müssen. Doch sie bezweifelte, dass Faris sich so sehr von Äußerlichkeiten leiten ließ. Immerhin hatte er ihr, ohne zu zögern, all seine Narben gezeigt. Gegen seine Kriegserlebnisse war ihre zerfleischte Wade, als würde man einen Schnupfen mit einer Lungenentzündung vergleichen.

Cornelia musste lachen. Wie war sie denn jetzt ausgerechnet darauf gekommen?

Rasch schminkte sie sich, nur ein bisschen, nicht zu auffällig, zog Sandalen an, warf sich das dunkelgrüne Tuch für den Abend undamenhaft über eine Schulter und schnappte sich den Rührkuchen, den sie zum Fest beisteuern wollte. Er war keine besondere Meisterleistung, aber besser als nichts.

Immerhin bin ich Polizistin und keine Köchin, dachte sie.

Die Siedlung war nicht mehr wiederzuerkennen. Ungläubig und begeistert zugleich starrte Cornelia auf die kunterbunte

Hüpfburg, die direkt am Zufahrtsweg zum Heim aufgestellt war. Flüchtlingskinder tobten darin zusammen mit denen aus der Siedlung herum. Die Eltern standen meist noch nicht beieinander, aber die Freude der Kinder zu sehen zauberte ihnen über alle Barrieren hinweg ein Lächeln ins Gesicht.

Cornelia parkte und trug ihren Kuchen zum großen Stand, den die Initiative *Bochum mit Herz* aufgebaut hatte. Begrüßt wurde sie von Majidas ehemaliger Lehrerin, Frau Reif.

»Frau Arents, was für eine schöne Überraschung! Und sogar mit Kuchen.«

»Nur ein Rührkuchen mit Walnüssen.«

»Nur ein Rührkuchen, so was sagt man nicht, es ist ein traumhafter Kuchen, und ich bin mir sicher, er schmeckt so gut, wie er aussieht.«

»Danke«, sagte Cornelia etwas beschämt und stellte ihr Mitbringsel ab. Es gab schon mehrere Blechkuchen, Waffeln und sogar eine Torte. »Das ist ja großartig, wie haben Sie das so schnell hinbekommen?«

»Alles mit der Hilfe engagierter Bürger, ist das nicht wunderbar? Vor vier Tagen haben wir in der Zeitung und bei Facebook einen Aufruf gestartet, und nun sehen Sie sich das an! Die Hüpfburg hat das Autohaus Meyer spendiert, gleich kommt auch noch das AWO-Spielmobil. Am Kreisverkehr wird eine Bühne aufgebaut, von Star Entertainment, und zwei Cateringfirmen bringen am Nachmittag einen großen Grillstand und Salate. Die Flüchtlinge selbst werden Musik machen, und dafür sind sogar Instrumente gespendet worden.«

»Ich glaube, es wird ein wunderbarer Tag.«

»Das denke ich auch, danke, dass Sie gekommen sind, das ist ein wichtiges Zeichen.«

Cornelia lächelte und dachte sich, dass sie eigentlich nur für zwei Menschen hergekommen war. Für Majida, die sich sicherlich sehr über diesen Tag gefreut hätte, und für Faris.

Aber wo war er eigentlich? Sie stellte sich auf die Zehenspitzen und reckte sich, doch er war nirgends zu sehen.

»Lass mich bloß nicht hängen«, sagte sie leise und schlenderte in Richtung Bühne.

Ein syrischer Junge auf einem Dreirad fuhr lachend genau auf sie zu. Erst im letzten Moment stoppte er ab, wurde schlagartig ernst und sah mit riesigen, braunen Augen zu ihr auf.

»Ist nichts passiert«, sagte sie schnell und strich ihm über das Haar. Seine Fröhlichkeit kehrte zurück, und schon machte er sich wieder auf und davon.

»Ich hatte es noch im Keller«, sagte plötzlich eine Dame, die Cornelia sehr bekannt vorkam. Es war die korpulente Blondine, die noch in der vergangenen Woche bei der nächtlichen Prügelei als Gafferin herumgestanden und der sie ins Gewissen geredet hatte.

»Sie hatten recht, Frau Arents. Es sind anständige Leute. Und die Kinder … Es sind einfach Kinder, und es ist schön, sie lachen zu sehen.«

Soeben kam ein etwa zehnjähriges Mädchen angerannt und zog ein kleineres mit sich. Sie blieben vor den Frauen stehen. Die Kleine versteckte sich ängstlich hinter der älteren, lugte aber vorsichtig an ihr vorbei. Cornelia glaubte in diesem Moment, nie größere grüne Augen bei einem Kind gesehen zu haben.

»Schwester auch … bitte?«, sagte die größere, und Cornelia beobachtete erstaunt, wie die Nachbarinnen in ihren Tragetaschen kramten und dem kleinen Mädchen ein Seifenblasenröhrchen und rosa Haarspangen mit Glitzer reichten. »Da, für dich.«

Die Kleine strahlte über das ganze Gesicht, sah fragend zu ihrer Schwester auf und sagte dann zögerlich: »Danke schön.«

»Bitte schön, das hast du aber gut gelernt.« Die Nachbarinnen strichen ihr beide über das dunkelbraune Haar, und dann rannten die Kinder davon. Eine Spur Seifenblasen folgte ihnen wie eine Botschaft aus einem Märchenreich.

Cornelia verabschiedete sich und hielt nun direkt auf den Kreisverkehr zu, wo vor einer Woche Asylanten und Neonazis aufeinandergetroffen waren. Das Blut war längst von den Pflastersteinen gewaschen und die umgeknickten Schilder wieder aufgerichtet worden.

Und da war Faris. Gemeinsam mit einigen Landsleuten und den zwei Mitarbeitern von Star Entertainment, die an ihren bedruckten T-Shirts gut zu erkennen waren, arbeitete er an der Bühne. Schwarzer Stoff wurde zwischen die Riggs gespannt, Kabel wurden verlegt und mit Gaffaband festgeklebt, zwei Scheinwerfer angeschlossen und direkt getestet. Jemand brachte ein Plakat von *Bochum mit Herz* und hängte es in der Mitte auf.

Cornelia stand im Schatten einer Kastanie, die zu einer runden Form gestutzt worden war, und beobachtete Faris. Er hatte sie noch nicht bemerkt. Mit den gleichen, katzenhaften Bewegungen, die ihr schon bei ihrer ersten Begegnung aufgefallen waren, sprang er von der kleinen Bühne und wieder hinauf oder kletterte in die Riggs. Dabei hatte er sich einige Kabelbinder zwischen die Lippen geklemmt, mit denen er das Plakat befestigte.

Dann bemerkte er sie endlich.

Cornelias Herz machte einen kleinen Satz, der Mund wurde plötzlich trocken.

Sie hatte sich in den vergangenen Tagen so zusammengenommen, um Faris nicht zu sehr an sich heranzulassen und ihrem Prinzip treu zu bleiben, nie wieder einen Zivilisten in laufende Ermittlungen hineinzuziehen.

Doch nun war Majidas Tod aufgeklärt, und es stand nichts mehr zwischen ihnen.

Faris strahlte regelrecht, als er sie bemerkte, und sprang mit einem Satz aus dem Rigg. In einem wilden Durcheinander aus Deutsch und seiner Muttersprache verabschiedete er sich von den Männern, stieg von der Bühne und rannte zu ihr. »Da bist du, und so früh!«

»Ich dachte, ich könnte vielleicht noch helfen, aber es sieht aus, als wärt ihr schon fertig.«

Er schien unschlüssig, wie er sie begrüßen sollte, ein Händedruck war zu förmlich, eine Umarmung vielleicht ein Schritt zu weit.

Er nahm ihre Hand, rieb weich mit dem Daumen darüber und jagte Cornelia damit einen wohligen Schauer über den Rücken. Der Blick in seine grünen Augen ließ ihre Knie weich werden. Doch schon war der flüchtige Moment wieder vorüber, und von der Berührung blieb nur eine Erinnerung, die Ahnung von Wärme, seiner Wärme.

»Du siehst wunderschön aus«, sagte er. Cornelia fühlte, wie ihr das Blut in die Wangen schoss. Dank ihrer hellen Haut, die der Gott der Rothaarigen nur mit ein paar Sommersprossen gesegnet hatte, war es sicher auch meilenweit zu sehen.

Faris' Mundwinkel zuckten, doch ein Lächeln wurde es nicht. War er zu anständig, um ihr nicht zu zeigen, dass ihm das Offensichtliche nicht entgangen war? »Du siehst wirklich toll aus. Es war mein Ernst, nicht nur so dahingesagt. Die private Cornelia gefällt mir noch viel mehr als die Polizistin.«

»Du bist aber auch nicht von schlechten Eltern«, gab sie forsch zurück und schämte sich zugleich ein wenig.

Warum konnte sie, verdammt noch mal, nicht mit einem Kompliment umgehen? Was war denn so schwer daran, einfach nett zu lächeln und sich zu bedanken?

»Ich sag es meinen Eltern, das wird sie sicher freuen.«

»Das tust du nicht.«

»Und wenn doch?«

Sie stieß ihn spielerisch gegen den Arm. »Dann lernst du mich von einer anderen Seite kennen.«

»Noch eine Seite, großartig, wie viele hast du denn?«

»Das weiß ich selbst nicht so genau.«

»Vorsicht, so was macht dich nur noch interessanter. Aber sag mal, hattest du nicht Kuchen versprochen?«

»Der ist schon bei der Initiative am Stand.«

»Dann los, schnell da hin. Ich bin gespannt, und ich habe seit dem Frühstück nichts mehr gegessen.«

Cornelia verdrehte die Augen und hoffte inständig, dass sie nicht Salz und Zucker vertauscht hatte oder irgendetwas anderes schiefgegangen war.

Faris fasste sie am Handgelenk und zog sie mit sich. Die Bewegung kam so plötzlich, dass es in ihrem Unterschenkel protestierend stach und sie kurz mit dem Fuß wegknickte. »Autsch«, rutschte es ihr heraus.

Faris schnellte herum, und sie stolperte gegen ihn, was sie vor einem peinlichen Sturz bewahrte. Er ließ ihre Hand los, als habe er sich verbrannt.

»Tut mir leid, ich wollte nicht …«, stotterte er.

»Es war nichts«, versicherte Cornelia schnell. »Meine dumme Wade hat es nur nicht so mit Überraschungen. Es ist nicht deine Schuld.«

Er sah sie fragend an, bis sie sich umdrehte, kurz ihren Rock hochzupfte und ihm die narbige Haut zeigte. »Du hast mich nach inneren Dämonen gefragt, das ist der, den du noch nicht kennst.«

Faris schwieg überrascht, und zwischen seinen Brauen zeigte sich eine tiefe Furche. Würde er sie jetzt nicht mehr kennenlernen wollen?

Aber hatte sie nicht genau das gehofft? Doch die Gedanken, Faris mit dem Anblick ihrer Narben in die Flucht schlagen zu wollen, waren verflogen.

Sie wollte eine Chance, aber wenn sie diese verstreichen ließ, würde sie die Zeit nicht mehr zurückdrehen können.

Cornelia nahm all ihren Mut zusammen und griff nach Faris' Hand. »Komm, ich dachte, du wolltest den besten Walnuss-Gugelhupf der Welt probieren.«

»Natürlich, los, bevor ihn jemand wegisst«, sagte er, und plötzlich war die angespannte Stimmung wie weggezaubert. *Aber ich halte noch immer seine Hand, wurde ihr klar, und es ist ein wunderbares Gefühl.*

Sie liefen bald wieder langsamer. Faris schien es genauso zu ergehen wie ihr. Er wollte den Moment nicht verstreichen lassen. Seine Hand lag warm und angenehm fest in ihrer. Und sie war ihm so nah, dass sie ihn riechen konnte, den schwachen Duft seiner Haut und den leichten Waschmittelgeruch seiner Kleidung.

Als sie den Kuchenstand erreichten, warfen Frau Reif und eine andere Dame der Initiative einander verschwörerische Blicke zu, sodass Cornelia ihre Hand beinahe aus der von

Faris gezogen hätte. Aber warum? Warum sollten sie es nicht sehen?

»Zwei Stücke von Cornelias Nusskuchen bitte«, sagte Faris feierlich und zog mit der freien Hand seine Börse aus der Gesäßtasche.

»Du musst doch nicht zahlen, Faris!«, protestierte die Lehrerin.

»Jeder muss zahlen, ist schließlich für einen guten Zweck«, wiegelte er ab.

Mit leisem Bedauern gab Cornelia seine Hand frei und nahm das Stück Kuchen entgegen. *Es riecht tatsächlich annehmbar*, dachte sie und tupfte einige Krümel auf, die keineswegs salzig, sondern süß und ein wenig karamellig schmeckten.

Faris beugte sich dicht an ihr Ohr, was ihr eine leichte Gänsehaut bescherte, und flüsterte: »… und wehe der schmeckt nicht.«

Cornelia verschluckte sich beinahe an ihrem ersten Bissen, während Faris offenbar ungerührt weiterschlenderte.

Ein langes »Hmmm« war alles, was er von sich gab, als sie ihn eingeholt hatte. Und es stimmte, der Kuchen war wirklich gelungen, was sie nur selten von ihrem Backwerk behaupten konnte.

Sie blieben vor der Hüpfburg stehen und sahen fünf Kindern dabei zu, wie sie ausgelassen herumtollten. Einige Erwachsene standen in der Nähe, und es war schön zu sehen, wie sich die Freude der Kinder ganz langsam auf sie übertrug und die schreckliche Leere zurückdrängte, die der Krieg dort geschaffen hatte.

»Ich werde etwas aus Majidas Tagebuch lesen«, sagte Faris plötzlich und wischte sich die Finger an einer Serviette sauber. »Ich habe lange überlegt, aber genau dafür habe ich es ja übersetzt, damit andere durch ihre Augen sehen können.«

»Das ist eine wunderbare Idee.«

»Findest du? Ich will auch das Original lesen, weil sonst nur die Deutschen den Text verstehen, aber ich weiß noch nicht, wie ich es gliedern soll.«

Cornelia bedauerte kurz, dass sie so schnell zu diesem Thema zurückkehrten und nicht noch eine Weile über Unwichtiges wie Kuchen oder das Wetter reden konnten. Aber so hatten sie sich kennengelernt, über das traurige Schicksal des Mädchens. Es war in Ordnung, dass Majida nicht mit der Aufklärung des Falls völlig aus ihren Gedanken verschwand.

»Welchen Abschnitt willst du lesen?«

»Den hier, Moment.« Faris kramte in seiner Hosentasche und verzog dabei theatralisch sein Gesicht. Dann reichte er ihr einen zusammengefalteten Zettel.

Faris' Schrift war ihr mittlerweile sehr vertraut.

Sie überflog die Zeilen, las sie langsamer und langsamer. Eigentlich kannte sie das ganze Tagebuch, doch diesen Ausschnitt isoliert von den anderen zu lesen gab ihm mehr Bedeutung. Er handelte davon, wie sich Majida bei der Ankunft in diesem Heim gefühlt hatte. Als sie den Eintrag schrieb, war sie womöglich gerade von der Schule zurückgekommen und durch genau diese Straßen gelaufen.

Vorsichtig, als halte sie einen Schatz in den Händen, gab sie Faris das Blatt zurück. »Ja, du hast genau das Richtige ausgesucht, auch wenn es viele, die mittlerweile anders denken, nicht gerne hören möchten.«

»Danke für deine Worte, Cornelia.« Er legte ihr einen Arm um die Schulter und drückte sie kurz an sich. »Danke.«

Seine Hand wanderte tiefer und blieb auf ihrer Taille liegen.

»Gehen wir zur Bühne zurück, die Musiker haben schon angefangen.«

Er ließ sie nicht los, und Cornelia genoss seine Nähe und fühlte sich dabei wie ein junges Mädchen, so aufgeregt und schüchtern war sie.

Faris, dachte sie, *was machst du nur mit mir?*

Zögernd schlang auch sie ihren Arm um seine Mitte, weil es ihr einerseits blöd vorkam, ihn zwischen sich zu haben, und andererseits, weil sie mehr von ihm spüren wollte.

Mit jedem Schritt spannte sich seine Rückenmuskulatur an und wurde wieder weich, fest und wieder weich.

Cornelia fiel es schwer, sich auf etwas anderes als das stete Auf und Ab neben ihr zu konzentrieren.

Als sie den Kopf vorsichtig neigte, konnte sie ein zartes Lächeln sehen. Es umspielte seine Mundwinkel und ließ die Lachfältchen an seinen Augen etwas tiefer werden.

Cornelia stellte sich vor, wie sich sein Mund bei einem Kuss anfühlen und sein kurzer Bart über ihre Haut streichen würde.

Vor der Bühne standen jetzt fast vierzig Menschen, und ständig kamen mehr dazu. Nur an wenigen Stellen mischten sich die Flüchtlinge mit den Anwohnern. Doch je enger es wurde, desto mehr mussten die Menschen zusammenrücken. Hier und da erklang brüchiges Deutsch oder Englisch, wurde scheu gelacht.

Auf der Bühne spielte eine gemischte Band, ausgerüstet mit Gitarre, Schlagzeug und einer iranischen Langhalslaute, rockige Musik mit orientalischem Einschlag. Einige Kinder hatten sich direkt vor der Bühne versammelt und hüpften fröhlich auf und ab. Im Gegensatz zu ihren Eltern machten sie keinen Unterschied zwischen den Nationalitäten. Zwei Mädchen, eines aus dem Heim, das andere aus der Nachbarschaft, versuchten, sich gestenreich zu verständigen und brachen zwischendurch immer wieder in Gelächter aus, wenn es nicht so klappte, wie sie wollten.

»Wir werden nicht mit Hass im Herzen geboren, den pflanzen erst unsere Eltern hinein«, sagte Faris, und sie konnte nicht anders, als ihren Kopf an seine Schulter zu schmiegen und ihm auf diese Weise zuzustimmen.

Cornelia versuchte, nicht daran zu denken, was ihre Eltern sagen würden, wenn sie erfuhren, dass sie sich mit einem Syrer traf. Eigentlich waren sie relativ tolerante Menschen, doch auch sie hatten Grenzen, waren fest in bürgerlichem und etwas spießigem Denken verhaftet. Cornelia konnte sich sehr gut das Gesicht ihrer Mutter vorstellen, wenn sie sagte: »Und demnächst trägst du dann nur noch Burka, oder wie?«

Sie vertrieb den lästigen Gedanken, lehnte ihre Wange näher an Faris' Brust und atmete seinen aufregend fremden Geruch ein, der ihren ganzen Körper in Aufruhr versetzte.

»Cornelia? Ich habe einen Anschlag auf dich vor.«

»Oh, und das aus dem Mund eines Syrers«, antwortete sie grinsend.

»Du kannst meine Handschrift doch gut lesen, oder?«

»Ja …« Sie bekam eine schreckliche Ahnung.

»Würdest du die deutschen Tagebuchausschnitte lesen?«

»Ich habe befürchtet, dass du das sagen würdest.«

»Na, dann ist es ja keine Überraschung mehr, und ich brauche dich nicht zu überreden. Ich finde, es würde dem Ganzen einen perfekten Rahmen geben.«

Dem Blick in seine grünen Augen konnte sie kaum widerstehen. Er blinzelte wie eine Katze, die schweigend Freundschaft versprach. *Warum haben ausgerechnet Männer solche Wimpern?*, dachte Cornelia. *Das steht ihnen gar nicht zu.*

»Bitte«, sagte er kehlig.

»Und was bekomme ich dafür?«, fragte Cornelia und fühlte sich dabei ungeheuer mutig.

Faris rieb sich über das Kinn und setzte theatralisch eine grüblerische Miene auf. Mehrfach setzte er zu einer Erwiderung an, dann sagte er schließlich: »Einen Kuss, ich könnte dir einen Kuss anbieten.«

Cornelia rutschte das Herz in die Hose und offenbar direkt weiter in die Knie, denn die überlegten kurzfristig, den Dienst zu versagen. Als es wieder hochhüpfte, schoss ihr das Blut in die Wangen. »Gut«, brachte sie mit trockener Kehle hervor. »Wir haben einen Deal, Herr Aydin.«

»Wunderbar.« Nur das eine Wort, aber sein Gesicht sprach Bände. Er war erleichtert und auch ein wenig stolz, mit seinem mutigen Vorstoß Erfolg gehabt zu haben.

Als er sich zu ihr beugte, schloss Cornelia erwartungsvoll die Augen, doch Faris' Lippen erreichten nicht ihren Mund. Stattdessen küsste er sie auf die Stirn. Sein Mund war warm und fest, und viel zu schnell war es vorbei.

»Der Rest kommt später«, sagte er verschmitzt. »Erst bringen wir das über die Bühne, und wenn du es gut gemacht hast …«, weiter kam er nicht, denn Cornelia legte ihm eine Hand in den Nacken und zog seinen Kopf zu sich herunter. Er setzte zu einem Protest an, doch da berührte ihr Mund schon den seinen, und dann war alles andere plötzlich egal.

Die Gespräche der Menschen wurden von ihrem wild hämmernden Herzschlag gedämpft, die Klänge der Musik schienen sich dem anzupassen, und alles kreiste nur noch um seinen Mund und ihren. Lippen auf Lippen, warm und fordernd. Sein Atem streichelte ihr Gesicht, und sein Mund schmeckte wunderbar.

Als sie sich schließlich voneinander lösten, fühlte Cornelia sich wie eine andere Frau. Als habe der Kuss sie aus einem langen Schlaf gerissen, in den sie nach Vincents Tod gefallen war. Sie war endlich wieder lebendig!

»Später mehr«, grinste Faris atemlos.

Nach und nach nahm Cornelia wieder die Leute in ihrer Nähe wahr, die den Musikern lauschten und vermieden, in ihre Richtung zu sehen. Ja, es war eindeutig peinlich und für eine Frau ihres Alters unangebracht, mitten in einer Gruppe Menschen zu knutschen, doch es war ihr egal.

Und das war sehr, sehr befreiend.

Als die Musiker ihr Spiel beendeten, fühlte Cornelia sich noch immer sehr erhitzt. Sie spürte, wie sie lächelte, aber sie konnte einfach nicht damit aufhören.

Der Gründer der Initiative *Bochum mit Herz* trat auf die Bühne. Es war ein fülliger Endfünfziger mit grauem Vollbart und schütterem, fransigen Haar, das ihm knapp auf die Schultern stieß. Er wirkte auf eine positive Art aufgeregt, als er mit seiner Linken das Mikrofon ergriff. Es verschwand beinahe in seiner prankenartigen Hand. »Willkommen, liebe Geflüchtete, willkommen, liebe Freunde und Förderer.«

Die Leute klatschten, ebenso wie Cornelia und Faris. Es war ein verhaltener Applaus, voller Erwartung, was nun folgen würde.

Der Gründer erzählte von der noch jungen Geschichte der Initiative, der zwar Mitglieder der evangelischen Gemeinde angehörten, die aber keine kirchliche Organisation war. Mittlerweile beteiligten sich auch die ersten Flüchtlinge und halfen den Neuankömmlingen dabei, sich zurechtzufinden. Er wies auf zwei Männer und eine Frau und stellte sie mit Namen vor. Anschließend zeigte er auf Faris. Sie waren dran.

Cornelia stieg hinter ihm auf die Bühne und war gar nicht so aufgeregt, wie sie erwartet hatte.

Während Faris von Majida erzählte, beobachtete sie die Menschen vor der Bühne. Schon nach kurzer Zeit hatte Faris alle Zuhörer in den Bann geschlagen, und sie lauschten mit ernsten Mienen.

Er berichtete von Majidas Flucht, der Odyssee durch die Türkei und das Mittelmeer, bis sie schließlich über ein Erstaufnahmelager nach Bochum kam und nach nur einem halben Jahr ermordet wurde.

Die Menschen schwiegen betreten. Eine Frau weinte leise. Hatte sie das Mädchen gekannt? Oder war sie nur von ihrem Schicksal gerührt?

»Dies ist Frau Kommissarin Arents«, sagte Faris plötzlich und riss Cornelia aus ihren Gedanken. »Sie hat die polizeilichen Ermittlungen geleitet und den Täter gefasst. Ich freue mich, dass sie heute hier ist und die deutsche Übersetzung lesen wird, die ich von Majidas Tagebuch angefertigt habe.«

Faris faltete seinen Notizzettel auseinander und las eine Passage. Seine Stimme verlieh den melodischen Worten besondere Feierlichkeit. Dann verklangen sie, und die Zuhörer wandten ihre Gesichter Cornelia zu.

Sie nahm den Zettel aus Faris' Hand, seine Wärme streifte die ihre, und sie begann zu lesen: »Wie sie uns ansehen …«

* * *

NACHWORT UND DANKSAGUNG

Die Idee zu »Wie sie uns ansehen«, entstand aus einem sehr unangenehmen Erlebnis. Jemand, von dem ich es nicht erwartet habe, äußerte sich fremdenfeindlich. Ich war empört, wütend … bestürzt. Noch am gleichen Abend schrieb ich die Idee nieder und machte meinen Gefühlen auf diese Weise Luft. Ich hatte plötzlich das Gefühl, nicht länger stumm bleiben zu dürfen, sondern mich dem Thema zu nähern, wie ich es am besten kann: in Form einer Geschichte.

Aber es gibt auch positive Inspirationen. Dazu gehört vor allem die Initiative »Willkommen in Mülheim« wo Geflüchteten ganz unbürokratisch geholfen wird. Kleiderspenden, Veranstaltungen, Kennenlernen, all das auf eine warmherzige, sehr »mülheimerische« Art. Ich habe dort großartige Menschen getroffen, Schicksale erzählt bekommen und gelernt, wie glücklich auch die kleinste Geste machen kann, wenn sie von Herzen kommt.

Die Arbeit an »Wie sie uns ansehen« gestaltete sich als nervenaufreibend und streckenweise schwierig. Majidas Tagebucheinträge sollten realistisch wirken und doch war es kaum erfassbar, was ein Kind wie sie durchgemacht haben muss. Krieg, Terror, Bruder und Vater zu verlieren…

Einiges habe ich mir zugunsten des Romans »zurechtgebogen«. So wird in Syrien zum Beispiel kein Tagebuch geschrieben, die Esbers hätten als Jesiden vermutlich woanders gewohnt und Faris nicht ihre Sprache verstanden.

Von der Entstehung eines Romans bis zu der Veröffentlichung vergeht viel Zeit. Ich habe versucht Fakten so lange wie möglich anzupassen, doch Grenzübergänge, Kampfgebiete und Fluchtrouten ändern sich schnell.

»Wie sie uns ansehen«, hat mich tief in eine Welt gezogen, die oft emotional kaum zu ertragen war. Mein allererster Dank gilt daher dieses Mal meinen Kolleginnen Jennifer Benkau und Charlotte Lyne, für Durchhalteparolen und gegenseitiges Mutmachen in den dunklen Stunden.

Der Egmont Lyx Verlag und meine Lektorin Ulrike Gerstner haben nicht gezögert »Wie sie uns ansehen« ein Zuhause zu geben, danke. Des Weiteren danke ich Barbara Krause, meiner Agentin Nina Arrowsmith und Anke Koopmann für das stimmungsvolle Cover.

Viele Menschen sind sichtbar und unsichtbar an der Entstehung meiner Bücher beteiligt.

Mein Dank gilt meiner Mutter Růžena Pax, meiner Schwester Rafaela Pax und ihrer Familie, meinen guten Freunden Melanie Panz, Angela Kaufmann, Timo Sauer und Melanie Hohmann.

Und dann sind da noch die lieben Kollegen Markus Heitz, Bernhard Stäber, Kai Meyer und Tom Finn, die mich mit angenehmen Gesprächen und vielen tollen Büchern vom Schreiben abhalten.

Damit mir nicht die Decke auf den Kopf fällt arbeite ich besonders im Sommer gerne auf archäologischen Ausgrabungen. Ulrich »Ocki« Ocklenburg, du bist der beste Chef der Welt und ein herrlicher Ruhrpott-Wirrkopf, die Schönwetter-Archäologin dankt.

Zuletzt die flauschigen Mitarbeiter ohne die das Schreiben wirklich eine sehr einsame Angelegenheit wär: Schnurrmonsterchen Yuri und Rennsemmel Luis. Was wäre die Welt ohne Katzen?

Zuletzt geht der größte Dank an meine Leser. Ohne euch gäbe es viele meiner Bücher nicht. Danke.

Leseprobe

Rebekka Pax

Lokes Mond

Bochum-Riemke

Die Reifen holperten über harsch gefrorenen Waldboden. Es war eine der kältesten Nächte des jungen Jahres.

Der Fahrer war froh über den Frost, würde er sich doch keine Sorgen über Reifenabdrücke machen müssen. Froh machte ihn auch der Vollmond, der genügend Licht spendete, um auch bei ausgeschalteten Scheinwerfern gut genug sehen und den Wagen sicher lenken zu können.

Es war kurz nach Mitternacht. Aus dem sumpfigen Erlenbruchwald in der Nähe zog Nebel herauf. Das milchige Wabern war dicht wie ein Mantel. Als wären die alten Germanengötter noch lebendig und suchten auf ihren nächtlichen Streifzügen Heimlichkeit im klammen Grau.

Ein Reh trat auf den Waldweg, starrte den Wagen aus großen braunen Augen an und verschwand mit zwei eleganten Sprüngen linkerhand im Brombeerdickicht.

Nun war es nicht mehr weit. Schon konnte er die Koppeln sehen, auf denen die Pferde dösten, die bald eine blutige Überraschung erleben würden. Der Puls des Mannes schoss hoch, aber er zwang sich zur Ruhe. Wenn er diese Sache durchziehen wollte, dann mit aller Sorgfalt und Konsequenz.

Erinnerungen drängten sich auf. An seinen Vater, einen einfachen Bergarbeiter, dessen ganzer Stolz seine Tauben- und Karnickelzucht gewesen war, die er im Schrebergarten unterhielt.

Auf dem Teller sind sie alle gleich, pflegte er zu sagen, wenn es den Tieren an den Kragen ging. Im kleinen Verschlag roch es scharf nach Vogelkot und Karnickelpisse, die sich in die Holzböden der Käfige gefressen hatte.

Vater legte immer eine alte Wachstuchdecke auf die Werkbank, bevor es losging. Sie war kariert, und in den Karos waren rosa Blümchen. Seltsamerweise konnte er sich an die Tischdecke, die vorher irgendwann auf dem Frühstückstisch gelegen hatte, besser erinnern als an die Kaninchen, die auf ihr das Leben ausgehaucht hatten.

»Such eines aus und bring es her«, hatte sein Vater gesagt. Er, vielleicht acht Jahre alt, holte eines aus dem Stall. Es zappelte erst, doch als er es streichelte, wurde das Tierchen ganz ruhig. Nur die Nase wackelte noch lustig auf und ab.

»Darf ich es totmachen«, hatte er gefragt, und der Vater hatte ihm bereitwillig den abgesägten Besenstiel gegeben, mit dem er den Tieren immer das Genick brach. Es klappte nicht beim ersten Mal, aber er war niemand, der schnell aufgab, und schließlich legte sich doch der samtweiche Blutgeruch über den Gestank der Ställe.

Der Mann schüttelte den Kopf und setzte sich etwas aufrechter hin. Warum er ausgerechnet jetzt daran denken musste, war ihm ein Rätsel. Vater hatte ihm so viel beigebracht. Er war ihm dankbar.

Er schlug das Lenkrad ein, weit nach links, denn der Weg zu den Pferdekoppeln war schmal und knickte scharf ab. Das Mondlicht brach sich glänzend auf stacheligen Ilexzweigen.

Hier war es gut. Er lenkte den Wagen etwas tiefer ins Gebüsch und stieg aus. Noch einmal überprüfte er seine Ausrüstung. Die Stiefel, die er trug, waren billige Plastikreitstiefel, wie sie hin und wieder beim Discounter im Angebot waren. Damit lief jeder zweite Reiter an Ställen wie diesen herum.

In seinem Armeerucksack verbargen sich Dinge, die für Reiter eher ungewöhnlich waren, bis auf die getrockneten Bananenchips vielleicht, mit denen man angeblich fast jedes Pferd rumbekam.

Der Mann schulterte sein Gepäck und machte sich auf den Weg.

Alles blieb ruhig. Auf den Wiesen lag Reif. Pappeln trennten die einzelnen Weiden voneinander, standen da wie riesige Scherenschnitte von Soldaten, schwarz und kerzengerade im Gegenlicht des Mondes.

Eine Weile ging er am Zaun entlang und spähte zu den Tieren hinüber, die ihn längst bemerkt hatten und ihn mit erhobenen Köpfen musterten. Einige hatten sich in einen Verschlag zurückgezogen. Als ein Schimmel den Kopf durch die Plastiklamellen schob, wusste der Mann, dass er höchstwahrscheinlich richtig war.

Er sah sich ein letztes Mal um, dann duckte er sich unter dem Holzzaun durch, sorgfältig darauf bedacht, nicht anzustoßen.

Irgendwo rief eine Schleiereule. *Früher war ihr Schrei als schlechtes Omen gedeutet worden,* erinnerte er sich. Die Bauern hatten tote Käuzchen an die Scheunentüren genagelt, um das Unglück von ihrem Vieh fernzuhalten. Vielleicht lag im Aberglauben ein Fünkchen Wahrheit.

»Ruf du nur«, sagte der Mann und blickte zu dem Vogel hinüber, der auf einem Zaunpfosten saß. »Hier hört dich sowieso keiner.«

Langsam näherte er sich den Pferden. Es waren sechs, zwei davon mit weißem Fell, und die Schimmel waren es, die gleich seine ungeteilte Aufmerksamkeit erhalten würden. Die Tiere sahen alt aus, manche schon grau im Gesicht. Hier standen die Senioren des Reitstalls, die nur noch versorgt, aber nicht mehr geritten wurden. Die meisten waren gegen die Kälte in warme Decken gepackt. Der Atem bildete Dampfwolken über ihren Nüstern, kondensierte an den langen Haaren und Wimpern.

Der Mann streichelte sie, bis ihn die Tiere arglos umringten. Verborgen hinter dem Unterstand stellte er den Rucksack auf den Boden. Die Axt würde er erst später brauchen, aber er stellte sie schon mal bereit. Neugierig schnüffelten die Tiere an den extradicken Müllsäcken und Seilen.

»Alle antreten«, sagte er und ärgerte sich, dass die Aufregung seine Stimme höher klingen ließ. »Hanni und Nanni, her mit euch, na kommt. Wer hat euch nur so bescheuerte Namen gegeben, hmm?«

Aber er wusste, wer ihnen diese Namen gegeben hatte. Dieser Mann war auch der Grund dafür, warum die beiden Stuten sterben mussten. Es war nicht so, dass er Tiere hasste, sie waren ihm nur genauso egal wie die meisten Menschen.

Die Pferde fraßen ihm die Bananenchips aus den behandschuhten Händen. Gierig waren sie und zickig wie kleine Kinder. Die Stuten wurden schnell zutraulich. Während er sie kraulte und ihnen in sanften Tönen von ihrem baldigen Ende erzählte, legte er Hanni und Nanni Stricke um den Hals.

Ein Tier band er direkt am Unterstand fest.

Mit einem schnellen Griff hatte er einen alten Pulli und die Axt parat und führte die zweite Stute von der ersten weg. Die anderen Pferde ließen ihn in Ruhe, nachdem er eine Handvoll Futter auf dem Boden verteilt hatte.

In einer kleinen Senke hinter einer Insel aus Eschenschösslingen und Brombeergestrüpp zog er dem gutmütigen Tier den Pullover über den Kopf. Irritiert riss die Stute am Strick, beruhigte sich aber schnell, als sie merkte, dass ihr nichts geschah. Der Mann nahm noch ein paar Bananenchips und hielt sie dem Tier vor die Schnauze. Langsam senkte er die Hand und streute sie auf den Boden. Die Stute senkte den Kopf und suchte schnüffelnd nach dem Nachschub. Jetzt war der Moment gekommen.

Der Mann holte aus. Für einen Augenblick schien die Welt zu erstarren, dann krachte die Axt auf den Pferdekopf. Der Schädel brach mit stumpfem Knacken, die Beine der Stute knickten ein, und beinahe elegant fiel sie auf die Seite.

Die anderen Pferde hatten nichts bemerkt. Der Wind trug den Blutgeruch fort. Hanni oder Nanni, er wusste nicht, welche Stute welchen idiotischen Namen trug, folgte ihrer Schwester genauso lautlos nach.

Diesmal stoben die anderen Pferde auseinander, blähten die Nüstern und starrten aus der äußersten Ecke der Weide zu ihm herüber. Sollten sie doch, ihm war es egal.

Die Stute am Unterstand nahm er sich als Erstes vor. Ihre Hinterbeine hatten soeben aufgehört zu zucken, und so setzte er das Messer an und trennte mit schnellen Schnitten den Kopf ab. Das viele Blut war eine einzige Sauerei, aber keine, die ihn überraschte oder auf die er nicht vorbereitet war.

»Zähes, altes Biest«, fluchte er, als er bei den Nackenwirbeln angelangt war. Er wollte sich das gute Messer nicht an den Knochen ruinieren. Hier war Vorsicht geboten. Er biss sich vor Konzentration auf die Unterlippe, dann war es endlich geschafft.

»Na also, rein mit dir.«

Er drehte den Müllsack auf links und hob den Pferdekopf auf, wie andere die Scheiße ihrer Köter einsammelten. So blieben die Handschuhe und sein Rucksack sauber.

Ein Blick auf die Uhr zeigte, dass seit seinem Aufbruch keine ganze Stunde vergangen war. Stolz strömte als warmes Glücksgefühl durch seinen Körper.

Er war gut, er war wirklich gut! Das ging so schnell und reibungslos, dass er sich dafür später einen ordentlichen Drink verdient hatte. Aber vorher musste er noch eine andere Sache erledigen.

Vollmondlicht fiel auf bleiche Haut. Die Decke war zurückgerutscht und entblößte den Leib eines kleinen Jungen.

Aus seinen Augen war längst das Leben gewichen, aber der Tod hatte den Ausdruck ängstlichen Staunens, mit dem er seinen Mörder angesehen hatte, nicht mit sich genommen.

Seine Haare waren lockig, golden und fein wie Engelhaar. Es bewegte sich sacht in der nächtlichen Brise und wischte feine Eiskristalle vom gefrorenen Herbstlaub, auf dem er lag.

Sein Körper war beinahe so kalt wie der Waldboden unter ihm, in dem er bald seine letzte Ruhe finden sollte.

Bis es so weit war, würde es noch etwas dauern.

Der Totengräber hatte Mühe, sich mit Spitzhacke und Schaufel durch gefrorenen Boden und Wurzelwerk zu arbeiten. Als die tieferen, weichen Schichten erreicht waren, wuchs der Erdhaufen neben der Grube schneller. Der Hügel dampfte. Regenwürmer, die zu kleinen rosa Knäueln zusammengerollt Winterruhe gehalten hatten, erwachten zu trägem Leben. Bevor sie Zeit hätten davonzukriechen, würden sie längst zurück in der Erde sein.

Das Grab war fertig ausgehoben.

Der Junge starrte noch immer zum Vollmond hinauf. Sein Mörder scheute diesen Blick, scheute dieses Staunen, das an lebendige Kinder erinnerte und auch daran, wie aus diesem lebendigen Jungen ein totes Etwas geworden war.

Die Male auf seiner Brust waren blassblaue Schatten. Mit der Spitzhacke zerrte er die Decke über das Kindergesicht, dann stieß er die kleine Leiche mit dem Fuß in die Grube.

* * *

Bochum, Innenstadt

Aus einem Club wummerte hektischer Techno Beat. Immer wenn die Tür geöffnet wurde, zuckten bunte Lichter hinaus. Junge Leute standen in Trauben davor, rauchten und tranken Bier. Wer nicht hineingelassen wurde, feierte einfach auf der Straße mit, forderte die Grenzen seines Körpers mit billigem Fusel heraus. Die Kälte schien ihnen nichts auszumachen.

Jetzt begann es auch noch zu schneien.

Cornelia ging mit ihrem Begleiter an den feiernden Jugendlichen vorbei. Peter schienen sie Angst zu machen. Sie sah ihm an, dass er am liebsten die Straßenseite gewechselt hätte, sich aber vor einer Polizistin nicht die Blöße geben wollte. Das Vergnügungsviertel Bermudadreieck war auch nach Mitternacht noch voller Nachtschwärmer. Hier trafen sich Studenten und Touristen, Alteingesessene wie Zugezogene. Zwischen Südring und Victoriastraße reihte sich ein Restaurant ans andere.

Cornelia hatte für heute Abend genug. Ihre Stimmung war ganz plötzlich umgeschlagen, von fröhlichem Nihilismus zu Frust. Sie hatte begonnen sich zu fragen, warum sie mit einem Fremden, der sie zudem noch körperlich abstieß, einen Drink nach dem anderen kippte. War von ihrem Leben wirklich so wenig übrig, dass sie nicht mal mehr Freunde besaß, mit denen sie ausgehen konnte?

Jetzt wollte sie nur noch weg hier, wollte nach Hause, und zwar allein. Die Rettung war zum Greifen nah: Beige, mit einer Beule am rechten Kotflügel und Nazar-Amuletten am Spiegel, näherte sich der Wagen über den Südring.

»Da ist mein Taxi, tschüs, Peter!«, rief Cornelia, rannte dem Wagen entgegen und damit weg von Peter, ihrem unglücklichen Blind Date, der sich deutlich um die Abschiedsumarmung betrogen fühlte.

Aber das war ihr egal, sie hätte es keinen Moment länger mit diesem Kerl ausgehalten.

Sie riss die Autotür auf, vielleicht etwas zu heftig, und ließ sich auf den speckigen Beifahrersitz fallen.

»Guten Abend, wo soll's denn hingehen?«, fragte der Taxifahrer. Sie nannte ihre Adresse, und der Fahrer tippte sie umständlich in sein Navi. Offenbar machte der Mann diesen Job noch nicht sehr lange. Konnte ihr aber auch egal sein, wenn er sie nur von hier wegbrachte. Sie schätzte ihn auf Anfang sechzig. Ein Türke mit aristokratischem Gesicht, der sein kurzes graues Haar unter einer Mütze verbarg.

Als er endlich den Blinker setzte, merkte Cornelia, wie die Spannung langsam von ihr abfiel.

»Hatten Sie einen schönen Abend?«, begann der Fahrer im Plauderton.

»Nicht schön, aber selten«, gab sie zurück, wohl etwas unfreundlicher als beabsichtigt, aber deutlich genug, um klar zu machen, dass ihr der Sinn nicht nach Reden stand.

Sie sah aus dem Fenster, in dem sie sich spiegelte. Ihr rotes Haar war ein wildes Chaos. Draußen rutschten Schneeflocken tauend die Scheibe hinab und hinterließen ein Netz aus Nässe. Cornelia lehnte den Kopf zurück und sah aus halb geschlossenen Augen durch die Frontscheibe, wo Bremslichter wie Positionsleuchten verirrter Schiffe aufleuchteten. Was für ein beschissener Abend.

Warum hatte sie sich nur wieder auf eines dieser idiotischen Dates eingelassen? Musste sie sich selbst beweisen, dass sie noch einen gewissen Marktwert hatte, auch mit Mitte dreißig, wenn vernünftige Frauen längst einen Mann fürs Leben gefunden und mit ihm mindestens 1,7 Kinder gezeugt hatten?

Peters Inserat hatte eine Woche zuvor im Internet gestanden. Aus einer Laune heraus hatte sie geantwortet. Was sollte an einem großen, sportlichen Akademiker mit Humor falsch sein?

Alles. Er war Chemiker und sah auch genauso aus. Halbglatze, die restlichen Haare fusselig und viel zu lang. Die Körpergröße war eine glatte Lüge gewesen und das eingestellte Foto klein und mindestens zehn Jahre alt. Seine Haut war das, was ihre Mutter teigig nannte. Ein Mensch, den man nicht gern berührte. Die Vorstellung, ihn zu küssen oder gar richtig intim zu werden, jagte ihr einen kalten Schauer über den Rücken. Und dann war da noch die Sache mit dem Humor. Peter war wirklich lustig, so lustig, dass sie aus dem Lachen gar nicht mehr herausgekommen war. Aber was sie nun wirklich nicht wollte, war eine Beziehung mit einem Clown. Schon im ersten Moment war ihr klar gewesen, dass aus ihnen nichts werden konnte.

Also hatte sie gute Miene gemacht, mehr getrunken, als gut war, und gelacht. Es reichte, wenn sie Peter den Abend irgendwann gegen Ende verdarb. Gut getan hatte es trotzdem, auch mit einem Nerd. Auszugehen war längst überfällig gewesen.

Dafür war sie dem lustigen Peter mit der merkwürdigen Haut auch dankbar. Einen Abend lang hatte sie weder an ihre Arbeit bei der Kripo gedacht noch an ihren Ex. Das Verzwickte an der Sache war, dass ihr Ex nicht nur ihr Exfreund war, sondern auch ihr Kollege, und sie ihn beinahe jeden verdammten Tag sehen musste.

»Wir sind da.«

Das Taxi hielt vor ihrer Wohnung. Sie bezahlte, gab etwas mehr Trinkgeld als üblich und stieg aus. Die kalte Luft war wie Zunder für ihren Schwips. Damit der Taxifahrer sie nicht schwanken sah, wartete sie, bis er davonfuhr.

Die Welt hörte nicht auf, sich zu drehen. Wie eine Platte mit Sprung zogen Häuser und Hecken an ihr vorbei und ruckten dann in die alte Position zurück. Nicht gut, so gar nicht gut.

Sie konnte hier nicht ewig stehen bleiben. Zum Abschied hatte sie mit Peter noch einen Schnaps – oder waren es zwei gewesen? – getrunken, die sich offenbar genau jetzt bemerkbar machten.

Cornelia straffte die Schultern und starrte auf ihre Haustür wie auf einen besonders schlimmen Tatort, dann verließ sie den Schutz der Laterne und wackelte auf ihren hohen Schuhen durch den noch jungfräulichen Schnee. Ledersohlen und Schnee vertrugen sich nicht. Warum hatte sie die idiotischen Dinger überhaupt angezogen? Um die Schuhe irgendwie reinzuwaschen, bei einem Date mit einem Clown?

Sie hatten Robin immer besonders gefallen, vielleicht weil Cornelia darin ein wenig hilflos war. Dann hätte er die Dinger am besten auch gleich behalten können.

Nachdem sie beinahe gefallen wäre, erreichte sie endlich die Haustür. Ihre neue Robin-freie Wohnung lag in einer ruhigen Nebenstraße. Es war eine kleine Einliegerwohnung im Haus einer älteren Dame. Mit einer gepflegten Buchsbaumhecke, Rosen und einem Reh aus Terracotta im Vorgarten. Cornelia war froh über den separaten Eingang. Der Bewegungsmelder hatte eine grelle Lampe aktiviert, in deren Licht sie nun nach beschämend vielen Fehlversuchen den Schlüssel ins Schloss schob. Sofort trat sie sich die Schuhe von den Füßen.

»Oh Gott, wer hat diese verdammten Dinger nur erfunden?«, stöhnte sie. Das konnte nur ein Mann gewesen sein.

Sorgfältig schloss Cornelia von innen die Tür ab und legte die Kette vor. Wer genug schlimme Dinge im Job gesehen hatte, hielt diese vielleicht etwas paranoide Gewohnheit für eine ganz natürliche, lebensverlängernde Maßnahme.

Die Zeiger der Küchenuhr standen auf kurz nach zwei. Viel Zeit zum Schlafen blieb ihr nicht mehr, bis um kurz nach sechs der Wecker klingeln würde.

Um dem Kater von vornherein keine Chance zu geben, trank sie so viel Orangensaft, wie sie herunterbekam, und fiel dann geradewegs ins Bett. Abschminken konnte sie sich auch in vier Stunden noch.